講談社文庫

希望ヶ丘の人びと(上)

重松 清

講談社

目次

下巻

人物紹介

私（田《た》島《じま》）　栄冠ゼミナール希望ヶ丘教室長
圭子《けいこ》　二年前に亡くなった田島の妻
美嘉《みか》　田島の娘。春から中学三年生になる
亮太《りようた》　田島の息子。春から小学五年生になる

加納《かのう》くん　栄冠ゼミナールの管理担当者

香織《かおり》さん　圭子の幼なじみ。通称フーセン

藤村《ふじむら》さん　香織さんの夫
彩花《あやか》さん　香織さん夫妻の娘
瑞雲《ずいうん》先生　かつて圭子が通っていた書道教室の先生
チヨさん　瑞雲先生の妻
泰斗《やすと》くん　栄冠ゼミナールの生徒
宮嶋《みやじま》さん　泰斗の父
宮嶋《みやじま》ママ　泰斗の母
野々宮《ののみや》先生　希望ヶ丘中学校の教師。美嘉の担任

希望ヶ丘の人びと

上

序章　赤い夕陽がこの街染めて

1

二階から亮太《りょうた》の声が聞こえた。

「うわあっ」とも「うおおっ」ともつかない、甲高《かんだか》くはずんだ声——それだけではすまないだろうと思っていたら、あんのじょう、テラスから階段の上までダッシュで戻って「お父さん！」と私を呼んだ。「ちょっと来てよ！　すごいよ！」

予想通りの反応だった。

亮太を驚かせてやりたくて、下見をしたときに確かめておいた二階のテラスからの眺望は、あえて黙っていた。その狙いがみごとに的中したわけだ。

「ねえお父さん！　来てよ！　海だよ、海が見えるよ！」

わかっている。二階から海が見えることを第一条件にして、この街で新しい家を探したのだ。

決して雄大な眺望ではない。自然を満喫するという感じとも違う。臨海コンビナートをふところに抱いた海が、うんと遠くに、家々の屋根に切り取られて見えるだけだ。

それでも——海は、海だ。

あのひとがなによりも愛していた風景だ。

「お父さん、早く上がってきてよ」

私を待ちきれなくなった亮太は、また一階のリビングに戻ってきた。階段を踏み鳴らし、最後は二段ぐらいまとめて飛び降りたようだ。意外と物音が床に響く。階段の踏み板もかすかに軋《きし》んでいる。築十年の中古物件だ。しばらく様子を見てから、手直しやリフォームを考えたほうがいいかもしれない。

「ねえってば、お父さん、海だよ、すごいよ」

私は苦笑して「あとでな」と返した。「いま忙しいんだ、あとで行くから」

「そうだよ」——キッチンにいた美嘉《みか》が、横から割って入る。「みんな忙しいの、あんたも自分の部屋を片づけなよ」

「片づけるけどさあ、海だよ、海が見えるんだよ」

「明日も見えるの。あさっても、しあさっても、これからずーっと海は見えるの、はい、以上、おしまい」

そっけなく、ぽんぽんと言う。いつものことだ。

鼻白んだ顔になった亮太も、気を取り直すと、素直に「はーい」と応えた。これも、いつものことだった。

「亮太、本棚はもう片づいたのか？」

私が声をかけると、亮太は「まだ」と首を横に振った。

「じゃあ、パッとやっちゃえ。空いた段ボール箱は持って帰ってもらうんだから」

「うん……」

「お父さんもあとで二階に上がって、海を見てみるから」

なっ、と笑ってやった。

亮太はうなずいてリビングを出て、ふと忘れものを思いだしたように、顔だけこっちに戻した。

「ね、お父さん」

「うん？」

「お母さんは？　まだ？」

私はまた苦笑して、「もうすぐじゃないかな」と言った。

「お母さん来たらすぐに呼んでね」

「ああ、わかった」

私の答えに得心したように、亮太は「じゃあねーっ」と身をひるがえし、階段を駆け上っていった。

リビングでテレビ台をセッティングしていた引っ越し業者の班長が「元気なお子さんですね」と笑った。四十歳になった私と変わらない年格好の男だった。

「いや、もう、騒がしいばっかりで……まだまだコドモなんですよ」

「おいくつですか？」

「今度、五年生です」

いまは三月の終わり――月があらたまり、春休みが終わると、亮太は新五年生として新しい学校に通いはじめる。

「お姉ちゃんのほうは？」

美嘉のことだ。「今度、中三」と答えたあと、キッチンの様子をうかがった。美嘉は自分のいないところで自分の話をされるのを嫌がる――なにかと扱いづらい年頃だ。

「じゃあ、お二人とも転校ですか」

「ええ……」

「お姉ちゃんは受験があるんでしょ、大変ですねえ」

ええ、まあ、それはもう適当に、と話をいなしながら、またキッチンに目をやった。美嘉は食器を一つずつ段ボール箱から取り出しては、ていねいなしぐさで食器棚に収めている。時間がかかりそうだ。夕方までには終わらないかもしれない。

だが、万が一にも食器を割りたくないという美嘉の気持ちは、私にもよくわかる。

「お母さんが来たらすぐに呼んでね」と言う亮太が、肝心な言葉を端折《はしょ》った気持ちが、よくわかるように。

「それで……奥さんは別便でいらっしゃるんですか？」

班長は意外とおしゃべり好きなひとだった。

やれやれ、とうまくごまかす言葉を探していたら、リビングに新しい家財道具が運び込まれてきた。

「すみません、このクローゼット、どっちに置けばいいですか？」

作業員が二人で抱えているのは、高さが百三十センチほどの細長い家具だった。左右の幅と奥行きが同じぐらいだし、上下二段に分かれた観音開きの扉が閉まっていると、なるほど確かにクローゼットに見えなくもない。

「違う違う、こんなサイズじゃ子ども用の服しか入らないだろ」

あきれ顔で笑った班長は私を振り向いて、「サイドボードですよね」と言った。「だったらテレビの横でいいですか？」

残念ながら――不正解。

私はテレビと向かい合う位置になる部屋のコーナーを指差し、「そこに置いてください」と言った。

そして、ためらいながらも――班長のおしゃべりにこれ以上付き合うのも面倒なので、二階に声をかけた。

「おい、亮太」

「なに？」

「……お母さん、来たぞ」

班長と二人の作業員が、怪訝《けげん》そうにこっちを見る。

私はかまわず、クローゼットでもサイドボードでもないその家具の、上のほうの扉を開けた。

中はがらんとしていて、奥に棚が二段設けられている。

若い作業員二人はきょとんとした顔のままだったが、さすがに班長は察しがついたのだろう、なんとも決まり悪そうな表情を浮かべた。

「仏壇なんですよ、これ」

亮太が言わなかった言葉を、私は口にする。

「最近の仏壇って、けっこうお洒落なんです。家具調っていうんですかね、わかんないですよね、パッと見ただけだと」

軽く言って、軽く笑う。

班長は「はあ……」と困惑した相槌《あいづち》を打つだけで、作業員は次の家具を取りに、逃げるように外に出てしまった。

亮太が二階から降りてきた。

両手で胸に大事そうに抱えているのは、写真と位牌だった。

他の荷物と一緒にトラックに載せるのはどうしても抵抗があって、「ぼくが持ってるから」と言う亮太に預けておいた。

その写真と位牌を置くと、仏壇はたちまち仏壇らしくなった。あとで鈴《りん》や線香立てやロウソク立てなどの仏具を置けば、以前の家と変わらない「お母さん」が、そこにいることになる。

「お母さん、すごいよ、二階から海が見えるんだよ」

亮太は仏壇の中の母親に話しかける。これも、以前の家に住んでいた頃と変わらない。

「よかったね、お母さん。希望ヶ丘に帰ってきたんだよ」

遺影にしているのは、葬儀会社がつくった合成写真ではなく、ごくふつうのスナップ写真だ。三年前——まだ子宮と卵巣にガンが発見される前の、ふっくらとした頬の圭子《けいこ》が、タートルネックのセーターを着て笑っている。

「亮太、自分の部屋の片づけ終わったの？　早くやっちゃいなよ」

美嘉がキッチンから言う。

あいかわらずそっけない口調だったが――微妙に声がやわらかくなったのは、やはり美嘉も「お母さん」がリビングに来てうれしいのだろう。

班長はとってつけたようなあわてたしぐさで立ち上がり、「よし、じゃあ、次の荷物次の荷物」と部屋を出ていった。

ずっとそうだ。誰もがそうだ。

私たちは、二年前に圭子が亡くなって以来ずっと、そういうぎごちなさを味わってきた。もう慣れた。みんな優しいから気をつかってくれてるんだ、と思うようにもなれた。

それでいい。

私はあらためて仏壇の中の圭子を見つめ、そっとつぶやいた。

「……希望ヶ丘だぞ、帰ってきたんだぞ」

＊

この街の名前は、希望ヶ丘という。

一九七〇年代初めに開発されたニュータウンだ。

圭子は、ここで小学五年生から中学卒業までの日々を過ごした。父親の仕事の関係で引っ越しつづきだった彼女にとっては、五年間も一つの街で暮らしたのは初めてのことだったらしい。

そのせいか、圭子は私と結婚してからも、しばしばこの街の名前を口にした。そのたびに懐かしそうな笑顔になって、「また帰りたいなあ」と繰り返した。

希望ヶ丘は、東京の会社や学校に通うには決して便利な場所ではない。圭子がここに住んでいたのも、その期間、父親が近くの支店に勤務していたからだった。

街そのもののアクセスも、決して恵まれているとは言えない。海岸沿いに延びる私鉄の最寄り駅まではバスを使わなければならないし、地下鉄に乗り入れて都心に直通運転する快速電車は、その駅をあっさりと通過してしまう。各駅停車しか停まらない駅から、バスで十五分――もしもこの街でなにか事件があれば、マスコミはきっと「陸の孤島」という表現で紹介するだろう。

いまは美嘉も亮太も公立の学校に通っているので、まだいい。高校、大学、社会人……大きくなるにつれて、二人とも、希望ヶ丘に家があることを恨めしく思うだろう。

それでも、希望ヶ丘に住みたい、と最初に言い出したのは子どもたちだったのだ。

亮太は「お母さんの好きだった街に住みたい」と言った。単純で素直――そのまっすぐさが親として、うれしいような、逆にせつないような。

美嘉はもう少し現実的に「お母さんが生きてたら、どうせ家を買うつもりだったんでしょ？と言った。「で、お母さんのイチ押しは、希望ヶ丘だったわけでしょ？だったら、希望ヶ丘でいいじゃん」

確かに、もしも圭子になにごともなかったら、美嘉の中学入学のタイミングに合わせて家を買うつもりだった。結局、圭子は楽しみにしていた美嘉の入学式を病院で迎え、夏の訪れを待たずに亡くなった。半年足らずの短い闘病生活を、悲しむべきなのか、痛くて苦しい思いが短くてすんだんだからと喜ぶべきなのか、私にはいまもわからない。

もっとも、圭子が元気だったら、希望ヶ丘を選んだかどうかはわからない。子どもの頃の思い出の街ではあっても、「やっぱりちょっと不便よねえ」と言って、もっと都心に近い街で家を探したような気がする。

だが、圭子がいなくなったいま、希望ヶ丘は、わが家にとって特別な街になった。

「もしも『ふるさと』を自分で選べるんだとしたら、わたしは希望ヶ丘かなあ……」

まだ元気だった頃になにげなく圭子が漏らしたその一言が、のこされた家族を包み込むように響いた。

圭子が大好きだった街に住む——それでいいじゃないか。圭子が「ふるさと」にしたがっていた街を、正真正銘のふるさとにする——天国の圭子も喜んでくれるはずだ、きっと。

そして、なにより、この引っ越しは私自身のための再出発でもある。

会社の早期退職に応募した。割り増しの退職金の半分をこの家の頭金に回し、残り半分を新しい生活のための資金にした。

玄関のチャイムが鳴った。

荷物の搬入のために開け放したドアの戸口に、細身のスーツを着た若い男が立っていた。

「田島《たじま》さん、引っ越しおめでとうございます」

にこやかに笑う。初対面ではない。先週も都心のホテルの会議室で、みっちりと彼——加納《かのう》くんからレクチャーを受けた。まだ三十になるかならないかの加納くんが、明日からは、私の管理担当者ということになる。

「これ、差し入れです。忙しくてごはんを食べる暇もないでしょ？」

サンドイッチやおにぎりの入ったコンビニの袋を差し出した加納くんは、「あと、こっちがメインですけど」と笑って、アタッシェケースから紙を取り出した。

『栄冠ゼミナール　希望ヶ丘教室開設のお知らせ』——新聞の折り込み広告だった。

「これを明日の朝、まきます」

「……はい」

「問い合わせの電話、じゃんじゃんかかってきますから、覚悟しておいてくださいね」

私は手に取ったチラシを見つめたまま、黙ってうなずいた。

フランチャイズ制の進学塾の教室長――。

それが、明日からの私の仕事だ。

2

夕方までに引っ越しの荷物はあらかた片づいた。

「そっち終わったか？」と二階に声をかけると、返事より先に亮太は階段を駆け下りて、リビングに飛び込んでくるなり、「探検、行こう！」と声をはずませた。

ずっと楽しみにしていたのだ。明日になっても街がなくなるわけじゃないんだから――というおとなの逃げ口上では、とても通用しそうにない。キッチンでは美嘉もなんとか食器の片づけを終えたようだし、夕食のことも考えなくてはいけない。

「よし、じゃあコンビニまで買い物に行くか」

首に掛けたタオルをはずし、ソファーから立ち上がる。

ふと見ると、快哉《かいさい》を叫ぶはずの亮太は黙って、フクザツな表情を浮かべていた。

「どうした？」

「うん……あのさ、いま、ふと思ったんだけど、コンビニって昔はなかったんだよね？」

「昔って？」

「だから、お父さんとか……あとお母さんが、子どもの頃」

なるほど。フクザツな表情になった理由がわかった。わかると、少し悲しくもなった。

亮太は、今日から私たちが暮らす街ではなく昔お母さんが住んでいた街を「探検」したいのだ。

おそらく、あの頃――一九七〇年代後半から八〇年代アタマにかけての希望ヶ丘には、コンビニはなかっただろう。

「お母さんにあとで教えてやればいいよ。びっくりするぞ」

ええーっ、希望ヶ丘にコンビニができたの？　すごいじゃない――。

目を丸くして驚く圭子の顔も、うれしそうな声も、くっきりと思い浮かぶ。亮太も同じなのだろう、えへへっ、と笑い返した。

ところが、そこに美嘉が口を挟んでくる。

「逆に寂しがったりして」

「なんで？」と亮太が訊《き》く。

「だって、コンビニができたってことは、代わりに昔からあったお店とか家がなくなったってことじゃん。お母さんだったら、それ、けっこう寂しがると思うけど」

「あ、そうか……」

「思い出の街が昔と変わっちゃうのって、寂しいでしょ、やっぱり」

「……うん」

「コンビニだけじゃなくて、昔と比べて変わっちゃったところ、たくさんあると思うよ。もう二十五年とか三十年ぐらいたってるんだから」

クールなことを言う。ちょっと後ろ向きすぎる発想かもしれない。亮太も急にしょんぼりとして、「だよね……」とうつむいてしまった。

やれやれ、と私はため息を呑み込み、「でも、まあ、コンビニだったら便利だから、お母さんも喜ぶんじゃないかな」と言った。

「そう？」――美嘉は疑わしそうな目で私を見る。わたしのほうが正しいと思うけど、というまなざしでもある。

確かに、思い浮かぶのは、コンビニができたことを歓迎する圭子の顔と声だけではなかった。

ええーっ、希望ヶ丘も変わっちゃったんだぁ、コンビニができると、どこでも同じ街みたいになっちゃうよね——。

寂しそうに、悔しそうに言う圭子の姿も、浮かぶのだ。

「ま、お母さんの思い出はべつにいいけど、コンビニのチェックはしといたほうがいいかもね。これからいちばんお世話になるんだから」

わが家の長女は、クールで現実的だ。よく言えばしっかり者で、悪く言うなら、もうちょっとぐらいは無邪気でもいいんじゃないか、と親としては思う。

女の子はムズカしい。最近つくづく感じる。これからどんどん扱いづらくなるんだろうな、とも。

親父一人だと大変だぞ——。

仏壇を振り向いて、苦笑した。

で、おまえは希望ヶ丘にコンビニができたこと、うれしいのか？　それとも寂しいのか——？

仏壇の中の圭子は、ふっくらとした笑顔のまま、なにも答えてはくれない。

＊

三人で家を出た。

昼間はからりと晴れていたが、夕方の空には雲が増えていた。海の方角の工業地帯も、ぼんやりと霞《かす》んで見える。

「ねえ、お父さん、お母さんもこの道歩いてた？」

亮太の「探検」は、とにかくお母さんが主役なのだ。

「どうだろうなあ……」

よくわからない。圭子が昔住んでいたのは希望ヶ丘の一丁目で、ここは二丁目だ。

「歩いてないんじゃない？」美嘉がまた口を挟む。「だって、このあたりを通る理由がないじゃん。亮太、あんた地図見てないの？　一丁目からだと、学校に行くのも買い物に行くのも、バスに乗るのも、歯医者さんとかに行くのも、二丁目を通らなくてもいいんだもん」

確かに、それはそうなのだ。

希望ヶ丘には一丁目から四丁目まである。大まかに言えば田んぼの「田」の形に区分けされて、右上のブロックの一丁目から時計回りに二丁目、三丁目、ぐるっと回って四丁目とつづく。

圭子が通っていた希望ヶ丘小学校は三丁目だし、希望ヶ丘中学校は四丁目だ。バス停は一丁目から四丁目までそれぞれにあり、こぢんまりとした商店街やスーパーマーケットがある大通りは「丁目」を分ける格好で十字に交差しているので、一丁目と二丁目を行き来する機会は、そう多くはなかったはずだ。

「すごいなあ、しっかり調べてるんだなあ」

美嘉に言ってやった。クールなポーズを装っていても――「だって自分が住む街なんだから調べとくのって当然じゃん」と口をとがらせて早口に言っても、やはり母親の「ふるさと」に住むということには、それなりの思い入れがあるのだろう。

「ねえ……お母さんはこの道ほんとに通ってないの？　絶対に通ってない？　もう百パーセントありえないの？」

亮太の思い入れは――こちらはちょっと強すぎる、かもしれない。

「だいじょうぶだよ」

私はそう言って亮太の後ろに回り、肩に両手を載せて歩きながら、亮太というよりむしろ美嘉に聞こえるように話をつづけた。

「通学路じゃなくても、二丁目だって同じ学区なんだから、友だちの家に遊びに行くときとかに通ってるよ。歩くとけっこう遠いけど、自転車だったらすぐだから」

「お母さんも子どもの頃から自転車に乗ってたの？」

「そりゃそうだよ、子どもはみんな乗るんだ、自転車。長年乗ってきたから、お母さん、自転車の運転がうまかっただろ？　美嘉を後ろに乗せて、亮太を前に乗せて、で、買い物の袋もハンドルに提げて、保育園からウチまでびゅんびゅん飛ばしてただろ？」

亮太の記憶には残っていないだろうか。美嘉なら、かろうじて覚えてくれているだろうか。

圭子は中学の教師だった。夫婦ともにフルタイムの仕事を持ちながらの子育ては、ほんとうに大変だった。ようやく子どもたちに手がかからなくなり、「これからは心おきなく残業もできるから、仕事、がんばらなきゃ」と張り切っていた矢先——子宮と卵巣に末期のガンが見つかったのだった。

「だったら、この道も通ってる？　この道、お母さんもチャリで走ってたの？　ここの、この道、お母さんも通ってたの？」

亮太は勢い込んで訊いた。

確信はなかったが、だいじょうぶ、子どもというのは遠回りでもいろんな道を通りたいものなんだから、と自分に言い聞かせて、「ああ」と大きくうなずいた。「通ってたよ、絶対に」

亮太は、よしっ、と右手でガッツポーズをつくる。

美嘉も、なにも言わずに聞いてくれた。

「ね、ね、お父さん、いま、ぼくたち一丁目のほうに向かって歩いてるんだよね」

「そうだよ。だから上り坂、けっこうキツいだろ」

「お母さんも、友だちの家に遊びに行った帰りに、ここ通ってるよね、夕方とか」

「ああ……」

「昔も坂道だったんでしょ？」

「ああ、昔からずーっと、坂道だったんだよ」

そっかあ、そうだよね、そうだよね、と亮太は何度もうなずいた。

うれしそうだった。そこからの足取りは、一歩一歩を大事そうに味わうようなものになった。

私は亮太の背中から離れて立ち止まる。子どもたちを先に行かせて、来た道を振り返る。

通りの両側には家が立て込んでいたが、真正面――坂道の先は視界が道の幅にぽっかりと抜けて、遠くに、高架になった私鉄の線路と、駅前に並ぶマンションの群れと、さらにその先に、工場の煙突と、海が見えた。

空が急に明るくなった。雲の切れ間から夕陽が顔を出したのだ。

空も、街も、海も、オレンジ色に染まる。顔の向きを変えて上り坂を振り仰ぐと、美嘉と亮太の背中も夕陽に照らされていた。

＊

希望ヶ丘の真ん中で交差する二本の大通りには、それぞれ名前がついている。

南北――私鉄の駅と希望ヶ丘を結んでいるのは、希望通り。

東西――高速道路のインターチェンジにつながる道は、ふれあい通り。

そして、「田」の字の外枠にあたる環状道路は、平和通り。

要するに、平和に包まれ、希望とふれあいが交わる街なのだ、ここは。

「そういうセンスはどうかと思うけどね」とあきれ顔で言っていた圭子は、「でも、街をつくったひとの気持ち、わからないわけじゃないんだよね」とも付け加えていた。

そもそも、「希望ヶ丘」という名前じたい、私には、正直に言うと面映《おもは》ゆい。あまりにも美しすぎて、逆に嘘くさい名前だという気もする。

だが、引っ越しを決めたあと、冗談半分でインターネットの検索にかけてみたら、「希望ヶ丘」という地名はびっくりするほど数多かった。もちろん、昔からの地名ではない。どこもニュータウンだ。その名のとおり、丘を切り拓《ひら》いてつくった街だ。道路をつくり、インフラを整備して、土地を細かく分けて、値段をつけて分譲した街だ。

それを思うと、「希望ヶ丘」とは、地名ではなく商品名だと考えたほうがいいのかもしれない。「希望」とは、ブランドなのだ。最寄り駅と呼ぶには少々遠い私鉄の駅も、希望ヶ丘の開発に合わせて「希望ヶ丘駅」に改称したのだという。「こういうのって誇大広告の一種だよね」――圭子は苦笑していたものだった。

希望ヶ丘。

きぼうがおか。

キボーガオカ。

目で見る字面にも、口に出したり耳で聞いたりするときの語感にも、じつを言うと、私はまだ慣れていない。微妙なむずがゆさがある。

もしも、ここが圭子の「ふるさと」ではなかったら――おそらく、私は「希望ヶ丘」という名前の街にマイホームをかまえることはなかっただろう、と思う。

＊

コンビニはふれあい通り沿いにあった。「ウチから徒歩五分。まあまあ、かな」と腕時計で所要時間を確かめた美嘉は、店内をぐるりと回って、お菓子やジュースの品揃えにも、それなりに満足したようだった。

いったん店を出て、駐車場でこれからのことを話し合った。

「どうする？　晩ごはんの弁当と、明日の朝ごはん、ここで買っちゃうか？　それともスーパーマーケットまで行ってみるか？」

今夜は早寝をして、明日の朝食は手早くすませたい。六時半には家を出て、希望通りとふれあい通りの交差点にあるオフィスビル——塾の教室に向かわなければならない。

「チラシには受付時間は九時からって書いてますけど、そんなものきちんと読むようなひと、いないんですから。朝刊が来て、折り込み広告に目を通して、おっいいな、と思ったらすぐ電話ですよ。そのときに電話がつながらなかったら、もうアウトなんですから。とにかく少しでも早く来て、待機してください」

栄冠ゼミナールの加納くんにも、くどいほど念を押されていた。その事情が美嘉には多少なりともわかっているようだが、亮太には通じない。

「晩ごはんは焼肉がいいな、ぼく」

「それは今度だな。今夜はとりあえず簡単に……」

「ええーっ、引っ越しじゃん、お祝いじゃん。いいじゃん、焼肉、焼肉、やーきーにくーっ」

食べることにかんしては譲らない少年だ。これは説得に時間がかかりそうだなと顔をしかめたとき、携帯電話が鳴った。

「田島さん、引っ越し無事に終わりました？　晩ごはん、まだ支度してないんでしょ？　よかったらウチでどうですか？」

テンポの速い女性の声が耳に流れ込む。藤村《ふじむら》香織《かおり》――希望ヶ丘に住んでいる、圭子の幼なじみだった。

3

大皿に肉が山盛りになっていた。見るからに上等な和牛だとわかる霜降り肉に、なんとかポークというブランド豚のロースに、骨付きのソーセージ。野菜も、産地直送だという無農薬のキャベツやタマネギやピーマンが、どっさり。

「手をかけない料理で申し訳ないんですけど、お子さんにはやっぱりお肉がいいんじゃないかと思って」

藤村香織さんは申し訳なさそうに言う。それがちっともイヤミな謙遜には感じられないところが、人柄というやつなのだろうか。

もともと焼肉を熱烈リクエストしていた亮太は喜び勇んで、「いただきます」もそこそこに、ホットプレートに肉を置いていった。

美嘉はまず、肉や野菜のレベルを確かめて「すごーい」と驚いた。頭の中で金額を計算して、レジをチンと鳴らしたのかもしれない。母親を亡くしてから二年間、買い物と料理を毎日つづけていたので、そういうことにはやたらと敏感なのだ。中学生の女の子として、それがいいことなのかどうかはわからないけれど。

香織さんはそんな二人を微笑み交じりに見つめ、「あとは美嘉ちゃんに任せちゃっていいかな」とつぶやいて、私に向き直った。

「おとなはこっちでいかがですか？」

ダイニングの隣のリビングに、酒の用意がととのっていた。ソファーでは香織さんの夫がにこやかに笑って、どうぞどうぞ、と私に席を勧める。夫の藤村さんと会うのはまだ数度目だったが、付き合いの浅さを忘れさせるような屈託のない笑顔だ。

明日の朝は五時半に起きなければならない。今夜はアルコール抜きで早寝をするつもりだったが、誘われたら断るわけにはいかない。

香織さん夫婦には、今回の引っ越しのことで世話になった。地元で不動産会社を営む二人が親身になって物件を探してくれなかったら、新年度に合わせて引っ越すことはできなかっただろう。

リビングに移り、よく冷えたビールで乾杯すると、昼間の疲れがじんわりとほぐれていった。

「もう荷物は片づきましたか？」

藤村さんに訊かれ、「細かいところは二、三日かけてゆっくりやるつもりですけど、とりあえずの生活はできるようになりました」と答えると、香織さんが「お手伝いできなくてすみません」と謝った。

いいひとたちなのだ、ほんとうに。

商売柄で愛想がいいというだけではなく、夫婦そろって丸々と太った全身から、ひとのよさがたちのぼる。

フーセン——というのが、中学時代の香織さんのあだ名だった。ゴム風船のフーセンだ。最初は「藤村さん」の「ふーさん」だったのが、体型に合わせて「フーセン」になったのだと圭子が教えてくれた。

「あそこの家って、おじさんもおばさんも太ってたの。で、フーセンはほんとにフーセンだし、娘さんもちょっとフーセンになりかけの体型だったし、婿養子のダンナだって結婚前は痩せてたのに、一年もしないうちにあんなになっちゃったんだから……太っちゃうのは藤村家の家風みたいなものなんじゃないの？」

圭子がおかしそうに言っていたのは、三年前——香織さんが幹事になって開いた中学のクラス会の写真を見ながら、だった。

「家族同伴大歓迎」と案内状に書いた香織さんは、自らそれを実践して藤村さんと一人娘を会場に連れてきた。子どもはともかく夫や妻を連れてきたのは香織さん夫婦だけだったので、藤村さんはすっかりみんなの人気者になって、「さすがフーセン、いいダンナを婿にしてるよね」と香織さんも株を大いに上げたのだという。

そう——。

あれは三年前だったんだよな、と香織さんの勧めるカナッペを頬張って、思いと一緒に噛みしめる。

三年前の圭子は、まだ健康そのものだった。わずか一年後に世を去ってしまうなどと夢にも思わず、教師の仕事と子育てに打ち込んで、あの同窓会の日は、ほんとうにひさしぶりに過ごす自分だけのための休日だったのだ。

三年前の香織さん夫婦だって——いまの自分たちの暮らしは夢にも思っていなかっただろう。

ビールが空くと、「よかったら、次はワインにしましょうか」と藤村さんは言った。「よかったら」もなにも、すでに赤ワインはデキャンタに移されて出番を待っている。シャトー・ベイシュベル。私はワインにはまったく疎《うと》いが、高いワインなんだろうな、とは見当がつく。

グラスを取りにキッチンに立った香織さんは、ついでにダイニングの様子もうかがって、リビングに戻ると「二人ともすごーく食べてくれてますよ」とうれしそうに言った。

藤村さんは「お肉、足りなかったらどんどん出してあげなきゃ」と香織さんに言って、香織さんは「わかってるって。まだ冷蔵庫にたくさんあるから」と笑う。

恐縮して頭を下げる私に、香織さんは笑顔のままで言った。

「いいお肉を取り寄せても、二人だとなかなか減らないんですよ」

藤村さんも、そうだよなあ、そうそう、と鷹揚《おうよう》にうなずきながら、話を引き取ってつづけた。

「家の中で子どもの声が聞こえるのって、もう、それだけで酒が旨くなるんですよねえ」

デキャンタからグラスにワインを注ぎ、「ほんと、子どもの声っていいですよねえ……」と、目の高さにかざしたグラスを見つめる。ワインの色味を確かめているのではなく、深紅のワインに透ける別のものを見つめているのだと、私にもわかる。

ダイニングから、「亮太、野菜も食べなきゃだめだってば」と美嘉の声が聞こえる。「ほら、ピーマン」

「あーっ、やめてよ、勝手に入れるなっつーの」

「あ、亮太、いま箸でさわったね、さわったでしょ、じゃあ責任とって自分で食べなさい」

「ひっでえーっ……だったらさ、この肉オレのだからね、お姉ちゃんは取らないでよ」

「なに言ってんのよ、わたしが焼いてたお肉じゃない」

「はいっ、オレ、いま箸でさわったもーん、オレの肉だもーん」

親としてはかなり恥ずかしい二人のやり取りを、香織さん夫婦はにこにこ笑って聞いている。二人で目を見交わして、いいねえ、ほんとうにいいよねえ、とうなずき合う。

だが、笑顔がふっと消えたあとの二人の表情には、かすかな翳《かげ》りが落ちる。私にはわかる。それは、大切な一人が欠けてしまった家族にしかわからないものだとも、思う。

*

三年前のクラス会には家族三人で出席した香織さん夫妻は、いま、二人暮らしだ。娘の彩花《あやか》さんが、家を出た。

去年のことだ。

私はその話を、圭子の一周忌の法要のあとで聞いた。

彩花さんは高校を二年で中退して、男と一緒に希望ヶ丘から姿を消した。

中学時代の友だちで一人だけ法要に来てくれた香織さんは、希望ヶ丘のひとがいないので安心したせいもあったのだろうか、会食の席で私にこっそり打ち明けたのだ。

「ケイちゃんがいてくれたら、相談に乗ってほしかったなあ。ケイちゃんは中学の先生なんだから、彩花みたいな子の気持ち、ちゃんとわかってくれると思うんですよ。親はどうすればいいかも教えてくれたと思うんですよ。そうすれば、こんなことにはならなかったんですよね……」

彩花さんが付き合っていた男は、中学時代の先輩だった。要するに、彼の家も希望ヶ丘にあるわけだ。

彼の親も、息子の家出に困り果てていた。責任の押しつけ合いをしても埒《らち》があかなかった。唯一の救いは、彩花さんがメールだけはよこしてくることで、それによると二人で東京のどこかにアパートを借りて暮らしているのだという。

「まだ十七ですよ、彩花は。向こうのひとだって十九かそこらなんですから……もう、なに考えてるのか、私にも主人にもわかんなくて……」

あれから、もうすぐ――七月の圭子の命日で、丸一年になる。

十八歳になった彩花さんが、どんな暮らしをしているのかは知らない。こっちから「どうなりましたか?」と訊くのも申し訳ないし、香織さんもなにも言わない。

ただ、わかることは一つ――。

彩花さんは、まだ家に戻っていない。香織さんも藤村さんも、夫婦二人きりの毎日を過ごしている。

なにも不自由のない暮らしだったはずだ。もともとは希望ヶ丘一帯の地主だった香織さんの家は、不動産会社の仕事を「半分は趣味みたいなものですから」と言えるほど裕福だったたし、「親」としての香織さんや藤村さんも、少なくとも娘が家を飛び出したくなるほどのひとたちには、とても見えない。「夫婦」としての二人もなんの問題もない。大学を卒業したばかりの二十二歳の香織さんのもとに婿養子で入った三つ上の藤村さん――「すごーい熱愛だったたみたいよ」と圭子は言っていたし、その名残は、いまでも言葉やしぐさの端々に覗いている。

それでも、彩花さんは家を出た。

香織さん夫婦は、この家に取り残された。

「四十になると、いろんなことがあるんですねえ……」

圭子の一周忌のとき、香織さんはそんなことも言っていた。

圭子は三十九歳で亡くなった。四十代の日々を知らずに人生を終えたことになる。一歳年下の私は、先月、満四十歳の誕生日を迎えた。幼い頃の美嘉は、お父さんよりもお母さんのほうが年上だと知ると、「えーっ、そんなのヘンだよ」とびっくりしていた。いまなら美嘉もそんなことは言わないだろうし、私はもう、圭子よりも年上だ。これからも一年たつごとに歳は離れていく。圭子の知らない四十代の日々を、私も、幼なじみの香織さんも、生きる。

ねえフーセン、どんなに大変なことがあっても、それ、うらやましいよ――。

圭子は、きっとそう言うだろう。

＊

子どもたちは肉も野菜もきれいにたいらげた。香織さんは「気持ちいいくらいの食べっぷりだね」と笑って、後かたづけをしようとする美嘉を制し、「ここはいいから、亮太くんと一緒にリビングに行ってごらん。おじさんが、いいもの見せてくれるから」と言った。

「いいものって、なに？」と亮太が耳ざとく聞きつけた。

香織さんはいたずらっぽく笑って、「ちっちゃな頃のお母さんの顔、見てみたい？」と言う。

「え？」

「昔のアルバム、見せてあげる」

「お母さんの写真もあるの？」

「たーくさん」

香織さんの言葉にタイミングを合わせたように、藤村さんが「ほら、おいで」と子どもたちを手招いた。

ほんとうに仲のいい夫婦なのだ。優しい両親でもあるはずだ。なのに、一人娘は、両親との暮らしを捨ててしまった。二人は、彩花さんの幼い頃のアルバムをめくることがあるのだろうか……。

＊

希望ヶ丘に引っ越してきたばかりの小学五年生の頃から、中学の卒業式まで、圭子と香織さんが写っている写真は二十枚以上あった。

小学校と中学校の卒業文集も見せてもらった。小学校を卒業するときの将来の夢は「学校の先生」、中学卒業のときにも「教師になる」——夢をかなえた圭子の人生は、短くても幸せだったのだと、私は自分に言い聞かせる。

自分の知らないお母さんと会えて、亮太は大はしゃぎだった。クールな美嘉は表情をほとんど変えなかったが、いまの自分と同じ中学二年生や三年生の頃の写真を、じっと、食い入るように見つめていた。

だが、あんのじょう、亮太はそれだけでは満足しなかった。

「ねえ、もうないの？　もっと写真見せて」

香織さんが「ごめんね、ウチにあるのはこれだけなの」と言っても納得せず、「どこかにないの？　探したらあるんじゃないの？」と言いつのって、しまいには目に涙まで浮かべて「探してきてよ、ねえ、おばちゃん、探して」とぐずりはじめた。

「なに言ってんだよ、ほら、もう八時だから、そろそろ帰るぞ」と私が言っても、

「亮太、うっさい」と美嘉がにらんでも、だめだ。

「ごめんね、おばさんが中途半端に見せちゃったから……」と謝る香織さんに、こっちのほうが申し訳なくなって、これは無理やりひきずってでも帰るしかないな、と覚悟を決めたとき、中学の卒業文集をめくっていた藤村さんが、香織さんに「希望ヶ丘に同級生ってどれくらい残ってるんだ？」と訊いた。

香織さんも、なるほど、という顔になってうなずき、「意外と残ってるわよ」と言った。「あと、ケイちゃんと一緒に通ってた書道教室なんかもまだあるし」

亮太の目が、パッと輝いた。

「ねえ、おばちゃん、みんなお母さんの写真持ってるの？」

「写真はわからないけど……ケイちゃんのことは、みんな覚えてると思うわよ」

亮太の目はさらに輝いた。

第一章　瑞雲先生、一喝す。

1

私の差し出したファイルをぱらぱらとめくった加納くんは、「うーん……」と低く喉を鳴らした。不満のにじむうなり声だった。

覚悟はしていた。私が加納くんの立場でも、やはり「うーん……」としか言えないだろう。

「田島さん、電話応対に問題があったっていうことはありませんよね？」

それは、ない――と思う。

「まあ、でも、かかってきた電話じたい少ないってことですしね。率から言えば、こんなものか」

突き放したような言い方が耳に障ったが、もちろん、文句は言えない。

あさって――四月一日から、受講費無料の春期講習が始まる。いわば「お試し」

だ。始業式までの五日間で前の学年のポイントを復習し、新しい学年の学習内容を先取りするという、きわめてお得な話なのだが、申し込み状況は芳《かんば》しくない。

「どこの教室でも、『お試し』から正式な入塾への歩留《ぶど》まりは三割ほどです。ということはですね、田島さん、これは相当ヤバい話なんですよ」

わかっている。

春期講習の受講生から七割を差し引くと、小学四年生から中学三年生まで、各学年に二人か三人しか残らないという状況だ。講師の時給を考えると、儲けを出すどころか授業をすればするほど赤字になってしまう。

「小四と小五は合同クラスでまとめて、六年生の『基礎』と『発展』もまとめて一つにしちゃって、『特進』はさすがにそういうわけにはいかないから……ああ、でも、『特進』は一人か、これマズいなあ……」

加納くんは顔をしかめて、私への指示ともひとりごとともつかない口調で話をつづける。

「中学生の『英数単科』は、もう、やめちゃうしかないなあ。あと『作文教室』も当然パス、と。『基礎』と『発展』も一年生はまとめちゃって、問題は二年生をどうするかってことかあ……」

きめこまやかな指導が謳《うた》い文句の栄冠ゼミナールは、小中ともに各学年三つのコースに分かれている。学校の授業をフォローする「基礎」と、公立や私立の中堅校以上を目指す「発展」、そして一流校を狙う「特進」――そこに英語と数学の単科コースが加わり、小学生には理科の実験教室や英会話教室まで用意されているのだが、もちろん、そこには厳密な経済原則が適用される。受講生が支払う月謝と、講師の時給や教室の維持費とが折り合わなければ、クラスを開くわけにはいかない。

加納くんは「とりあえずミニマムで始めるしかないですね」とため息交じりに言って、ファイルを閉じた。最初のもくろみでは二百枚を超える申込書が綴じられるはずだったファイルには、まだ五十枚足らずしか入っていない。

「おまけに、この分布は最悪ですよ。こういうケースはウチの地区では初めてだなあ」

同じ学年で同じコースを希望している受講生がほとんどいない。塾のほうから見れば、最も効率の悪いパターンなのだ。

「ふつうはね、友だち同士で誘い合って入ってくるんですよ。で、やっぱり友だちっていうのは似たようなレベルで集まりますから、クラスも一つでまとまるわけです。そういう意味ではいっぺんに網にかかってくれるんですけど……ここはちょっと違うパターンですよねえ」

確かに、それは私も感じていた。子どもたち――特に中学生は、単独行動をなによりも嫌う。自分が「ひとり」であることを受け容れられないのだ。中学校の教師だった圭子からもしょっちゅう聞いていたし、私自身の中学時代を振り返ってみてもそうだった。

だが、春期講習の受付を始めてから三日、グループで申し込んだ中学生はいない。みんな一人か、せいぜい二人で教室を訪ねて、申込書を提出するのだ。

「なんなんでしょうね、希望ヶ丘って街は。よっぽど自立してる子が多いのか、友だちがいない子が多いのか……どっちでしょうね」

加納くんは初めて冗談めいた口調で言ったが、ジョークとしてはちっとも面白くない。

私の反応が鈍かったので、加納くんもすぐに仏頂面《ぶっちょうづら》に戻って、茶色に染めた長い髪をかき上げながら話をつづけた。

「僕としては、ぶっちゃけ、この立地はまずいと思いますよ。この街の中では中心地ですけど、駅から遠いじゃないですか。まわりの街の子どもは通いづらいでしょ」

「ええ……」

「悪いことは言わないんで、いまからでも駅前で物件を探したほうがいいんじゃないですか？　さっき車で通ってきたんですけど、空いてそうなテナントビル、けっこうありましたよ」

それはわかっているのだ、私も。

この場所を斡旋《あっせん》してくれた香織さんにも、「同じ家賃を出すんなら、駅前にもありますよ」と物件をいくつか勧められた。

だが、希望ヶ丘からバスで十五分――自分の車をとばしても十分はかかってしまう、その遠さに抵抗があった。そうでなくても塾は夜の仕事だ。美嘉と亮太に留守番をさせる時間は少しでも短くしてやりたいし、教室の運営がうまく回っていくようになれば、仕事の合間にちょっと帰宅して子どもたちと夕食を食べることも……いや、いまの様子では、それはちょっと考えずにおきたい。

「はっきり言ってね、この地区は赤門セミナーと特訓塾でほとんど食い尽くされてるんですよ。それは田島さんもわかってたでしょ？　僕、最初に言いましたよね、新参者が食い込んでいくのは大変なんだ、って」

正確には、微妙にニュアンスが違っている。本部での面談のとき、加納くんは『赤門』も『特訓』も、確かに名前は通ってます。でも、講師とテキストにかんしてはウチのほうが上ですから、安心してください」と言っていたのだ。

この教室は「栄冠ゼミナール提携校」として運営される。講師の派遣とPR活動を本部が請け負い、オリジナルテキストの使用料という形で生徒数に応じたフランチャイズ料をこちらが本部に支払う、というシステムだ。

生徒数が揃わなければ、私も教室の運営ができないし、栄冠ゼミナール本部も、上納金まがいのフランチャイズ料の収入が見込めない。

「まあ、とにかく、スタートダッシュは見込みはずれでしたけど、いったんウチの看板を掲げたわけですから、そう簡単に撤退してもらうわけにはいかないんですよ。この世界は信頼感と安心感で成り立っているようなものですからね。くじけずにがんばってもらわないと」

地区の統括責任者の加納くんは、週に一度のペースで教室を訪ね、状況に応じたコンサルをすることになっている。月謝未納の生徒をどうするか、他の生徒に迷惑や悪影響をおよぼす生徒をどう排除するか、部屋や講師陣をどう効率的に回していくか……。彼の業務の中には生徒募集のPR活動も含まれているはずだが、まだ具体的なテコ入れ策は教えてもらっていない。

「やっぱり勝負は口コミですよ。『お試し』を受けた生徒さんが、家に帰って『すごくわかりやすい授業だったよ』と親に話したり、新学期が始まってから友だちに『栄冠ゼミナールってわかりやすいよ』なんて言ったりすれば、それで評判が広がっていくんです」

「はい……」

「塾は学校とは違います。生徒は百パーセントの期待を抱いて通ってくるわけですから、こっちは百二十パーセントの満足を与えないとダメなんです」

よくわかる、というより、それは説明会で本部の幹部社員が話していたことをそっくり繰り返しただけの言葉だった。

「それで……エリアマネージャー」

「やだなあ、『加納さん』でいいですよ、肩書きで呼ばれるのって他人行儀じゃないですか」

十歳以上も年下の相手に「さん」付けをしたくないからだ――という本音を押し隠して、「すみません、サラリーマン時代の癖が抜けなくて」と苦笑した。

「わかりますわかります……で、なんです？」

「具体的に、これからどうすればいいですか」

「具体的に、って？」

「だから、たとえば、折り込み広告をもう一度配るとか……」

「ああ、折り込み広告ね、いいんじゃないですか。ただ、二回目からは費用は教室負担になりますけど。それでよかったら、どんどんやってください。講師の写真や授業風景の写真とか、こっちもすぐに手配しますから」

私の表情に怪訝《けげん》な色を感じ取ったのか、加納くんはすぐにつづけて「契約書、よく見てくださいね」と言った。「開設時や夏期講習、冬期講習、春期講習の折り込み広告は、最初に配るのは本部が費用を出します。でも、追加で配るときには各教室の負担になるって……契約のときにもお話ししたはずですけどね」

確かに——そうだった。

現実の厳しさが、胸に刺さる。

「あの、あと……加納さん」

「はいはい、なんでもどうぞ」

「講師のほうは、広告どおりの先生が来るんですよね？」

「どういうことですか？」

今度中三に進級する生徒の母親から、さっき問い合わせがあった。受験参考書も出している看板講師が春期講習で英語を担当すると広告には謳っているが、それはほんとうなのか、と。疑わしそうな口調だったが、私が「だいじょうぶです、いらっしゃいます」と答えると、それこそ百パーセントの期待を込めた声に変わって「まだ空きはありますか？」と電話で受講を申し込んだのだ。

ところが、加納くんは眉をひそめて「ああ、それ、まずいなあ」と言った。

「そういうことを軽々に約束しちゃうのは、ちょっとねえ、まずいなあ、それ」

「いや、だって……」

「考えてみてくださいよ。佐藤センセイはウチのエースですよ。受講生が百人いてもおかしくないんです。その佐藤センセイを十人やそこらの授業に使えるわけないでしょ。そんなことしちゃったら、こっちがセンセイに叱られちゃいますよ」

「来ないんですか？」

「はい、来ません」

「でも、広告には佐藤センセイの写真も……」

「あのね、田島さん、これ忠告ですけどね、いろんな書類とか、ちゃんと読んだほうがいいですよ。広告もよーく見てください」

　私はデスクの上にあった折り込み広告のサンプルを手に取った。

「その日程表の下、書いてあるでしょ、『講師は変更される場合もありますのでご了承ください』って」

　確かに――あった。

目を凝《こ》らさないと気づかないほどの小さな文字で。

「今回のケースは、まさに講師が変更される場合ってやつですよ。佐藤センセイを派遣できるのは受講生三十人以上の教室という内規がありますから、残念ですが、希望ヶ丘教室はその条件を満たしていないということです。わかりやすいでしょ？　生徒がたくさんいれば、いいセンセイが来てくれる、そうすれば生徒はもっと増えるし、本部もさらにいいセンセイを送り込む、生徒はもっともっと増えていく……」

相乗効果ってやつですよ、と加納くんは笑った。逆の場合は悪循環の泥沼ですけどね——と、言わなくても伝わった。

「ま、代わりに若手で伸び盛りのセンセイを寄越しますから、乞うご期待ってことで」

現実の厳しさが、また胸に刺さる。

折り込み広告のレイアウトができあがったとき、「無料の体験講習でこれだけのレベルの講師を揃えてるところは、他にありませんよ。見るひとが見ればぶっ飛んじゃうようなメンバーですから」と得意げに言っていた加納くんの顔が浮かぶ。

現実は厳しい。わかっている。圭子が亡くなったときに、それはもう、嫌というほど思い知らされたはずじゃないか……。

＊

加納くんがひきあげたあとも電話がかかるのを待っていたが、結局新規の申し込みはゼロ。昨日まではぽつりぽつりとあった問い合わせの電話も、今日はかかってこなかった。
かけた電話は一本——佐藤センセイが来るのかどうか尋ねてきた家に、お詫びの電話を入れた。

加納くんには「そんなことしなくていいですよ。申し込みをしたっていっても無料なんだし、広告にはちゃんと変更の可能性も書いてあるんですから」と言われ、「へたに謝って言質《げんち》を取られることだってあるんですからね」と釘も刺されていたが、こういうときに知らん顔はできない性格なのだ。

電話に出た母親に、講師が変更になった旨を伝えた。

あんのじょう、先方は「えーっ、なんですか、それ」と不満そうに言って、こっちから切り出す前に「じゃあキャンセルです、もういいです」と電話を切ってしまった。

現実は厳しい。いや、厳しいからこそ現実、なのだろうか。

私は申込書のファイルを繰って、その家の息子――「宮嶋泰斗《みやじまやすと》」のページを抜き取った。

2

重い気分で家に帰ると、待ちわびていたように亮太が階段を駆け下りてきた。

「お父さん遅いよ！　早くしないと遅刻しちゃうよ！」

すでに上着を羽織り、手提げ式の書道セットまで持っている。このまま靴を履《は》いて玄関を飛び出していきそうな勢いだった。

「まだ五時過ぎだぞ。十分あれば着くんだから、あわてるなって」

私は苦笑交じりに言って、ほらどいてどいて、さがってさがって、と手振りで示しながら家に上がった。

先方との約束の時間は、午後六時――亮太のせっかちな性格は母親に似た。

「美嘉は？」

「勉強してる。新しい学校のコにナメられちゃいけないって、もう三年生の勉強してるんだよ」

負けず嫌いで生真面目な美嘉の性格は、これも母親似だ。

リビングのソファーに座って、一息入れた。「だいじょうぶ？　間に合うの？」と心配顔の亮太に、「平気だって。ちょっとなにか飲むもの持ってきてくれよ」と言った。本音としてはビールでもグッと飲んで、加納くんの二枚目気取りの顔を頭から振り払いたいところだが、さすがに酒のにおいをさせて入門の挨拶に出向くわけにはいかない。

亮太が持ってきたミネラルウォーターをペットボトルからラッパ飲みして、こういうところを美嘉に見られたら面倒なんだよな、と肩をすくめた。去年あたりから、美嘉は私がボトルからじか飲みした飲み物には決して口をつけなくなった。中学一年生の頃——圭子が亡くなった年には私に任せきりだった洗濯も、二年生になると「わたしがやるから」と言い出した。そのときは単純に「自分のことは自分でやれるようになったんだなあ」と感心していた私は、圭子が生きていれば「ほんと、ニブいんだから」とあきれられるほどのんきな性格なのだ。

「ねえ、お父さん」

「うん？」

「ズイウン先生って、どんな先生なんだろうね」

「さあなあ……」

「お姉ちゃんがね、お習字の先生なんて絶対にすっごいジジイくさくて怖いから、って」

そうかもしれない。

少なくとも、正真正銘のじいさんであることは間違いないだろう。

「だいじょうぶか？　ほんとにつづけられるのか？　入ってすぐにやめちゃうのなんて、お父さん、嫌いだぞ。一回入ったら、友だちと遊ぶ約束しててもサボっちゃだめなんだぞ。それ、ほんとにできるのか？」

ゆうべまで何度も訊《き》いた言葉を、また口にした。

「だいじょうぶだって言ってるじゃん」——亮太の返事も、いつも変わらない。

亮太は今日から、書道教室に通う。「とりあえず見学なんだからな、つづける自信がなかったら、今日のうちだったらやめてもＯＫだからな」とは念を押しておいたが、おそらく本人は見学だけでやめてしまうことなど、これっぽっちも考えていないだろう。

習字に興味があるわけではない。机に向かって字を書くよりも、外を走りまわって汗をかくほうがずっと好きな子だ。

そんな亮太が自分から「お習字やってみる！」と言い出した理由はただ一つ——そこが、小学五年生の頃の圭子が通っていた書道教室だったから、だった。

＊

希望ヶ丘に引っ越してきた日に、藤村香織さんが教えてくれた。

「ケイちゃんと一緒に通ってた書道教室が、一丁目にあるのよ。あの頃からオジサンの先生だったけど、いまでも玄関に看板は出てるから、息子さんか誰かが跡を継いで教えてるんじゃないかなあ」

香織さんの情報は半分だけ正しかった。電話で問い合わせると、確かに書道教室はまだつづいていた。ただし、息子さんが継いでいるわけではなかった。圭子が書道を習った先生——本條瑞雲《ほんじょうずいうん》先生が、まだ現役で教えていた。

圭子が希望ヶ丘に引っ越してきたのは小学五年生、十一歳のときで、生きていれば今年四十一歳だから、ちょうど三十年前ということになる。

三十年前のオジサンは、いま七十代か、八十代か……。

電話に出たのもおばあさんだった。耳が遠いのだろう、こっちの話を何度も聞き返して、月謝のことを尋ねる私に、少し申し訳なさそうに「通われるかどうかは、じかにご覧になってからでけっこうですから」と言った。なんとも低姿勢というか、入門の申し込みがあったことじたいに戸惑っているような様子だった。

「瑞雲先生に教えていただけるんですか?」と私が訊いたときも、「よろしいんですか?」と逆に驚いて訊き返してきたし、電話を切るときには「ありがとうございました、ありがとうございました」と二度も礼を言われた。

なんとなく——いや、きっと、教室の看板は掲げていても、開店休業の状態なのだろう。それも、もう何年も前から、といった感じだった。

最初は、友だちもできるだろうし、まあいいか、と亮太の書道教室通いを認めるつもりだったが、さすがに、ちょっとこれはマズいかもな、と不安になってきた。そうでなくても落ち着きのない子が先生とマンツーマンで書道を教わるというのは、ほとんど拷問に近い仕打ちかもしれない。

だが、亮太はもうすっかりその気になっている。やっと五時半を回ったところなのに、「ねえ、そろそろ行こうよ、遅刻したらマジ、ヤバいじゃん」と玄関とリビングを行ったり来たりして、その間も書道セットを床に置こうともしない。

私はまたミネラルウォーターを飲んでため息を一緒に呑み込み、これで最後だ、と亮太を呼び寄せた。

「あのな、亮太……一言だけ言っとくぞ。お母さんが通ってたのは、もう三十年も前のことなんだからな」

「うん、知ってるよ」

「教室に行っても、そんな、お母さんのこと思いだすようなもの、なにもないぞ」

「あたりまえじゃん、そんなの」

「……先生だって、お母さんのこと覚えてないと思うけどなあ」

言ったあとで、ちょっとかわいそうだったかな、と悔やんだ。

テンポよく返事をしていた亮太も、ここで初めて言葉に詰まって、私から目をそらした。

わかっているのだ。

ここはお母さんの「ふるさと」で、亮太の知らないお母さんの思い出がたくさん残っている――希望ヶ丘に引っ越してきたとき、亮太はその期待に胸をふくらませていたはずだ。

亮太には、宝物がある。

つい数日前に手に入れたばかりの宝物だ。

香織さんから、圭子の同窓会名簿をプレゼントしてもらった。

小学校と中学校の同級生で、いまも希望ヶ丘に住んでいるひとは十人近くいる。新学期が始まって新しい生活に慣れたら、亮太は同級生を一人ずつ訪ねてお母さんの話を聞くつもりらしい。

気持ちはわかる。痛いほど、よくわかる。

だからこそ、「だめだぞ、勝手なことしたら。ひとの家に行ったり電話かけたりするのは、お父さんと一緒のときじゃないと絶対にだめだからな」と、強い口調で釘を刺しておいた。「どうせだったら近いうちに同窓会開きましょうか？」という香織さんの提案もやんわりと断った。

お母さんのことを忘れろ——とは言わないが、いつまでも思い出をたどっていてはいけない、とも思う。

圭子は亡くなった。私たちは生きている。圭子と私たちの間にはどうしようもない境界線が引かれていて、その線は、時がたつにつれて太くなっていくはずだし、なっていかなければならないはずなのだ。

だが、急にしょんぼりしてしまった亮太を見ていると、こっちまで胸が締めつけられてしまう。

「あ、でも、亮太……」

「なに？」

「覚えてるかも、しれないけどな、お習字の先生も」

かも、を強めて言った。

あなたって――と、圭子はよく言っていたものだ。優しいところあるけど、その場しのぎもけっこうやっちゃうひとだよね――。

そういう性格を「優柔不断」と呼ぶことぐらい、私だって知っている。

「ちょっと早いけど、そろそろ行くか」

ソファーから立ち上がると、亮太は先に玄関に向かいかけて、ふと立ち止まり、私を振り向いた。

「お習字の先生、お母さんのこと忘れてるかも、しれないけど、しょうがないよね」

えへへっ、と笑う。

かも、をしっかりと強めていた。

親として、よろこびともせつなさともつかない感慨に包まれるのは、こういうときだ。

それは同時に、その感慨を分かち合う相手がいない寂しさを嚙みしめるときでもあるのだが。

＊

夕方六時前の空には、まだ陽が残っていた。遠くに見える工業地帯の煙突やタンクがぼんやりと霞《かす》んでいる。夕暮れの風には、もう肌を刺すような冷たさはない。

「春だなあ……」と歩きながらつぶやくと、亮太は「オヤジくせーっ」と笑って、

「あ、でも、マジ、オヤジかぁ」と自分でオチをつけて、また笑った。

「お習字の先生はおじいちゃんなんだから、そんなしゃべり方するなよ。叱られちゃうぞ」

「ね、ズイウンって変わった名前だよね。ひょっとしてガイジン？」

「違う違う、たぶん『号』だよ」

「ゴウって？」

「ペンネームとか芸名みたいなものだな」

本條瑞雲——なかなかカンロクのある号だ。もっとも、こんな住宅街で書道教室を開いているぐらいだから、書家としてはたいしたことはないのだろう。

「お母さんって、なんでお習字なんか習ってたんだろうね」

「香織おばさんが誘ったって言ってたけどな」

「付き合いってやつ？」

「うん、まあ……そんな感じかもな」

二人が瑞雲先生の教室に通っていたのは、小学五年生と六年生の二年間だけだったという。その頃はまだ小学生の習い事として書道はポピュラーだったので、通う曜日を学年別に分けても毎日十人以上の生徒が瑞雲先生宅の広間に集まっていたらしい。

だから――やっぱり先生が圭子のことを覚えてるわけないよな、と自分に言い聞かせた。

「お父さん、まだ？」

「次の次の角を曲がるんだ。しっかり覚えとけよ、今夜は迎えに行ってやるけど、今度からは自分で帰るんだからな」

「うん……でも、なんかわかりにくいよね。目印がないっていうか、ぜーんぶおんなじような家なんだもん」

「ニュータウンっていうのは、そういうものなんだよ」

「知らないひとだと道に迷っちゃうよね」

「うん、迷う迷う」

以前住んでいたのは、商店街からほど近い場所にあるマンションだった。部屋は五階にあったが、窓を開けると高速道路の高架が視界をさえぎり、朝夕は私鉄の踏切の音がひっきりなしに聞こえる。不動産広告が好んで謳う「閑静」や「風格」など望むべくもない環境でも、交通の便はよかったし、街のたたずまいにもメリハリがあった。

希望ヶ丘は、「風格」はともかく、「閑静」であることは確かだった。夜になると幹線道路の希望通りとふれあい通り以外は、車やひとの行き来はほとんど絶えて、しんと静まりかえる。それでいて、たまに生活道路に入ってくる車は坂道でエンジンを吹かすので、ほんの一台の車の音に眠りを破られることも多い。

前の家とどっちがよかった——？

訊いてもしょうがないことを、つい訊きかけたとき、携帯電話が鳴った。栄冠ゼミナールの事務室にかかってきた電話が転送されたのだ。

「栄冠ゼミナールさんですか？」

女性のとがった声だった。「教室長さんいらっしゃいますか？」とつづける声には、さらに、いらだちも交じっていた。

亮太に背を向けて歩きながら「私ですが、教室長の田島です」と応えると、先方は「さっき電話もらった宮嶋ですけどね」と言った。

「あ……どうも、先ほどは……」

春期講習の講師が変更になったことを伝えた相手だ。看板講師が派遣されなくなったことを説明すると、すぐさまキャンセルして、乱暴に電話を切ったひとだった。たしか、生徒の名前は宮嶋泰斗といった。

「電話、主人に代わります」

「はあ……」

なんなんだ、と思う間もなく、男の声が耳に刺さった。

「ちょっとね、おたく、責任とってもらえますか」

切り口上、いや、喧嘩腰と言ってもいい。

「おたくのせいですからね」

宮嶋泰斗の父親は、怒気をはらんだ声で言った。

3

この先の角を曲がれば瑞雲先生の家に着く——というのはわかっていたが、だからこそ、私は角を曲がらず、まっすぐに道を進んだ。

「そっちじゃないの？」

左の道を指差す亮太に「いいんだいいんだ、まだ時間あるから」と答える声は、微妙にうわずってしまった。だめだ。やはり少しアタマを冷やさなければ、瑞雲先生の家を訪ねることなどできない。

「いまの電話、誰からだったの？」

「……仕事の電話だよ」

「仕事って、塾の？　生徒から？　先生から？」

「誰だっていいだろ」

「なんであんなに謝ってたの？　お父さん、なにか失敗しちゃったの？」

「謝ってなんかないって、なに言ってんだよ。お父さんエラいんだぞ、教室長なんだからな」

亮太には聞こえなかったはず、なのだ。そのために背中を向け、遠ざかって歩きながら、手で口元も覆って話したのだ。

だが、亮太は「だって謝ってたじゃん」と言う。「ぺこぺこお辞儀してたじゃん、お父さん」

「……してたか？」

「うん、すみませんすみませんすみません、って感じで」

そういうところの詰めの甘さが、サラリーマン時代にもパッとしなかった所以《ゆえん》なのだろう。

「まあ、いろいろあるんだよ、仕事なんだから」と無理やり話を終えて、足早に歩きつづけた。

確かに謝った。ぺこぺこ頭を下げた。それは認める。だが、私はただ失敗を詫びていたわけではない。怒ってもいたのだ。思いっきり腹を立ててもいたのだ。おとなには怒りながら謝らなきゃいけないときがあるんだ――と亮太が理解するには、あと十年やそこらはかかるだろう。

実際、ひどい電話だったのだ。

宮嶋泰斗の父親は、「どうしてくれるんですか」と言った。「責任とってください」とも言った。

息子の春期講習のことだ。

栄冠ゼミナールの春期講習に申し込んで、すっかり安心していた。ところが今日になって、目玉の佐藤先生が教壇に立たないことを、おたくに一方的に通告された。当然、申し込みはキャンセルした。しかたなく別の塾の春期講習を申し込もうとしたら、赤門セミナーも特訓塾も、すでに一番レベルの高いクラスは満杯だった。

その責任をとれ――と、父親は言ったのだ。

加納くんに指示されていたとおり、チラシには講師の変更の可能性も書いてあるということを、やんわりと伝えた。

ところが、父親は「責任逃れをするわけですか」と語気を強め、「こんなちっちゃな字で書いて、それで逃げるなんて、だまし討ちと同じですよ」とまで言った。

あ、ヤバい――と思ったのだ。

塾の経営にあたっては、これだけは生徒や親から言わせてはならない危険な言葉、いわばデンジャラス・ワードがいくつかあるのだと、加納くんから聞かされていた。「わからない」「わかりにくい」「授業がつまらない」「役に立たない」「学校の授業と変わらない」……そんなデンジャラス・ワードの中に、「だまされた」というのも含まれている。それも、危険度がきわめて高い言葉として。

加納くんは言っていた。

「補習塾はいいんです。ウチの塾でも基礎クラスだと、学校の授業についていけるように、という期待で通ってくるわけですから、結果がすぐに出るんですよ。だめならだめで、さっさと見切りをつけて別の塾に移ってもらえばいい。こっちも去る者は無理には追いません。相性っていうのもありますからね」

ただし、受験がらみのクラスは違う。一年間……いや、生徒によっては二年がかり三年がかりの塾通いの結果が出るのは、ただ一度きり、入試がどうなったかだけなのだ。

「どんなに途中の模試で成績が伸びてても、最後の最後でコケちゃったらアウトなんです。塾に通った日々がぜんぶ否定されちゃうんです」

それは、確かにそうだ。

「受験塾っていうのは、お金を先にもらって、最後に結果を出す商売なんですよ。だから信頼が大事なんです。『あの塾にはだまされた』なんていう評判が立っちゃうと、もうおしまいなんですよ」

これも――よくわかる理屈だった。

「だから、とにかく、『だまされた』とか『詐欺だ』とか、そんなことをチラッとでも言われたら、なにがあっても誤解を解いてください。教室の存亡にかかわる緊急事態なんですから」

まさに、いまが緊急事態というわけだ。まだ教室を開いてもいないのに存亡の危機に直面してしまったわけなのだ。

だとすれば、こちらはひたすら、言質をとられない言い回しで――政治用語でいうなら遺憾の意を表明するしかなかった。

宮嶋泰斗の父親は、なおもくどくどと文句を言いつのる。

そのしつこさに辟易《へきえき》し、しだいにアタマにも来ながら、私は防戦一方で「お気持ち、お察しします」と「ご理解ください」と繰り返す。おそらく、そのあたりで頭をぺこぺこ下げてしまったのだろう。

それにしても、しつこかった。まったくもって、しつこいクレームだった。しかも、母親の声も聞こえる。「口だけで謝られてもしょうがないのよ」「ちょっとパパ、もっとガツンと言わなきゃダメよ」「責任とらせてよ、責任」……。

夫婦そろって、ろくでもない奴らだ。最後はうんざりして、本部のしかるべき部署に連絡するからという父親の言葉を、わかりました、と受け容れた。実際、チラシについては本部の管轄だ。文字の大きさがどうこうなど、一介の教室長に言われても困るのだ。

電話を切ったあとも、ムカムカとした気分の悪さはおさまらなかった。

宮嶋泰斗は今度中学三年生になる。美嘉と同じだ。希望ヶ丘中学で同学年——同級生になることも、ありうる。あんな親と保護者会で一緒になるのはたまらない。この一件を蒸し返されて、過保護な両親に育てられたバカ息子が美嘉をいじめでもしたら……もしもそんなことになったら、なにがあっても許さないからな……。

心の中で力んでつぶやき、街灯のつくる自分の影をにらみつけていたら、「お父さん！」と亮太に呼び止められた。「どこまで行くわけ？　間に合わなくなっちゃうよ」

腕時計を見たら、六時三分前——あわててきびすを返した。

「おい、亮太、ダッシュだ、ダッシュ！」

「なんなのぉ？　いったい」

「悪い悪い悪い、いいから、ほら、ダッシュ！」

＊

ひな壇の土地に建つ瑞雲先生の家は、古びた一戸建てだった。おそらく希望ヶ丘が開発された時期——一九七〇年代半ばに建てられた家なのだろう。まわりの家はすでに建て替えられて、そこそこ新しいので、よけい古さが目立ってしまう。

しかも、さすがに書家のアイデンティティというやつか、建物は瓦屋根の純和風で、庭も和風。剪定《せんてい》した松の木の奥に小さな石灯籠まで見えている。それがまた、まわりの家や庭とそぐわず、洋風ビュッフェにアジの開きが紛れ込んでいるような印象だった。

「ここで、いいんだよね？」

「ああ……看板も出てるだろ」

『本條瑞雲書道教室　入門随時　初心者歓迎』——門扉《は》の横の塀に掛かった看板は、建物に負けないぐらい古びていた。文字がほとんど剝げ落ち、錆《さび》が一面に浮いて全体が茶色に染まっている。看板も「初代」のまま、なのかもしれない。

「どうする？」

門の外で、亮太に訊いた。

「……って？」

「やめちゃうんだったら、お父さん、それでもいいと思うぞ」

亮太は「えーっ……」とうつむいた。さっきまでなら即座に「やめるわけないじゃん」と答えていたはずだが、瑞雲先生の家を見て、わくわくした気持ちの高ぶりが少し醒《さ》めてしまったようだ。

「通ってる子はほかにもいるんだよね？　ぼくだけじゃないよね？」

「それを今日訊こうと思ってるんだけど……小学生はいないかもしれないなあ……」

「マジ？」

「いや、まだわかんないけど、どうもなあ、小学生が通うっていう雰囲気じゃないんだよなあ」

亮太も「だよね……」と声を沈め、「なんか、お化け屋敷みたいだもんね」と言った。

年季の入った表札には本條瑞雲と書いてあったが、郵便受けには本名が記されていた。

山本和夫——これなら号に凝るしかないだろうなあ、と納得する。

その下には、苗字抜きで「チヨ」とある。電話で応対してくれた奥さんなのだろう。

名前はそれだけだった。老夫婦の二人暮らし、ということか。亮太がお化け屋敷なんてスルドいことを言うものだから、人里離れた峠道で旅人の子どもをさらって食らう老夫婦……というホラーめいたことまで想像してしまった。

やっぱりやめるか、と亮太に声をかけようとしたら、玄関の引き戸がガラガラと音をたてて開いた。

中から誰か出てくる。

亮太と二人、思わず塀の陰に隠れて、そっと玄関の様子をうかがった。

出てきたのは、和服姿の小柄なおばあさん——チヨさんだった。

戸口からきょろきょろと左右を見回し、首をかしげて、一瞬不安そうな顔になった。待っているのだ。私と亮太を。六時を過ぎてもチャイムが鳴らないので、心配して外に出てきたのだろう、きっと。

家の中から、声が聞こえた。

しわがれたおじいさんの声——瑞雲先生だ。

「もういい、寒いから閉めとけ」

不機嫌そうな声だった。

「でも、そろそろいらっしゃると思いますから……」

チヨさんの声や口調は、古き良き昭和のおばあさんそのものだった。

「外に突っ立ってたら風邪ひくぞ、もういい、中に入ってろ」

瑞雲先生の姿は、ここからでは見えない。ただ、声だけでも、頑固でおっかない姿は目に浮かぶ。チヨさんの体を案じるそっけない気づかいが――逆に、他人に対する厳しさをひしひしと予感させる。

「ちょっと近くまで迎えに行ってみますね」

チヨさんが外に出てきた。

ダメだ、これは――。

亮太と顔を見合わせて、うなずき合って、パッと体を起こした。

「ねえ、お父さん、この家じゃないの？」

亮太は屈託のない声をあげた。意外とお芝居が上手《うま》い。

「あ、そうだなあ、看板出てるぞ」――もしも美嘉が一緒だったら、きっと思いきり冷たい目で見られてしまうだろう。

チヨさんは門につづく石段の途中で、私たちに気づいた。

「あら、田島さん？」

「はい……田島亮太と、父親です」

なんとか不自然ではない声を出せた、と思う。

「すみません、ちょっと遅れてしまいまして」

「いえいえ、もうねえ、古い家なもんでわかりづらかったでしょう？」

古い家だからこそ目立つのだが、もちろん、愛想笑いで受け流した。

「どうぞどうぞ」

門扉を開けてくれたチヨさんは、亮太と目が合うと「寒かったでしょう、夕方になると風が冷たいからねえ」と笑った。

優しそうなひとだ。田舎のおふくろにどこか似ている。

だが、こういうおばあさんにかぎって、連れ合いには頑固で偏屈なじいさんを選んでしまうものなのだ。私の脱サラに最後まで猛反対していた田舎の親父のしかめっつらが、つい思い浮かんでしまう。

「いらっしゃいましたよ、田島さん」

先に立って玄関に入ったチヨさんは、家の中に声をかけた。

返事はない。

「田島さんいらっしゃいましたよ」

二度目も、返事なし。

チヨさんは私を振り向いて、「ごめんなさいね、聞こえないのかしら」と申し訳なさそうに言った。

すると――。

「聞こえとる！」

おっかない声とともに、どすどすと廊下を踏み鳴らす足音が迫ってきた。亮太はすばやく私の陰に身を隠し、私は咳払いをして居住まいを正した。

瑞雲先生が姿を見せた。

作務衣《さむえ》の上に、綿入れ半纏《ばんてん》を羽織っていた。白髪の角刈りだった。年老いてはいたがゴツい体つきだった。書道ではなく柔道の先生ではないかと思うような風貌で、私を一瞥《いちべつ》する目の鋭さも、芸術家というより大工の親方のそれだった。

「あの……初めまして、わたくし、田島と申します……あの、このたび、息子の……」

挨拶しかけたら、瑞雲先生はさらに眼光を鋭くして――。

「遅い！」

引き戸の磨《す》りガラスが震えるほどの声で、吠えた。

だが、チヨさんはあわてない。あらあら、まあまあ、と落ち着き払って笑う。このばあさん、あんがい図太いのかもしれない。

4

「こちらへどうぞ」とチヨさんに案内されたのは、広い和室だった。床の間のついた八畳の座敷と、次の間の六畳間を、襖《ふすま》をとりはずしてつなげてある。

縁側の外には庭が見える。玄関のほうからはわからなかったが、純和風の庭には鯉の泳ぐ小さな池まであった。

「うわっ、旅館みたい」

小声で言った亮太は、くんくん、と鼻をひくつかせて、さらに声をひそめて「でも、なんかクサくない？」と訊いてきた。

私は苦笑交じりに「いいにおいだろ」と返す。「これが新しい畳のにおいなんだよ」

合計十四畳の広間には、真新しい畳が敷き詰められていた。床ぜんたいが薄い緑色に染まって、目がチカチカするほどの、草いきれにも似た青畳のにおいがたちこめている。

「ここが教室だったんですよ」

チヨさんは言った。

だった――と過去形をつかった。

「せっかくですから、へそくりはたいて畳を新調したんです。先生には、もったいない、って叱られちゃったんですけどね」

いたずらっぽく笑う。

せっかくですから――という言い方も、微妙に耳にひっかかった。

広間には家財道具はなにもない。上座と下座で向かい合うように、折りたたみ式の細長い座卓が二脚置いてある。床の間のすぐ前の座卓はともかく、六畳間のほうに置かれたもう一脚の座卓は、いかにもぽつんとした感じで居心地悪そうだった。

それを察したチヨさんは、申し訳なさそうに言った。

「ごめんなさいね、先生ともっと近くで差し向かいのほうがいいとは思ったんですけど、入門したばかりの生徒さんはこっちの部屋から始めるのが習わしでしたから」

でした――と、また過去形になる。

縁側の隅には同じ座卓が何脚も、埃《ほこり》よけのビニールシートをかぶせて積み上げられていた。それも、たまたま今日だけそこに置いてあるというのではなく、縁側の隅が定位置というか、すっかりなじんでいるというか……六畳間に置いた机よりずっと居心地良さそうに見える。

やはり、この書道教室は、もうずいぶん以前から開店休業の状態だったのだろうか。亮太は何年ぶりかの弟子ということになるのだろうか。

「あの……」

心配になってチヨさんを振り向くと、チヨさんは胸の内をすべて見抜いたように、

「はあい、そうなんですぅ」とにっこり笑った。

「亮太くん、ほんとうにひさしぶりのお弟子さんなんです。もう先生も八十過ぎてま

すから、亮太くんが最後のお弟子さんですよ、きっと」

「はあ……」

「先生の書の哲学、しっかり受け継いでくださいねえ」

「哲学、ですか……」

「はあい、そうなんです、書はココロですからぁ」

ほろほろと、小さな鈴を鳴らすように笑う。上品で、ちっちゃくて、かわいらしいおばあさんだ。ダンナを「先生」と呼ぶあたり、ほんとうに瑞雲先生を尊敬しているのだろう。だからこそ——どうもヤバいところに足を踏み入れちゃったかなあ、とも思うのだ。

＊

亮太と二人で、六畳間の座卓に並んで座った。

ふだんは畳とはほとんど無縁の生活だ。以前住んでいたマンションにも、今度の家にも、いちおう和室は一部屋ある。だが、そこでかしこまって座る機会などない。「和室があると洗濯物を畳むときに便利だよね」と言う美嘉は、まがりなりにも正座ぐらいはできるが、亮太のほうは、和室とはごろごろ寝転がることができる部屋、ぐらいの意識しかない。

だから——。

だらしなく投げ出している亮太の両脚を軽くつついて、「ほら、ちゃんと座らなきゃだめだぞ」と言った。

「あぐらでいい？」

「いや、ちゃんと正座しろ」

「だって、お父さんだってあぐらかいてるじゃん」

「先生が来たら正座するから」

「ねえねえ、正座って何秒ぐらいするの？　一瞬ですむ？」

「……すむわけないだろ。先生がいるときはずっと正座だよ、たぶん」

亮太は「マジ？」と聞き返し、私がうなずくと、「うげーっ……」と顔をしかめた。

私だって困っているのだ。

正座をするのは、二年前——圭子のお通夜のとき以来だった。

あのときは大失態をさらした。焼香や読経が終わって、参列者も通夜ぶるまいの席に移ったあと、最後に立ち上がろうとしたら床にひっくり返ってしまったのだ。

あわてて体を起こし、立ち上がろうとして、またひっくり返り、そのまま仰向けになって、祭壇の圭子の遺影を見つめた。

圭子は笑っていた。不思議なことに、動かないはずの遺影の笑顔は、座ったときにはまっすぐにこっちを向いていたのに、寝ころんでも目が合う。あーあ、と苦笑しているように見える。そんな圭子の笑顔に、まいっちゃうよなあほんと、カッコ悪いよなあ、と無言で語りかけたとき——それまで流れなかった涙がいっぺんに、嗚咽《おえつ》とともに目からあふれたのだった。

翌日の葬儀は、遺族も椅子席にしてもらった。菩提寺で営まれる法要のときには、親戚にヒンシュクを買うのを覚悟して、あぐらをかく。しょうがないなあ、と苦笑する圭子の顔が、いつも——遠くに、ぼんやりと浮かんでいる。

「お父さん、来たよ、来たよ」

亮太の声にふとわれに返ると、廊下を踏み鳴らす足音が聞こえた。

私は膝を揃え、亮太もあわてて正座をして、瑞雲先生を迎えた。

瑞雲先生は玄関で会ったときと同じように、ギョロリとした目で私たちを一瞥し、にこりともせずに上座の座卓の前に座った。

背筋がピンと伸びた、みごとな正座だった。膝の上の手も、ここしかない、という確固たる自信と誇りとともに、ぴたりと置かれている。書道の先生というよりも、むしろ武道の達人の雰囲気だった。

一方、私の正座は——膝や足首がぺたんと割れていないせいで、妙に腰高で不安定なものになっている。体重をかけまいとして体ぜんたいが前がかりになって、それを膝についた両手で支える格好だった。しかも、上体が勝手に小さく揺れる。ピタッと止まれ、背筋をピンと伸ばせ、と自分に言い聞かせても、いや、それでかえって体のヘンなところに力が入ってしまうせいか、上体の揺れは止まらない。

そこに——。

「なんだ！　その正座は！」

瑞雲先生の一喝が轟《とどろ》いて、私はあっけなく横向きに倒れてしまった。

＊

何度も正座をやり直してみたものの、そのたびに瑞雲先生に「だめだ、そんなのじゃ」と叱られた。足の甲を畳にぺたんとつけなければいけないというのはわかっていても、足首の関節が固いせいか、なかなかうまくいかない。

しまいには瑞雲先生もサジを投げて、「もういい」としかめつらで言った。「こんな正座されると、見てるほうがいらいらする。好きな格好で座ってろ」

亮太が、小声で、お父さんラッキー、とうらやましそうに言った。

私の正座にはやたらと注文をつけた瑞雲先生だが、亮太にはなにも言わない。眉を怒らせたまなざしも、私から亮太に移ると、多少なりともやわらいだようにも見える。

「入門の動機を、父上に訊こうか」

父上――って俺のこと、なんだよな……と確認したぶん、返事がワンテンポ遅れると、それだけで瑞雲先生は「動機も言えんのか」とにらんでくる。

「いえ、あの、動機といいますか、理由はですね……」

「うむ」

「その、つまりですね……」

圭子のことをここで打ち明けるかどうか迷っていたら、「長い！」とまたもや一喝された。「一言で言えんような動機なら、最初から来るんじゃない！」

そんな、めちゃくちゃな――。

唖然《あぜん》とする私にかまわず、瑞雲先生は亮太に目をやった。

「本人はどうなんだ？　まさか親に言われたから、しかたなく来たわけじゃないんだろう？」

事前の打ち合わせをしなかったことを、悔やんだ。

よけいなこと言うなよ、頼むぞ、と祈るような思いで亮太に目配せしたが、亮太はまっすぐに瑞雲先生を見つめ、はきはきした声で答えた。

「はい、ボク、字が上手になりたいんですっ！　あと、お習字で、ニッポンのココロを学びたいんですっ！」

あまりにもクサいお調子者の一言だった。

私は思わず目をつぶり、顔をしかめて、瑞雲先生の一喝を覚悟した。

ところが、先生から返ってきたのは、「うむっ」という満足げな相槌《あいづち》だった。

「田島くんといったな。下の名前はなんという」

「亮太ですっ。今度五年生ですっ」

「うむ……元気があってよろしい」

亮太はそれを聞いて迷い顔になった。褒めてもらったら、なにか一言お返しをしなければならない、と考えたのだろう。フツーに「ありがとうございます」と言えばいいのに、もっと丁寧に答えようと、ぴったりくる言葉を探していたのだろう。

あ、そっか、という顔になった。マンガなら、頭上に豆電球がピカッと灯《とも》る場面だ。悪い予感がした。こんな純和風のシチュエーションで、亮太が思いつく世界は、ただひとつ――『水戸黄門』しかない。

あんのじょう、亮太は正座をしたまま身を倒し、畳に両手をついた。

「かたじけないっ」

私はまた目をつぶり、喉の奥でうめいた。「あ」に濁点がついたうめき声になった。

だが、一瞬の間をおいて、瑞雲先生は笑った。上機嫌な呵々大笑《かかたいしょう》だった。膝に載せていた手を綿入れ半纏のたもとに入れて、「ふつうでいい、ふつうで」と笑いながら言う。

亮太も照れ笑いを浮かべて、お尻をもぞもぞさせた。

「足がしびれたか」

「……はい」

「じゃあ、今日は特別だ、膝をくずしていいぞ」

「やったっ」

「ただし、字を書くときには正座だからな、稽古のときに膝をくずしたら破門だぞ、いいな」

「はいっ」

さっそく体育座りをした亮太は、あらためて瑞雲先生を見て、えへへっ、と笑った。

先生も、うむ、とうなずいて頬をゆるめた。笑っても顔はおっかない。しかし、さっきの呵々大笑でやわらいだ目つきからは、もう最初の殺気は消え失せていた。

＊

稽古の日は毎週火曜日と金曜日ということになった。夕方五時から六時までの一時間で、月謝は五千円。

習い事としては常識の範囲内だろう。瑞雲先生に「それでよろしいかな」と念を押され、私は「けっこうです」とうなずいた。

だが、亮太にとっては、ここはただお習字を教わるだけの教室ではない。大好きなお母さんが通っていた教室だからこそ、お母さんの思い出がどこかに残っているんじゃないかと期待していたからこそ、ガラにもないお習字を始める気になったのだ。

「あとは、なにか質問はあるかな」

瑞雲先生にうながされ、亮太からも、お父さんお父さん、アレ訊いてよアレ、と目配せされて、思いきって話を切り出した。

「あの、つかぬことをおうかがいしますが……」

「うん？」

「以前……もう三十年近く昔になるんですが、こちらの教室に通っていた、松山圭子っていう女の子を覚えていらっしゃいますか？」

先生はきょとんとした顔になった。

「小学五年生と六年生の二年間、お世話になったらしいんですが……」

先生は、あっさりと「知らんなあ」と言った。「昔はたくさん通ってきとったからなあ、小学生も」

「そうですよね……」

私はつくり笑いを浮かべて「どうもすみません、ヘンなことをおうかがいして」と言った。隣では亮太がしょんぼりとうつむいている。

「どうかしたのか？　その、松山ナニガシとかいう女の子が」

「……いいえ、なんでもないんです」

「うん？」

「あの、ほんとに、なんでもないんです、はい」

玄関のチャイムが鳴って、「梅寿司でーす、お待ちどうさまでしたーっ」と若い男の声が聞こえた。出前の配達のようだ。ひきあげるタイミングは、いま、だろう。もう長居は無用だ。亮太が「やっぱり通わない」と言い出すのなら、あとで私一人で謝りに来ればいい。

「すみません、長々とお邪魔しまして」と立ち上がったら、「ああ、ちょっと待て」と呼び止められた。

「食って行け」

「は？」

「ばあさんが勝手に頼んだ。年寄り二人じゃ食いきれん。食って帰れ」

先生はぶっきらぼうに言った。

床の間を背にして座った瑞雲先生は、チヨさんのお酌を大ぶりな備前焼のぐい飲みで受けながら、「遠慮は無用」と私に言った。

「鮨なんていうのは、遠慮しいしい食べるようなものじゃないぞ。威勢で握って威勢でつまむのが鮨ってもんだ」

私は恐縮してうなずきながら、目の前に置かれた鮨桶を覗き込んだ。

ウニがある。イクラがある。「活け」の車海老もあり、その脇にはあぶった海老の頭も添えてある。アワビがある。子持ち昆布がある。マグロは、大トロに中トロ。お吸い物はもちろん、茶碗蒸しまで付いている。

特上――亮太にまで同じものをとってくれている。さらに、座卓の真ん中には、鯛の活けづくりが、どーん、と鎮座ましましている。

まだ正式には入門の手続きすら取っていない私たちに対して、破格の待遇である。ほとんど歓迎会、祝宴と言っていい。

だが――。

亮太をちらりと見た。あんのじょう元気がない。それはそうだ。母親の思い出に触れたくてここまで来たのに、肝心かなめの瑞雲先生がなにも覚えていないのでは意味がない。

書道教室は無理だろう。サッカーで言えばモチベーションを失ってしまった状態だ。それくらいは親としてわかる。

だからこそ、この鮨に箸をつけてしまうわけにはいかない。それも、おとなとしてわかるのだ。

チヨさんは私に向き直り、「さ、田島さん、どうぞ」とお銚子を持ち替えた。

「あ、いや……」

「先生もふだんは晩酌の相手もいなくて寂しいんですよ、ですから、どうぞ、ご遠慮なく」

にこにこと微笑むチヨさんは、「よけいなことは言わんでいいっ」と瑞雲先生に叱られると、さらに笑みを深める。マイペースというか、「天然」というか、ほんとうに幼い少女のように屈託がない。

その笑顔で「さ、どうぞ」と酒を勧められると、さすがに断れない。

ぐい飲みで酒を受けた。私のぐい飲みも備前焼の大ぶりなものだった。お銚子はもっと大きい。軽く二合は入りそうなサイズで、全体の雰囲気は大らかというか武骨というか、お銚子もぐい飲みも瑞雲先生のものとセットになっているはずなのだが、見るからに形が不揃いでもあって、なんというか、その……。

そんな私の胸の内を読み取ったように、チヨさんは言った。

「このお銚子とぐい飲み、先生の作品なんですよ」

なるほど。書家たるもの、芸術全般に通じているというわけか。一瞬とはいえ「へたくそ」と思ってしまった自分の不明を恥じた。

「これって、うまいの？」

亮太がぽつりと言った。「ぼくにもできそう」――ばか、なに言ってんだ、こら、とあわててごまかそうとしたら、チヨさんは上機嫌な笑い声をあげた。

「へたでしょう？　そうなのよ、先生、陶芸は一回しかやったことないから。初めて窯《かま》に入って、お師匠にスジが悪いって言われて、怒ってやめちゃって、それっきり」

瑞雲先生は不機嫌そうに酒を啜《すす》る。

「でもね、これをお客さまにお出しするのは、特別なときだけなんですよ。よっぽど気に入ったお客さまじゃないと出させてくれないんです」

ねっ、そうですよね先生、とチヨさんが振り向くと、瑞雲先生はますます仏頂面になり、酒をぐびりと飲む。八十代にしてこの飲みっぷり、若い頃はかなりイケる口だったのだろう。

「早く食ってしまえ。腐るぞ」

「いや、あの、それはまだだいじょうぶかと思いますが……」

マグロの中トロを、亮太は箸の先でおそるおそるめくった。

「だいじょうぶよ、亮太くんのはわさび抜いてもらったから」

至れり尽くせりなのである。

「それとも、やっぱり亮太くんにはお肉のほうがよかったかしら」

申し訳なさそうに言うチヨさんを、「日本人は魚だ！」と瑞雲先生は一喝する。

「魚を食えば、字もうまくなる」

理不尽な頑固じじいだということは、さっきから思い知らされている。

それは、まあ、いい。喧嘩別れになるのなら、むしろそのほうがお互いに気が楽かもしれない。だが、問題は、瑞雲先生は頑固じじいなりに私たちを歓待してくれている、ということなのだ。ひさびさの弟子入り志願者登場をチヨさんともども喜んでいる、ということなのだ。

この老夫婦の夢を打ち砕いてしまうことは、やはり私にはできない。といって、やる気をなくした亮太を無理やり通わせるわけにもいかない。

酒を啜り、ふだんは最後まで取っておくウニに箸を伸ばした。

腹をくくった。最後の最後は俺が弟子入りすればいいんだから——と覚悟を決めて、大トロも頬張った。

「どうしたの？　亮太くん。なにか元気ないわねえ……」

チヨさんが言う。

よし、と私はぐい飲みを干して、居住まいを正した。

圭子の話を、二人に伝えた。

途中で亮太の肩を抱き寄せ、圭子の死のくだりを話すときにはゆっくりと拍子をつけて肩を叩きながら、いちばん悲しい記憶を乗り越えた。

*

話が終わると、チヨさんは目に浮かんだ涙をハンカチで拭きながら、「そうだったの……つらかったわねえ、亮太くん、まだ小学生なのに」と言った。

「でも、ぼく、もう元気だよ」

亮太がけなげなことを言うものだから、チヨさんの目はまた赤くなる。

一方、瑞雲先生は、じっと押し黙っていた。作務衣の袂《たもと》の中で腕組みをして、背筋をピンと伸ばし、眉間《みけん》に皺を寄せて、話の最初から最後まで目を閉じたままだった。

「松山圭子さん、ねえ……」

チヨさんの記憶にも残っていない様子だった。しかたない。もう三十年近く昔のことで、その頃は、瑞雲先生の書道教室もたくさんの小学生でにぎわっていたのだ。

「ごめんなさいね、歳をとっちゃうと、ほんとにいろんなこと忘れちゃって……」

チヨさんは申し訳なさそうに言ったが、私は笑って首を横に振った。それでいいのだ。無理やり「覚えてるわよ」なんて言われると、そっちのほうが亮太を悲しませてしまうことになるだろう。

「先生は？　ねえ、なにか覚えてませんか？」

チヨさんに訊かれた瑞雲先生は腕組みをして目をつぶったまま、「覚えとらん」とにべもなく言った。

「あの頃の写真なんて撮ってませんでしたかねえ……」

「そんなもの、一度も撮っとらん」

「でしたよねえ……」

瑞雲先生は腕組みを解くと、どこへ行くとも告げずに席を立った。

部屋に残された私と亮太は顔を見合わせ、しょうがないよな、しょうがないよね、と苦笑いを交わした。亮太も瑞雲先生のそっけない反応で逆にすっきりと踏ん切りをつけてくれたようだ。

「ごめんなさいね、ほんとに先生、愛想なしで……」

「いえ、こっちこそ、ひとが亡くなった話なんかしちゃってすみません、せっかくごちそうがあるのに」

食べよう。鮨を食っちゃおう。鯛の活けづくりも遠慮なくいただこう。さ、食え食え、腹減ってるだろ、と手振りでうながすと、亮太もさっそくイクラに手を伸ばした。

「でも……亮太くんが先生のお弟子さんになる理由、なくなっちゃったわねえ……」

チヨさんは半分あきらめながら、寂しそうに言った。

一瞬、よしっ、と思った。だが、「しょうがないわよね」と自分に言い聞かせるようにつぶやくチヨさんを見ていると、胸がギュッと締めつけられる。

亮太も迷っているのだろう、私に「どうする？」と訊かれるのを避けるように、うつむいて、黙々と鮨を食べつづける。

そこに、瑞雲先生が戻ってきた。色画用紙を綴じた大きなファイルを脇に抱えていた。

「昭和五十二年とか言ってたな」

「は？」

「その、アレだ、この子のお母さんがウチをやめたのは」

「ええ……五十二年の三月に小学校を卒業しましたから、それでやめてるはずです」

「正月にはまだいたのか」

「……たぶん」

ふむ、と先生はうなずいて、ファイルを私に差し出した。

「ここに、あるかもしれん」

なにが？　と訊く前に、チヨさんが「ああ、そうそう、そうよねえ」と声をはずませた。

書き初めの作品——だった。

瑞雲先生の書道教室では、毎年の書き初めの作品を記念に保存してあるのだという。保存といっても色画用紙に半紙を貼って綴じただけのものだが、それでも——「ある」と「ない」では天と地ほども違う。

「わからんぞ、その日休んでたりしたら書いてないからな。わからんぞ、ないかもしれんぞ」

先生は念を押した。私も、ダメでもともとなんだから、と期待しすぎないよう自分に命じた。

だが、そんな「保険」は亮太には通じない。歓声とともに私からファイルを受け取り、畳の上に広げて、一枚ずつめくりはじめた。

あってくれ——。

私も祈る。

頼む、亮太をお母さんに会わせてやってくれ。

亮太はめくる。めくりつづける。松山圭子の作品はなかなか出てこない。五十枚ほどのファイルは、あっというまに残りわずかになった。

やっぱり、なさそうだなあ……と言って、先にあきらめてやったほうが亮太の悲しみがやわらぐだろうか、と思った。

だが、頭の中の考えとは裏腹に、私は亮太と一緒になってファイルを覗き込んで、「あるよ、あるある、絶対にあるから」と声をかけていた。

あってくれ――。

残り五枚。

亮太のために、美嘉のために、そしてなにより私自身のために。

残り三枚。

頼む、圭子に会わせてくれ――。

「お父さん！」

亮太が声をあげた。

最後の一枚が、圭子の作品だった。

間違いない。〈六年一組　松山圭子〉――間違いない、絶対に。

〈希望〉

半紙に大きく、そう書いてある。

希望ヶ丘の、希望だ。

小学六年生の正月、中学入学を春に控えた圭子の胸には、どんな「希望」があったのだろう。それはいくつ叶《かな》えられて、いくつ断ち切られてしまったのだろう。自分の人生が四十歳前に終わってしまうなどとは、夢にも思っていなかったはずだ。

「これ、お母さんが書いたんだよね」

「ああ、そうだ。お母さんの字だ」

「お母さんだよね」

「そうだ……そうだよ、お母さんが一所懸命書いた字なんだ……」

亮太はいとおしそうに文字を撫でる。それを見ていると、私の胸もじんわりと熱くなる。

ところが——。

瑞雲先生が咳払いして、「よし、もういいな」と言った。

きょとんとする私と亮太から、ファイルを取り上げてしまった。

チヨさんが「ちょっと……先生……」と咎《とが》めるように言ったが、先生は知らん顔してファイルを小脇に抱え、部屋を出て行ってしまった。

なんなんだ、あのじいさん。

さすがにムカッとした。

確かにファイルは先生の物だから、「返せ」と言われれば返すしかない。だが、亮太と二人でしみじみと圭子との再会を噛みしめていたところに、あれはないだろう、あれは……。

チヨさんも困惑して「ごめんなさいね、どうしたのかしら」と言う。

やっぱり、入門は取り下げだ。頑固までは許せても、ひとの心がわからない男に亮太を預けるわけにはいかない。

瑞雲先生はなかなか戻ってこない。しらけた沈黙の流れるなか、さっさと鮨を食べた。亮太も子どもなりに腹を立てているのだろう、よけいなおしゃべりをせず、美味しいとも言わずに、黙々と食べていた。

鮨桶が空になっても、先生は戻ってこなかった。チヨさんが気まずそうに「お茶でもいれましょうか」と言うのをつくり笑いで断って、「そろそろおいとまします」と腰を浮かせたとき、襖が開いた。

「これ、持って帰れ」

先生は仏頂面のまま、手に持っていた額を差し出した。

〈希望〉――圭子の書き初めが、額に入っていた。

口をとがらせていた亮太の顔が、ぱあっとほころんだ。

「いいんですか？」

私の声もはずんだ。

「要らないんなら、勝手に捨てろ」

先生はそっけなく言って、私たちの視線から逃げるように、そそくさと座った。

「帰るんなら帰ればいいんだが……もう一杯付き合うんなら、付き合え」

チヨさんがクスクス笑って、私を見る。私は座り直し、酒が残っていたぐい飲みを空けて、「お付き合いさせてください」と言った。

第二章　尻に敷かれし、生徒会長

1

門をくぐる前に正面の校舎を見つめて、ゆっくりと深呼吸をした。

春休みのうちに美嘉の転入の手続きで一度訪ねているとはいっても、生徒のいない学校は、いわばただの容器にすぎない。門を出て下校する生徒がいて、立ち止まっておしゃべりをする生徒がいて、歓声とともに廊下を走り回る生徒がいて、部活動の先輩が通りかかると後輩が挨拶をして、ちょっとワルそうな奴らもいて、小学生と間違えそうな幼い顔立ちの子もいて、校内放送のスピーカーから放送委員の「本日は保護者会がありますので、生徒はすみやかに下校してください」とアナウンスが聞こえて……そうそう、こうなんだ、中学校というのはこうなんだ、と背中がくすぐったい感慨に包まれた。

この学校で、圭子は中学時代の三年間を過ごした。校舎もブレザーの制服も、圭子がいた頃と変わっていない。古いアルバムに残っている中学時代の圭子の写真をいまの風景に重ねれば、そのまま歩きだしそうな気もする。

スピーカーから、またアナウンスが聞こえた。今度はおとなの女のひとの声だった。

「保護者会にご出席の方は、教室にお入りください。繰り返します、保護者会にご出席の保護者の皆さんは、それぞれの教室にお入りください」

三年一組――。

こういうのも運命の導きというやつなのか、美嘉が転入したクラスは圭子と同じ三年一組だった。教室の配置などそうそう変わるものではないから、美嘉は母親と同じ教室で、窓から同じ景色を眺めながら、学校生活を送ることになる。

「運がいいよなあ、おねえちゃんって」――亮太は今朝も出がけにうらやましそうに言っていた。

亮太の通う希望ヶ丘小学校は、三年前に校舎が建て替えられた。クラスも圭子のいた五年二組ではなく、一組になってしまった。校舎が違ってるんだからクラスが同じでも意味ないだろう……とは思うのだが、亮太にとっては「ごねんにくみ」という言葉の響きだけでも大切なのだ。

瑞雲先生からもらった圭子の書き初め――額に入れた『希望』をリビングに飾って

から、亡き母親を慕う亮太の思いはいっそう深まっていた。新学期が始まってからは、新しい学校での緊張や不安も手伝ってか、口を開けば「お母さん、お母さん」だ。圭子が亡くなった直後に戻ってしまったようなのだ。

さすがにちょっと後ろ向きすぎるんじゃないか、と親として心配にもなるが、どうすればいいか考えても、うまい答えは出てこない。

学校に慣れて、友だちができれば、少しは変わるだろうか。

そうであってほしい。

いや、そうでなくては困るのだ。

美嘉も亮太も新学期が始まって一週間——もう、私たちは新しい街の、新しいわが家の、新しい暮らしの中にいるのだから。

*

持参したスリッパに昇降口で履き替えていたら、生徒たちが集団になって階段を下りてきた。

男子も女子もおとなびている生徒が多いので、三年生だろう。

グループの中に美嘉はいなかった。別のクラスだったのかなと思い、なにげなく階段のほうを見たら、一人で下りてくる女子生徒がいた。うつむきかげんに、ゆっくりとした足取りで——どこか、つまらなさそうに。

私は小さくため息をつき、まだ転校したてなんだもんな、と自分を納得させて頬をゆるめた。

「よお、美嘉」

美嘉は顔を上げると、「なんだ、お父さんか……」と拍子抜けしたように言った。

「もう集まってたか、他の子のお父さんやお母さん」

「うん、けっこう来てたよ」

「お父さんは？」

「一人だけだった」

「だよなあ……」

平日の午後だ。父親はほとんど来ていないだろうな、と覚悟はしていた。仕事を抜け出して保護者会に顔を出すのは、よほど教育熱心な父親か、暇な父親か、私のように代わりを誰にも頼めない父親か……。

じゃあね、と美嘉はあっさり私の前から立ち去ろうとする。

「おい、なんだよ、もう行っちゃうのか」

「だってべつに用事ないじゃん」

「それはそうだけど……」

「遅れちゃうよ、保護者会」

「そんなのわかってるよ」

「言っとくけど、役員とか立候補しないでよ。わたし、これ以上家のことで忙しくなるの嫌だからね」

ってことで、と美嘉は歩きだして、私を一度も振り向くことなく靴箱の陰に消えた。靴箱のまわりではさっきのグループの女子が数人で立ち話をしていたが、「田島さん、バイバイ」と声をかけてきた子に軽く手を振り返しただけで、おしゃべりには加わらなかった。

私はまた、さっきより深くため息をついた。

もともと、美嘉は決して社交的なほうではない。それも、内気や引っ込み思案なのではなく、みんなで盛り上がって騒いでいるのを遠くから醒《さ》めた目で見るタイプなのだ。

幼い頃からそうだったし、中学に入ってからいっそうクールになった。

友だちとの関係だけではない。圭子と同じ三年一組になったのを亮太がうらやんでも、「べつにそんなの関係ないじゃん」とそっけなく言って、亮太が大事そうに抱きかかえて瑞雲先生の家から持ち帰った『希望』の書き初めを見たときも、「ふうん、あんまりうまくないね」と気のない声で言うだけだった。

そういう性格を昔からよく知っている友だちに囲まれているのならともかく、転校生として学校やクラスにちゃんと馴染んでいけるのかどうか、亮太の場合とはまた違った意味で心配になってしまう。

だが、女の子の扱いは、正直なところ、よくわからない。中学三年生。思春期まっただなか。母親のいない難しさを噛みしめることは、これからどんどん増えるだろう。

だから——。

クラス担任の先生が肝心なんだ、とあらためて思う。

春休みの時点では、まだ担任は決まっていなかった。始業式の日に美嘉に訊いてみたら、「けっこう若い女の先生だったよ」と言っていた。

野々宮《ののみや》先生——という。

「まだ二十七、八ぐらい」

そんなに若くて三年生の担任などできるのだろうか。

「独身って言ってた。あんまりウケなかったけど」

母でもなく妻でもない野々宮先生が、はたして圭子の不在を埋められるものだろうか。

「今年、ほかの学校から来たばかりなんだって」

向こうも新しい学校に慣れるのに精一杯なのだとすれば、美嘉にきちんと目を配る余裕はあるのだろうか。

「けっこうメガネ美人っぽいけど、なんか弱っちい感じで、女子とかもうバカにしてるけど」

心配である。かなり。

そんなわけで、今日の保護者会は、私にとってはただの顔見世ではない。野々宮先生が信頼に値する教師かどうかを見極めるための、重要なイベントなのだ。

階段を上る。踊り場の掲示板に、生徒会がつくった『不審者に注意』の防犯ポスターが貼ってあった。その隣には、警視庁の『ドラッグ・覚醒剤は犯罪です』のポスター——こういうものがごくふつうに校内に貼られているご時世なのだ。さすがに圭子がいた頃にはこの手のポスターはなかっただろう。

嫌な時代に中学生やってるよなあ、と美嘉に同情する。

その思いはすぐにひるがえって、嫌な時代に中学生の親をやってるよなあ、と自分へと向いた。

ほんとほんと、と相槌を打ってくれる相手は、もういないのだけれど。

＊

三年一組の教室は、三階建ての校舎の最上階の突き当たり――マンションで言うなら角部屋だった。

教室に入ると、机をコの字に並べた席はすでにほとんど満席だった。

やはりニュータウンらしく、教育熱心な親が多いのだろう。とはいっても公立なので、このご時世、私立中学に通っている近所や知り合いの子どもを複雑な思いで見ているひとも多いはずだし、高校受験で「勝ち組」へのパスポートを取らせようと狙っている親も多いはずだ。

だったら、もうちょっと栄冠ゼミナールに生徒が集まってもいいはずなんだけどなあ……。

つい、ぼやきたくなる。

無料の春期講習こそ、そこそこにぎわったものの、新学期からの入塾手続きをとった受講生はほとんどいなかった。現時点での在籍者の数は、加納くんがシミュレートしていた人数の半分以下で、きめこまやかな指導が謳《うた》い文句だったはずのクラス編成も、各学年「基礎」と「発展」の二クラスずつという大ざっぱなものになってしまった。

保護者会で自己紹介のコーナーがあったら宣伝してみるか……と考えながら、空いた席に座った。

美嘉が言っていたとおり、三十人近く集まった保護者の中に、父親は私以外には一人しかいない。

その貴重な例外は、私の真向かいに座っている。

ほぼ同世代だろう。決してエリート然としているわけではないが、カバーをかけた文庫本を読んで保護者会の始まりを待っているたたずまいには、だらだらした様子は感じられない。ビジネスの現場に戻れば、席についた瞬間にサッと仕事モードに切り替えられそうな、車でたとえるならアイドリング状態、それも高級車の、静かなアイドリングだ。

なんだか、その姿がむしょうに懐かしく、うらやましかった。

塾の教室長という仕事は、もちろんそれなりに忙しいことは忙しいものの、ビジネスマン時代とは比ぶべくもない。仕事中は背広にネクタイ姿で通しているが、かつてのような「ビジネスの戦闘服」という意識はなく、「ネクタイぐらい締めてないとカッコつかないから」という形式的なものだ。

いまのそんな私の姿は、他人からはどう見えるのだろう。仕事を抜けてきたのでネクタイは締めている。背広も、手持ちの中では上等なものを選んだ。それでも、真向かいに座った父親に比べると、「現役バリバリ感」に欠ける気がしないでもない。もしかして、暇な父親だと思われている——？　へたをすれば、リストラされて昼間からぶらぶらしているダメ親父だと思われている——？

いかんいかん、と背筋を伸ばして座り直し、ネクタイの結び目をキュッと上げた。咳払いをして顔を引き締め、今日の日経ダウ平均はどうだったかな、と必要もないことを考えていたら、その父親と目が合った。

向こうから、小さく会釈《えしゃく》をしてきた。お互い大変ですね、という苦笑いも浮かべた。私も苦笑交じりの会釈を返し、少し気分が楽になった。

感じのいいひとだ。「いい奴クン」だ、と勝手に名付けた。

誰の父親なのだろう。まだクラス名簿ができあがっていないし、とにかく美嘉があいう性格なので、同級生の名前はまるでわからない。

女子の親だったらいいな、と思う。美嘉の気の合いそうな子だったら、もっといい。その子に小学生の弟がいれば最高だ。家族ぐるみで付き合っていければ……どうも、その、私自身には縁もゆかりもない希望ヶ丘に引っ越してきて、サラリーマン時代のように気の置けない同僚と酒を飲むこともなくなって、最近ちょっと人恋しさが募っているのだ。

野々宮先生が教室に入ってきた。

美嘉の報告どおり、メガネがよく似合う知的な雰囲気のひとだ。ただし、そのぶん線は細い。生意気盛りの中学三年生を指導するには、いささか頼りなげでもある。

居並ぶ保護者たちにも気《け》おされているのか、見るからに緊張した様子で黒板を背にした先生は、席に着く前に深々と一礼して、小脇に抱えたプリントの束を机に置いた。

「ご挨拶の前に、緊急連絡網を兼ねたクラス名簿をつくりましたので、皆さんにお配りします」

うわずった声で先生が言った。

「ちょっと待ってくださいっ」

母親の一人が、とがった声を張り上げた。「いい奴クン」の隣に座っていた母親だった。

「連絡先は個人情報でしょっ、勝手に名簿つくるなんておかしいじゃないですかっ」

席から立ち上がって、映画に出てくるガイジンさんのように先生を指差しながらまくしたてる。

「あ、あの……すみません、そんなつもりじゃなかったんです……」

「じゃあ、どんなつもりよっ」

聞き覚えのある声だった。

まさか――。

困惑する先生に、その母親は険しい顔のまま言った。

「わたくし、宮嶋といいます。宮嶋泰斗の保護者です」

やはり――塾にクレームの電話をかけてきた母親だった。ヤバいなあ、同級生か、と思わず顔をゆがめると、宮嶋泰斗の母親は、立ったまま「いい奴クン」に声をかけた。

「ちょっとパパ、あなたもなにか言いなさいよっ」

あの日、電話でくどくどと文句をつけてきた宮嶋泰斗の父親が――「いい奴クン」だったのだ。

2

いや、しかし……。

保護者会が終わったときに胸に浮かんだ思いを、どう伝えればいいのだろうか。

まいったな、しかし、それにしても……。

「唖然《あぜん》として」とは、こういうことを言うのか。それとも、「呆然《ぼうぜん》として」のほうがふさわしいのか。

なんだったんだ、あれは、どうも、その……。

教室を出て昇降口に向かっているときも、まだ動揺や困惑は消えない。

ああいうの、ほんとにいるんだなあ、いやまいった、しかし、まいったなあ……。

ムカッとしなかった、とは言わない。実際、途中で「ちょっと待ってくださいよ」と口を挟みたくなったことは何度かあった。それでも、靴を履いて外に出て、ふーう、と息をつくと、とがった感情よりも、むしろしみじみとした感慨にも似た思いに包まれていることに気づく。

マンガやドラマの世界だぞ、あれはもう、ほとんど……。

たとえるなら、『ギャートルズ』で原始人が食べている、両側に骨のついた肉だ。あるいは『おそ松くん』のチビ太が手に持っている、串に刺したおでんだ。一度食べてみたいと子ども心に憧れながら、現実の世の中でお目にかかったことはない。それと同様、学園ドラマの憎まれ役でおなじみのイヤミな親も――「ああいう奴がウチのPTAにいたら嫌だよなあ」と思いながらも、現実に出会ったことはなかった。

しかし、いたのだ。

絵に描いたようなイヤミな親が、ついさっきまで三年一組の教室にいて、私のすぐ目の前の席に座っていたのだ。

まいった、ほんとうに、つくづく、心底、まいった……。

＊

保護者会は、最初から最後まで、宮嶋泰斗の母親にペースを握られていた。

野々宮先生がつくってきたクラス名簿に嚙みついたのを皮切りに、宮嶋ママは矢継ぎ早に先生に質問をしていった。前任校の名前、受験指導の経験、教育理念、いじめや不登校に対するスタンス、そして出身大学をはじめとする先生の略歴まで……。

困惑しながらの先生の答えは、ことごとく宮嶋ママを失望させた。

前任校が駅の南側——工業地帯の学校だと知ると、「あのあたりは荒れてるんでしょう？」と顔をしかめる。三年生を担任するのはこれが初めてだと知ると、あからさまに不安げな顔になる。

「ちょっと、なんなんでしょうかねえ、先生も大変でしょうけど、こっちもねえ、他のクラスとこういうところで差をつけられちゃうのも納得いきませんわよねえ」——同意を求められたまわりの親も、追従の愛想笑いを浮かべる。どうも宮嶋ママというひとは、ある意味、ＰＴＡの有名人のようなのだ。

先生が型どおりの無難な教育理念を語れば、「具体性がちっともありませんね」——理念とは、そもそもそういうものだと思うのだが。

前任校でのいじめ対策や不登校対策を説明しかけると、「でも、ケース・バイ・ケースですからね」——じゃあ最初から訊くなよ、と心の中でツッコミを入れるしかない。

隣の宮嶋パパは、なにも言わない。それがまた腹立たしいのか、宮嶋ママはしきりに「ねえ、あなたもそう思うでしょ」と参戦をうながす。しかし、「いい奴クン」の宮嶋パパはカミさんよりは分別があるのだろう、いいよいいよ、もういいだろう、とやんわりと話を止めようとする。といっても、ガツンとカミさんを一喝するわけではない。そのあたりの中途半端さが、いかにも「いい奴クン」で、押しの弱さは私自身にも重なるところがあって……。

話題は、先生の経歴に移っていた。先生がためらいがちに答えた出身大学は決して「一流」というわけではない私大だった。教員採用試験に合格するまでに三年もかかっていた。宮嶋ママもさすがにそこをとらえてイヤミをぶつけることはなかったが、先生が独身だと知ると、ちょっと過剰なぐらいに眉をひそめ、「ごきょうだいは?」と訊いた。一人っ子。宮嶋ママの失望は頂点に達した。

「ということはですね、先生、子どもとの接触は学校だけ、というわけですね? 仕事のときしか子どもと付き合っていない、と。弟さんや妹さんのお世話をしたわけでもなければ、いま子育てをしているわけでもない、と。そういうことですね?」

言わんとすることは、なんとなくわかる。しかし、それは口に出すべきことではないだろう、とも思う。

野々宮先生も反論したいのをグッとこらえる顔になった。悔しさと悲しさの入り交じった顔でもあった。

「大事な一年なんです」

宮嶋ママはぴしゃりと言った。

「中学三年生の一年間は、人生を決める一年間なんですよ。しかも、子どもたちはまだまだ体も心も不安定です。わたしたち親や教師が支えて、導いて、育てていかなくちゃいけないんです。おわかりですか？　わたしたちももちろんそうですけど、先生だって責任重大なんですよ」

イヤミな言い回しが消えて、口調も真剣になった。

いや――あのひとは最初からずっと真剣だったのかもしれない。一所懸命であればあるほど、マンガのように滑稽な悪役を演じてしまう、そんなひとは確かにいる。

だから、まあ、しょうがないか。半分あきれ、半分あきらめて、社会勉強というか、珍しい生き物を見るつもりでいよう、と感情を波立てないようにした。

いまどきの親の身勝手さや非常識なところは、生前の圭子からもしょっちゅう聞かされていた。宮嶋ママとは逆に、圭子が二人の子どもを持ち、子育ての真っ最中だと知ると、「ちゃんと仕事に集中してもらえるんですか？」と食ってかかる親だっていたのだ。

中学三年生。親だって必死なんだよなあ、うん、しかたない、しかたない……。

せっかく大らかに構えたのに、宮嶋ママの一言で余裕は吹き飛んでしまった。

「もちろん、先生ご自身のライフスタイルをどうこう言う気はありませんが、やっぱり両親そろって子どもを育てて、子育てを通じていろんなことを学んでいくのが、まっとうなおとなだと思うんです、わたくし。その意味では、先生はまだおとなとして未完成と言いますか、半人前なんですから、それを自覚なさったうえで、しっかりと生徒に向き合っていただかないと……」

「ちょっと待ってください」

考えるより先に、声を出していた。耳の奥では、宮嶋ママの言った「両親そろって」という言葉がまだ鳴り響いていた。

「なにがまっとうで、なにがまっとうじゃないのか、そんなの、他人が決めることじゃありません」

迷いもためらいもなく、言った。

「未完成だの半人前だのって、いったい誰が決めるんですか」

悔しかった。野々宮先生のためというより、私自身のために、文句をつけずにはいられなかった。

「どんな形でも、ちゃんとおとなとしての責任を持って生きていれば、それでいいんじゃないですか？　こうあるべきだとか、こうでなきゃいけないだとか、そんなの……おかしいじゃないですか」

宮嶋ママは啞然とした顔で私を見ていた。自分が反論されることなどはなから考えていなかったのだろう、あわあわと口をわななかせながら、「ちょ、ちょっとあなた……お名前、なんておっしゃるの」と訊いた。

「田島といいます」

「おこ、おこ、お子さんの名前は」

「……田島美嘉です」

美嘉、すまん――。

最悪の形で目立ってしまった。

だが、お父さんの気持ち、わかってくれ――。

宮嶋ママは助けを求めるようにダンナを見た。「ちょっとあなた、わたし、怖い……」と、みごとに被害者になっている。

宮嶋パパは私に目をやって、小さく頭を下げた。詫びている。もしかしたら、それは、よくぞ言ってくれました、という感謝と連帯のエールだったのかもしれない。

宮嶋パパは野々宮先生に「お騒がせしました、じゃあ、保護者会を始めていただけますか」と言った。待ってよ、なによそれ、と不満げなカミさんにかまわず、にこやかにつづけた。

「先生、気分を変えて、前向きに話を進めましょうか」

張り詰めていた教室の空気も、それでやっとゆるんだ。なによりほっとした顔になったのが野々宮先生だった。私のクレームは先生をかばうどころか、さらに困らせてしまっただけだったが、宮嶋パパは一言で場の空気をなごませた。やっぱり「いい奴クン」なのだ、彼は。

もっとも、宮嶋ママも、別の意味で感心すべきひとだった。保護者会の議題に入るとあっさりと最初のペースに戻り、先生から司会の座を奪って、話を取り仕切っていった。クラスの世話役にも当然のように立候補して、当然のように満場一致で選ばれ、他の役員もてきぱきと——かなり強引に決めていった。

くじけない。立ち直りが早く、押しが強い。それはそれで、たいしたものだと思う。

もちろん、なるべく関わり合いになりたくはない。

春期講習でクレームをつけられ、そのまま『栄冠ゼミナール』が見限られてしまったのは、かえってよかったかもしれない。いや、絶対によかったのだ。学校に対してさえあそこまで言う親が、カネを払って通わせている塾に対して黙っているはずがない。そして、「お客さま」に対して、私はなにも言い返すことはできないのだから。

＊

校門を抜けたら、「すみません」と声をかけられた。

男の声――振り向くと、宮嶋パパが門の脇に立っていた。

思わず目を泳がせて宮嶋ママの姿を探すと、「だいじょうぶですよ、カミさんは先に帰りましたから」と言われた。

「あ……そうですか」

「だいじょうぶ、ってことはないですね、すみません」

あははっ、と笑う顔は、まったくもって「いい奴クン」なのだ。

「田島さんをお待ちしてたんです、いま」

「はあ……」

「『栄冠ゼミナール』の教室長さんですよね、田島さん」

ぎょっとして答えに詰まった私に、宮嶋パパは笑顔のまま「声に聞き覚えがありましたし、たしかチラシにも教室長に田島さんっていう名前があったと思いだして」と言った。

「そうですか……あの、どうも、その節は、たいへんご迷惑をおかけしまして……」

頭を下げると、逆に宮嶋パパのほうが恐縮して「そんなことありません、こっちこそ申し訳なかったと思ってるんです」と言った。

「いえ、でも……」

「ひどい電話だったでしょ、カミさんのも僕のも。ほんと、すみませんでした」

形だけではなく、ほんとうに詫びている声や表情だった。

「あんな電話、受ける方はもちろん嫌でしょうけど、かける方もね、あとで自己嫌悪になって、落ち込んじゃうんですよね……ほんと、かけたくなかったなあ、あんなの」

やはり、あれは宮嶋ママにせっつかれて、やむなくかけた抗議の電話だったのだろう。

「さっきもすみませんでした。ウチの女房、悪気はないんですが、どうもずけずけとものを言い過ぎちゃって……」

ほんとは僕が止めなきゃいけないんですよね、と苦笑交じりに肩をすくめた宮嶋パパは、「もし田島さんにお時間があるんでしたら、お茶でもいかがですか」と通りの先に目をやった。学校のすぐ隣に、ファミリーレストランがある。

「かえってご迷惑かもしれませんが、ちゃんとお詫びもしたいし……ひさしぶりに母校に来ましたから、もうちょっと懐かしさにひたりたくて」

「母校？」

「ええ、僕、ここのOBなんです」

「ずっと希望ヶ丘なんですか？」

「そうです。だから、昔はね、あのファミレスの場所に駄菓子屋さんがあって、部活の帰りによくチェリオを飲んでたものですよ。チェリオって、ファンタやミリンダより量が多くて安いんですよね」

って、ミリンダなんて言うと歳がばれちゃうかな、と宮嶋パパは笑う。

同世代だ。見た目もそうだし、ファンタのライバル商品・ミリンダを知っているのは、わが同世代ならでは、だ。

「あの……つかぬことをおうかがいしますが、宮嶋さん、何年にここを卒業されたんですか？」

「えーとねえ、昭和で言えば五十五年かな。一九八〇年ですよ」

私より一つ上。ということは、圭子と同い年――圭子の中学時代の同窓生……。

「ご迷惑でなければ、コーヒーでも付き合っていただけますか？」

遠慮がちに訊く宮嶋さんに、私は勢い込んで「行きましょう！」と答えた。

3

窓ぎわのテーブル席に向き合って座ると、宮嶋さんはあらためて私に頭を下げた。

先日のクレームの電話、そして今日の保護者会――「ほんとうに田島さんには嫌な思いをさせてしまって、申し訳ありませんでした」と言う口調にも表情にも、嘘やごまかしは微塵《みじん》も感じられない。ほんとうに「いい奴クン」だ。間違いない。

だからこそ、あの日の電話で「責任を取れ」だの「だまし討ちじゃないか」だのと言いつのった居丈高《いたけだか》な態度と、目の前の宮嶋さんがなかなか結び付かない。

「お電話で……お話しさせていただきました……よね？」

怪訝《けげん》な思いで訊くと、宮嶋さんは「ええ」とうなずき、「ほんとうにひどいことを申し上げてしまいました」と、また頭を下げた。

「結局、あのあとは……」

「女房は栄冠ゼミナールさんの本部に電話しろって言ったんですが、さすがにね、そこまでは私も付き合いきれなくて、赤門セミナーの中堅コースに通わせました」

栄冠ゼミナールに申し込んだときは、一流校狙いの特進コースだった。それをキャンセルしたものの、赤門セミナーも特訓塾も最難関のクラスはすでに定員一杯だった、と言っていたのだ。

やはり謝るべきなのは、私のほうかもしれない。

「じゃあレベルが低くて、息子さんには物足りなかったんじゃないですか?」

申し訳なさ半分、あまり認めたくないがおべっか半分で、言った。

すると――。

宮嶋さんは寂しそうに笑って、人差し指を下に向けた。

「三日目から、基本コースに移りました」

＊

ドリンクバーのコーヒーを二杯お代わりして、宮嶋さんはいきさつを話してくれた。

「要するに、ずれてるんですよ、息子に対する女房の評価と現実が」

宮嶋さんから見る泰斗くんのレベルは、「中の下」。希望ヶ丘中学の定期試験でも、百十人いる学年の中で六十位台から八十位台の間を行ったり来たりなのだという。

「でも、女房に言わせると、それは環境が悪いせいだってことなんです」

学校が荒れているわけではない。教師の教え方が悪いというのでもない。話を聞くかぎりでは言い訳やイチャモンに過ぎないような気もしたし、宮嶋さんも「あくまでも、これ、女房の考えですけどね」と念を押してつづけた。

「学校だとどうしてもぬるま湯になってしまう、ということなんです。ほんとうは息子にはものすごい潜在能力があるのに、公立中学の雰囲気に染まって、それを発揮できないでいる……朱に交われば赤くなる、というやつですね」

女房ですよ、これ、ほんとに、女房の考えですよ、と繰り返し念を押す宮嶋さんは、自分でも情けなくなったのか、途中からは薄笑いを浮かべて話していった。

「泰斗は、自分から積極的に能力を発揮するタイプじゃない、と女房は思ってるんです。心の優しい子だから、まわりに合わせてしまう、と。じゃあまわりのレベルを高くすれば、泰斗も自分の力を遠慮なく出せるんじゃないか、と……」

「それで特進コースだったんですか」

「ええ……」

春期講習は、塾の教え方を確かめ、自分の実力を客観的に知るための、いわば「お試し期間」だ。クラス分けの試験をおこなわず、生徒の自己申告で受講させる塾も多い。その意味では、「自称・特進組」も生まれうるわけだ。

「でもね、親が勝手にそんなふうに決めつけちゃうと、子どもはたまらないでしょ。田島さんもそう思いませんか？　子どもに期待するのは大切ですよ。でも、それにも限度ってものがあるんですよね」

まったく、そのとおりだ。まだ顔を見たことのない泰斗くんがかわいそうになってきた。親というより、塾の教室長というより、元・中学生の一人として。

「まあ、それで、栄冠ゼミナールで特進コースに申し込んだって聞いて、私も内心では困ってたんです。どう考えても、泰斗が勉強についていけるわけないですから」

だから——看板講師・佐藤センセイのキャンセルは、じつは渡りに船だったのだという。

「田島さんにはほんとうに理不尽な話で申し訳なかったんですが、女房も横で聞いてましたので、あえてガツンと、思いっきり言わせていただいて……栄冠ゼミナールはだめだ、あんなところは絶対にだめだ、って言って……」

気持ちはわかる。父親として正しい行動だと思う。友人になれそうな「いい奴クン」が、息子の受験に見境《みさかい》をなくすような男ではなくてホッとした、というのも本音だった。

だが——。

私は悪い予感を胸に抱きながら、言った。

「じつはですね、ウチの教室、三年生が少ないんですよ。本部もびっくりするぐらい入塾希望者が少なくて、こんなの、ふつうはありえない話だっていうんです」

エリアマネージャーの加納くんも首をかしげ、頭を抱えていたのだ。すでに何度も受験生を送り出して、結果が出たうえで、「あそこの教室はだめだ」という評判が立つのなら、まだわかる。しかし、開設したばかりの教室でここまで三年生が少ないというのは異例中の異例なのだ。

加納くんに言わせると、理由としては二つしか考えられないらしい。一つは、受験ブランドとしての栄冠ゼミナールそのものが否定されているため。「でも、ほかの教室はちゃんと生徒さんが集まってますから、それはありえません」と、自信たっぷりに断言された。「考えられるのは一つしかないんです」――険しい顔になって、私をビッと指差した。「田島さんご自身の地元での評判が悪い、ということなんです」

なんて無礼な奴だ。ムカッとしながらも、「そんなことはない！」ときっぱり言い返せない自分が悔しくてしかたなかった。

しかし――いま、わかった。加納くんは三つめの可能性を見落としていた。非常識なほど押しが強い母親が地元にいるとしよう。その母親が理不尽なことで栄冠ゼミナール希望ヶ丘教室に対してよからぬ感情を抱いてしまったとしよう。そして、その母親が、おせっかいな親切心でまわりの母親に「栄冠ゼミナールってひどい塾なのよ」と教えて回っていたとしたら……。

宮嶋さんは、すべてを説明するまでもなく、私の言わんとするところを察してくれた。

申し訳なさそうに、気まずそうに顔をしかめて、「おそらく、ウチの女房だと思います」と言う。

「やっぱり……そうですか」

「ただ、本人に悪気はないんです。田島さんを困らせようとしているわけでもなくて、ほんとにですね、思ったことをなんでも後先考えずに言っちゃう性格なんで……」

宮嶋さんは深々とため息をついて、「せめて私が一緒にいれば、少しはアレだと思うんですが」と言った。

「いや、でも、それは……」

朝から晩まで奥さんのそばについてブレーキをかけるわけにはいかない。あたりまえのことだ。

だが、宮嶋さんは私の胸の内を見抜いたように、「そういう意味じゃないんです」と言った。

「と、言いますと？」

「私、いま、離婚を考えてるんです」

「……奥さんと、ですか？」

思わず間抜けな質問をしてしまった。宮嶋さんも苦笑して「女房以外に離婚する相手はいませんよ」と返し、「離婚が成立すれば、彼女と息子が希望ヶ丘に残って、私と両親はここを出て行くことになるでしょうね」とつづけた。

「ご両親もですか？」

「二世帯住宅なんですよ、ウチ」

「いや、だから……ご両親と宮嶋さんの家なんですよね、もともとは」

「ふつうなら、出て行くのは女房のほうですよね」

「ええ……」

「でもね、とにかく強いんです、ウチの女房は。離婚するんだったら、慰謝料代わりにこの家をよこせって」

ほとんど乗っ取りですよ、と宮嶋さんはつまらなさそうに笑い、私はただ、うーん……と低くうなるしかなかった。

「べつに女房も家や土地そのものが欲しいわけじゃないんですよ。ただ、そういう無理難題の条件をふっかければ、離婚をあきらめるだろうと思ってるんですよ。でも、私、たとえ家を手放してでも、女房とは別れようと思ってるんです。息子には申し訳ないんですが、女房の強引さにふりまわされて十六年……もう限界です。親父やおふくろも、嫁のキツさにはもう泣かされどおしでしたから、それでいいだろう、と」

もはや覚悟を決めているのだろう、宮嶋さんの口調は淡々として、表情にも迷いは感じられなかった。

しかし、初対面の私に、なぜここまで家庭内のゴタゴタを打ち明けるのだろう。誰彼かまわず愚痴をこぼすような、そんな分別のないひとには見えないのだが。

「田島さん、コーヒーもう一杯いかがですか」

「はあ……」

「話の本題はここから、なんです」

宮嶋さんはそう言って、私の返事を待たずに席を立った。

私も腰を浮かせかけると、「いいですいいです、田島さんのぶんも取ってきますよ」と笑って制し、一人でドリンクバーへ向かう。

私はしかたなく椅子に座り直し、ぼんやりと窓の外を見つめた。

店の前の通りを、部活帰りなのだろう、希望ヶ丘中学の生徒がいくつものグループに分かれて歩いていた。男子だけ、女子だけのグループもあれば、男女が入り交じったグループもあるし、みんなから少し離れて二人きりで歩いている男子と女子もいる。べつに意識するわけではなくても、ついカップルに目がいってしまうのは、年頃の娘を持つ父親ゆえなのだろうか、それとも、ただ中年のオヤジだから、なのだろうか……。

美嘉はまだ男子と付き合ったことはないはずだ。あっては困るんだ、とも思う。だが、そこそこのルックスをしていて、しかも転校生という目立つ存在となれば、男子は放っておかないかも……と考えをめぐらせたところで、宮嶋ママと同じじゃないか、と気づいた。いかんいかん、と自戒した。受験でもなんでも、子どもを見るときに大切なのは客観的評価だ。親の主観に溺れてはならない。客観的評価、客観的評価、客観的評価、キャッカンテキヒョーカ……と自分に言い聞かせていたら、宮嶋さんが戻ってきた。

「それで、本題なんですが」

コーヒーカップを置くと、すぐさま話を切り出した。

「ウチの息子を、やっぱり栄冠ゼミナールに通わせたいと思っています」

「は？」

「春期講習のお詫びという意味じゃないんです。正直に言いまして、栄冠ゼミナールしか残ってないんです、もう……」

赤門セミナーの「中堅」から「基本」に移ったのは、泰斗くん自身の意志だった。「中堅」の授業が早すぎてついていけないので、「基本」からじっくりやりたい——まったくもって正しい選択だ。

しかし、それが宮嶋ママには許せない。弱気な泰斗くんに失望し、怒りの矛先を赤門セミナーに向けた。おたくの教え方が悪いんじゃないか、講師はどこの大学を出てるんだ、一度授業を見せてもらいに行くから……と、さんざんクレームをつけたあげく、四月からの入塾は取り消してしまった。

もう一つの特訓塾は、すでに二年生の時点で同様のクレームをつけて退塾しているので、いまさら戻るわけにもいかない。

「もちろん、電車やバスで通う気になれば、他にも塾はあります。でも、どこに行っても、この調子だと結局同じだと思うんですよ」

私も、率直に言って、そう思う。

「そこで、恥をしのんで、栄冠ゼミナールさんにもう一度お世話になりたいんです。三年生が少ないわけでしょう？　いちばん上の『特進』コース、まだ空きはあるんでしょう？」

私は黙ってうなずいた。「空き」もなにも、彼のためにクラスを一つつくらなければならないのだが、ここで嘘をつけるような性格なら、サラリーマン時代、もうちょっとは出世できていただろう。

「じゃあ、ぜひ、息子を入れてやってもらえませんか。思いっきり鍛えて、なんとかですね、なんとか、第一志望の京浜高校の合格ラインまで引き上げてやってほしいんです」

京浜高校――地区の公立高校ではダントツのレベルを誇る学校だ。過去の実績からすると、希望ヶ丘中学でベストテンに常時入っていないと合格はおぼつかない。

「女房は、息子にはそれだけの力があるはずだ、と信じてるんです」

「いや、しかし、学年六十番台だとちょっと……」

「息子が京浜高校に受かれば、女房も自分一人でやっていけるという自信がつくと思うんです。そうすれば、離婚にも応じてくれるはずなんです」

「はあ……」

「お願いします！」

宮嶋さんはテーブルに両手をついて頭を深々と下げた。

4

正直に言って、宮嶋さん夫婦の離婚の話には、なにか納得できないものを感じていた。

いくら奥さんの性格がキツいからといっても、「夫婦」をそんなにあっさりと否定できるものなのか？

「家族」の日々を、そんなにあっさりと捨て去れるものなのだろうか？

私は——違う。

圭子との夫婦仲が、完璧《かんぺき》だったとは思わない。ケンカをしたことは何度もあるし、お互いにそっぽを向いて「なんでこんな相手を選んだんだろう……」と悔やんだことだって、一度もなかったとは言わない。

それでも、ぶつかったりすれ違ったりしながら、「夫婦」としてやってきた。「家族」の日々を紡《つむ》いできた。連戦連勝なんてありえない。すべてが思いどおりに行くはずがない。怒ったり笑ったりを繰り返して、相撲の星取り表で言うなら、白星と黒星が複雑に入り交じって、最後になんとか八勝七敗――勝ち越していれば、それを「幸せ」と呼ぶのではないのか？

「お願いします、田島さん……」

宮嶋さんは頭を下げたまま動かない。必死さは伝わる。よくわかる。けれど、離婚の話し合いをスムーズに進めるために息子を一流校に合格させたいというのは――どう考えてもスジの通らない話ではないか。

「わかりました」

私はため息を呑み込み、ためらいを振り払って、「明日にでも、あらためて入塾の手続きを取ってください」と言った。

「いいんですか？」

「いいもなにも……入塾を希望する生徒を断る理由はありませんから」

「ありがとうございます、ほんとに助かります」

「ただ……京浜高校合格は、率直に申し上げて、保証はできません。よほど本人にがんばってもらわないと、いまのままでは難しいと思います」

「ええ、それはわかってます。泰斗にもしっかりがんばるよう伝えますし、女房にも、もうちょっと現実を見るように、私からも言いますから」

それで納得してくれるひとだといいんだけどな……。心の中でつぶやいて、俺だってスジは通ってないか、と自嘲の苦笑いを浮かべた。

受講生は一人でも欲しい。塾の教室長としての本音が、「いまさらなにを言うんだ」とはねのけてしかるべき男としてのスジをおしやった。

宮嶋さんはホッとして、肩の力を抜いた。緊張のほぐれた笑顔は、確かに決して悪い感じではない。ほんとうに「いい奴クン」で、だからこそ、離婚なんて言わずに奥さんとうまくやってほしいな、と願わずにはいられない。

私だって——自分の身に話を置き換えると、思わず胸が熱くなる。八勝七敗が「幸せ」だというのは、嘘だ。間違っていた。七勝八敗だろうが、六勝九敗だろうが……たとえ〇勝十五敗に終わってしまったとしても、十五日間の土俵を最後までつとめあげたなら、それはもう、誰になんと言われようとも「幸せ」なのだ。

わが家は違った。結婚して十五年ほどで「夫婦」の歴史も、圭子のいる「家族」の歴史も終わった。

　もしもお互いそこそこ長生きをしていたら、結婚二十五年の銀婚式は確実に迎えられただろう。五十年の金婚式だって、おそらく、だいじょうぶだったはずだ。プロポーズのときに思い描いていた「夫婦」や「家族」の歴史の長さの三分の一しか、私と圭子には与えられなかった。相撲でいうなら、六日目から土俵に上がれなかったという計算だ。

　三勝二敗十休——これが四勝一敗でも、五勝〇敗でも、負け越しになってしまう。

　私はぬるくなったコーヒーを啜《すす》る。

　わかりますか——？

　目の前の「いい奴クン」に言ってやりたい。

　究極の「幸せ」っていうのは、「途中で終わらない」ってことなんですよ。ほんとうの親の責任っていうのは、「子どもが一人前になるまで生きる」ってことなんですよ。ウチはそれができなかった。悔しいけど、できなかった。でも、あなたはできるじゃないですか、奥さんと二人で生きていけるじゃないですか……。

「田島さん」

　宮嶋さんはテーブルの上に目を落とし、フェアやお勧めセットの広告を兼ねたランチョンマットを指差した。「ワインもあるんですね、ここ」——ふと気づいたようなお芝居だったが、さっきから目がそっちに行っていたことを、私は知っている。

「もしよかったら、グラスに一杯ずつ飲みませんか」

「はあ……」

昼間から酒を飲むようなひとには見えないのだが。

宮嶋さんも私の困惑を察して、「すみません、今日はちょっとヘンなんですよ、自分でも」と苦笑する。

「ヘン、と言うのは？」

「中学校の教室に入ったでしょ。さっきも言いましたけど、母校なんですよ、私の」

「ええ……」

そうだ、このひとは圭子と同じ学年だったのだ。昭和五十五年——一九八〇年卒業の同窓生なのだ。

そもそもファミレスに付き合った理由をあらためて思いだして、私は居住まいを正して座り直した。

宮嶋さんは窓の外に目をやって、懐かしそうにつづけた。

「保護者会や授業参観で、いままでも何度も学校には顔を出してたんですけどね、ちょっと今日は特別なんですよ、特別に感慨深いっていうか……どうもね、酒が欲しくなるっていうか……」

私に向き直って、「付き合ってもらえませんか」と言う。「ワインと、昔話に」

私は黙ってうなずいた。

＊

赤ワインのグラスとチーズがテーブルに届くまで、宮嶋さんは中学時代の自分のことを問わず語りに話していった。

生徒会長だったらしい。

「といっても、リーダーシップを発揮して、みんなをガンガン引っぱっていくタイプの会長じゃないんです。むしろ調整役と言いますか、みんなの意見を聞きながら、なんとかうまい落としどころを見つけていく役目でしてね……」

わかる気がする。

「押しが弱いものですから、いろいろ突き上げられたりして、大変だったんですよ」

それも、よくわかる。

「でも、そういう苦労してるから、逆に、フォローしてくれるコがいるとうれしくてね……」

宮嶋さんは遠くを見るまなざしで、

「同級生の女子にもいたんですよ、そういうコが」と言った。「生徒会とは直接関係なかったんですけど、クラスの文化祭委員や運動会委員で会議にも参加してくれて、司会の私が立ち往生してると、必ず、うまく話を先に進めてくれるんですよ」

なるほど、と私はうなずきながら、圭子のことを切り出すタイミングを慎重にうかがっていた。

「あのコの優しさが、この歳になると胸に染みるんですよ」

「宮嶋さん、何組だったんですか？」——まず、ワンステップ。

「一組です」

宮嶋さんはすぐに答え、「さっきの、あの教室だったんですよ」と付け加えた。

胸がどきどきする。宮嶋さんと圭子は、同窓生というだけでなく、クラスメートでもあったわけだ。

ワインが運ばれてきた。

軽く乾杯のしぐさをして、私はなめるように、宮嶋さんはグッと勢いをつけて、ワインを一口飲んだ。

ふーう、と息をついた宮嶋さんは、さらに懐かしさに満ちた表情になった。早くも酔いが回ってきたのかもしれない。

「ねえ、田島さん」

「はい……」

「離婚の話、いかにも唐突だったでしょ？　聞いてて、割り切れないものも感じられたんじゃないですか？」

意外と鋭い。自分を冷静に見る目も持っているのだろう。

へたに取りつくろっても、どうせ見抜かれてしまう。

「そうですね」私は正直にうなずいた。「離婚まで考えるっていうのは、さすがに……」

「私もそうです。去年の暮れまではそんなこと考えてもいませんでした。女房のキツさに辟易しても、ほら、とにかく昔から調整役は得意だったんですから」

宮嶋さんはハハッと笑って、すうっと真顔に戻った。

「年が明けてからなんですよ、離婚を考えるようになったのは」

「なにかあったんですか？」

「再会したんです」

誰と——と訊く前に、「夢の中でね」とつづける。

中学時代の「あのコ」が夢に出てきたのだという。

中学時代のままのブレザー姿で、まっすぐにこっちを見つめて、宮嶋さんに語りかけたのだという。

宮嶋くん——。

「『くん』付けなんですよね、そこがまた、なんていうか、胸に染みるんですよねえ……」

宮嶋くん、いま、幸せ――？

微笑みながら、彼女は訊いてきた。

「わかります？　田島さんもお見受けしたところ私と同世代でしょ？　もう四十代でしょ？　でしたら、そのときの私の気持ち、わかってもらえるんじゃないかなあ」

宮嶋さんのグラスは、二口でほとんど空になった。

「再会はうれしかった。でも、寂しかった。わかるでしょう？　青春時代の自分と、いまの自分……やっぱり勝ち目はないんですよ、いまの自分には」

「ええ……」

「胸に刺さりましたよ、あのコの言葉が。俺はいま幸せなんだろうか、いまの暮らしはほんとうに幸せなんだろうか……」

夢に出てきた「あのコ」に、なにも答えられなかった。「あのコ」も、それは最初からわかっていたみたいに寂しそうに微笑んだ。

宮嶋くん、いつまでもあの頃みたいに輝いててね――。

その一言と微笑みを残して、彼女の姿は消えた。目を覚ました宮嶋さんは、ベッドの上で体を起こし、暗闇の中、しばらく動けなかった。

「輝いてないんです……いまの私、昔に比べると、ちっとも輝いてないんです……」

それが今年の初夢だった。神さまや宗教を信じているわけではなくても、初夢に中学時代の同級生が出てきて、「幸せ」や「輝き」を問いかけてきたら——確かに、私だってなにかを考えざるをえなくなるだろう。

「ベッドで座ったままぼんやりしてたら、隣のベッドから、女房の寝言が聞こえたんです。あなたなにやってるの、しっかりしなさいよ、って……夢の中でも私にハッパをかけてるんですよ、あいつ……それを聞いたとき、思ったんです。ああ、俺はもう、女房とは一緒にやっていきたくないな、俺の人生はこいつと一緒にいたら輝けないまま終わっちゃうんだろうな、って……」

宮嶋さんは通りかかったウエイトレスを呼び止めて、ワインのお代わりを注文した。田島さんは？　と目で訊かれたが、私のグラスにはまだワインがたっぷり残っている。小さくかぶりを振ると、宮嶋さんも無理には勧めず、遠くを見るまなざしに戻って、また窓の外に目をやった。

夕暮れの街を歩く部活帰りの中学生たちの姿に、あの頃の自分を重ねているのだろうか。思いだす風景の中には、圭子もいるのだろうか。いるとすれば、風景の片隅なのだろうか。それとも、もっと大きな存在として、生徒会長の記憶に残っているのだろうか……。

私はワインではなく水のグラスに手を伸ばし、口を湿《しめ》した。

圭子——同級生の松山圭子を覚えているかどうか尋ねようとした矢先、宮嶋さんはさらに話をつづけた。

「中学を卒業して以来、会ってなかったんですよ、あのコとは」

「同窓会はなかったんですか？」

「何年か前にあったらしいんですけど、私は休んだんで……。それに彼女、卒業してすぐに希望ヶ丘から引っ越しちゃったんですよ」

胸がどくんと高鳴った。

「それにね……もう、会いたくても会えないんです」

息が詰まった。

「結婚して、お子さんもいたらしいんですが、おととしだったかな、病気で亡くなったっていう話を聞きました」

宮嶋さんはお代わりのワインを啜って、「会いに来てくれたんでしょうかねえ、彼女」とため息をついた。

ふっ、ふざけるなっ——。

私は水のグラスに伸ばしかけていた手を、ワイングラスに移した。

「中学時代、彼女、どうも私のことが好きだったみたいなんです。告白してくれれば、私だってOKしたと思うんですけどね……」

なっ、なっ、なにを――。

グラスの脚を持つ余裕もなく、わしづかみにして口に運びかけた。

「彼女、片思いの相手をずっと見守っていてくれてるんだなあ……」

手がびくっと震え、ワインが波打って、テーブルにこぼれた。

「どうなんだろうなあ、あいつ、幸せな人生だったのかなあ……」

手がさらに震え、グラスが指から滑り落ちそうになって、あわててつかみ直す勢いがつきすぎて――いや、たぶん、わざと、私は宮嶋さんの顔にワインをぶちまけた。

5

偶然なんだ、と念を押した。

偶然というか、事故だ、事故、不慮《ふりょ》の、不可抗力の、あまりにも不運な事故だったんだ――力を込めて何度も繰り返すと、「飲みすぎ」と美嘉にそっけなく言われた。

「なに言ってんだぁ……まだ、ぜーんぜんシラフだぞぉ……」

かなりヤバい。自分でもわかっていた。ふだんは風呂上がりのビール一杯がせいぜいの晩酌が、今夜はウイスキーまで至ってしまった。

「ねえ、もういい？　話それだけだったら、二階に上がりたいんだけど」

一人で飲んでいたら人恋しさがつのって、キッチンに降りてきた美嘉をつかまえ、夕方の一件を——ほんとうに肝心なことはもちろん省いて、伝えたのだ。

「向こうも怒ってなかったんでしょ、だったらいいじゃん」

「そりゃあアレだよ、うん、怒るわけないよ、事故なんだから、事故、手がすべっただけなんだから」

「クリーニング代も受け取らなかったんでしょ？　寛大なひとじゃない、助かったじゃない」

「……まあな」

宮嶋さんは最後まで「いい奴クン」のままだった。不慮の事故だというのを疑うそぶりもなく信じてくれて、どうせ今日はまっすぐ家に帰るつもりだったからだいじょうぶですよ、と笑って許してくれた。

「問題は、奥さんのほうでしょ？」

「……まあな」

夜になって、宮嶋ママから電話がかかってきたのだ。ものすごい剣幕で、ワインぶちまけ事件のことを怒っていた。「いい奴クン」の元・生徒会長は、ワインの染みで真っ赤になったシャツで帰宅して、奥さんに「ちょっと、あーた、これどうしたのよ！」と問い詰められて……「犯人」の名を告げたのだ。

宮嶋ママは、あのワイシャツがいかに高級なブランドかというのをまくしたてた。クリーニング程度ではもはや本来の輝きは取り戻せず、捨ててしまうしかないのだとまで言った。それでいて、私が「弁償させてください」と言うと、さらにキツい声で「そんなつもりで電話したわけじゃありません！　ひとをバカにしないでください！」なのだ。じゃあ、なんのために電話をかけてきたんですか……と教えてほしいほどだったが、要は「抗議のための抗議」なのである。文句をつけること、それだけが目的なのである。いくら不慮の事故とはいえ、あっさり許してしまうのは悔しいから、一言文句をつけなければ気がすまない——ほんとうに、ただそれだけの電話だったのだ。

具体的な要求がないのだから、話は堂々巡りをするしかない。「ほんとうにすみませんでした」「わかってるんですか、ご自分のやったことの意味」「はい、ですから、シャツは弁償させていただきたいんですが」「ちょっと、それ失礼じゃないですか、お金で解決するんですか？」「いえ、そういうわけじゃないんですが、せめてものお詫びのしるしといいますか」「謝ればいいってものじゃないんです！」「じゃあ、どうすればいいんですか？」「そんなの自分で考えてください！」……ずっと、この繰り返しだった。

話をしている間は「いいかげんにしろよ！」という腹立たしさで一杯だったが、受話器を置くと、怒りとは別の感情が胸に湧いてきた。

あらゆる言動が攻撃モードというか、心にびっしりトゲが生えているというか、なにかにつけてヒステリックに騒ぎたてる宮嶋ママは——哀しいひとだな、と思ったのだ。「プライドが高い」とか「負けず嫌い」といったレベルを超えた性格のキツさに、哀れさにも似たものを感じてしまったのだ。

それで酒を飲みはじめた。酔いがまわると宮嶋ママのことは頭から消えてしまったが、一度勢いがついてしまうとなかなか酒を切り上げるタイミングが見つからず、あと一杯、もう一杯、これで最後の一杯……と飲みつづけていたのだった。

「まあ、だからさ、明日、宮嶋くんが学校でなにか言ってくるかもしれないけど、もう解決済みのことなんだから、気にしないでいいからな」

美嘉は、「何度も同じこと言わなくていいってば」とうんざりした顔で返し、「それに宮嶋くんならだいじょうぶだと思うよ、あのコ、女子に自分から話しかけてくるようなタイプじゃないから」とつづけた。

「おとなしいのか」

「っていうか、暗いね」

「……いじめられてるのか？」

「そこまではわかんないけど」

　転入して一週間——まだ女子の中にも顔と名前が一致しない子がたくさんいる段階だ。

「でも、前の学校に宮嶋くんみたいな子がいたら、テッパンでいじめられてると思うよ」

「テッパンって……お好み焼きかなにかのか？」

　熱く焼けた鉄板にいじめられっ子が押しつけられて全身をヤケドする——そんな光景がつい浮かんだ。

　美嘉は「ンなわけないじゃん」とあきれ顔で笑って、「鉄板みたいにガチガチに固いから、確実に、っていう意味」と教えてくれた。

　私もさすがに自分の間抜けさに苦笑して、昔はそんなことなかったんだよなあ、とも気づいた。

　昔——まだ圭子が生きていた頃は、中学生あたりに流行っている言葉はすべて圭子が学校から仕入れて教えてくれていた。「ほんとにあの子たちって、国語の勉強はできないくせにミョーなセンスがあるのよねえ」と笑う圭子の顔をひさしぶりに思いだして、また一杯、ウイスキーの水割りをつくる。

「飲みすぎだよ、もう寝ちゃえば」

美嘉の声は、昼間はそんなふうには思わないのに、夜になると不思議と圭子の声に似てくる。酔ったときには、なおさら。

「それに、宮嶋くんのお母さんって学校でも有名みたいだから、向こうがなにか言ってきてもだいじょうぶだと思うよ。かえって同情されて、いっぺんに学校になじめたりして」

美嘉はそう言って、リビングからキッチンに戻った。珍しく冗談めいた口調だった。だが、それは裏返せば、美嘉自身がまだ新しい学校にうまくなじめていないということなのかもしれない。

「なにつくってるんだ？」

「明日のお弁当」

「給食じゃないのか？」

「小学校は今週一杯は午前中だから。亮太、放課後も学校に残ってみんなとサッカーやるって言ってるのよ」

「なんだ、それだったらお父さんがつくるよ」

「いいよ、残り物を適当に詰めちゃうだけだから」

「……亮太もなんなんだろうなあ、そんなの、コンビニでなにか買えばいいんだろ？」

「うん、でも、友だちはみんな家からお弁当持ってくるって言ってたから、一人だけコンビニだったらかわいそうじゃん」

口調は、あいかわらずそっけないのだ。それでも、私には、美嘉の優しさがわかる。親ばかでもなんでもなく、わかるのだ。そして、その優しさは、ほんとうは——圭子さえ生きていてくれれば、中学三年生の女の子が背負うべきものではない、ということも。

「なあ、美嘉」

「うん？」

「部活どうするんだ？　やっぱり入らないのか？」

「だって……どうせ夏で引退なんだし、途中から入っちゃうと、一年の頃からやってるコに悪いじゃん」

美嘉は前の学校でバスケットボール部に入っていた。プレイヤーとしての実力は、レギュラーと控えの間を行ったり来たりというレベルだったが、家事との両立さえなければ、もっと上達していたかもしれない。それになにより、バスケットボール部には気の合う友だちが何人もいた。部室でおしゃべりをしているだけで、なによりの気分転換になり、元気も与えてもらえることは、私だってよく知っている。

だから——。

私はソファーから立ち上がり、キッチンの戸口に立って言った。

「バスケをまたやりたくなったら、遠慮しないでいいからな。家のことはお父さんも今度からしっかりやるし、亮太も大きくなったんだから、やりたいことをやっていいんだぞ」

美嘉はお弁当用のウインナーに切り込みを入れながら、わかってるよそんなの、とそっけなく答えるだけだった。

私はため息を呑み込んでソファーに戻り、仏壇を見つめた。

頼んだぞ、と祈った。

美嘉も亮太もほんとうにいい子たちなんだから、どうか、天国から二人を見守ってやってくれ——。

ひるがえって、また、宮嶋さんのことを思う。ふざけんな、と水割りを勢いをつけてあおる。

なにが、片思いの相手だ。なにが、いまでも見守ってくれてる、だ。

彼がどんなに「いい奴クン」でも、それだけは許せない。決して許してはならないことなのだ。

水割りをさらに一口あおったとき、携帯電話が鳴った。

藤村さん——フーセンさんから、だった。

「ごめんなさあい、夜分に」

フーセンさんの声も、かなり酔っているようだった。

「いまねえ、ダンナと二人で飲んでるんですよ。そしたら、なんか盛り上がっちゃって、とっておきのワインがあるんです。ペトリュスの、出来のいい年のやつ。それを開けちゃおうかっていう話になったんですけど、せっかくだから二人で飲むのもアレだし、よかったら田島さんも味を見に来ませんか？」

家で飲んでいるのだという。電話の向こうでは、ダンナがフォークギターの弾き語りで歌うオフコースの曲も聞こえている。

わが家で夫婦で飲んでいて、そこまで盛り上がれるというのは――正直うらやましい。

そして、酔いが誘った人恋しさがひときわつのってしまった。

「おうかがいします」

答えて電話を切ったあと、美嘉におそるおそる「ちょっとだけ出てきていいかなあ」と事情を話した。「よかったら」と誘われたのではなく、「ぜひとも！」と請われたのだと、ささやかな嘘をついた。

美嘉はウインナーをフライパンで炒めながら、「帰ってきたら静かに寝てよね」と言う――その口調が、また、圭子に似ているのだ。

胸が熱くなる。

藤村ダンナは、芦屋雁之助の『娘よ』をギターで弾けるだろうか。もしも弾けるのなら、歌わせてもらいたい。泣かせてもらいたい。いや、その前に――宮嶋さんの言葉の真偽を、なにがあってもフーセンさんに確かめなければ……。

*

「へえーっ、宮嶋クン、こっちに住んでるのね、全然知らなかった」

シャトー・ペトリュス1970年をテーブルワインのように遠慮なく飲みながら、フーセンさんは豪快に笑った。ふくよかな顔や体つきは、酔って笑うと、いっそう貫禄たっぷりになる。

「中学時代は生徒会長だったって聞いたんですけど……」

「そうなの、そうなの、みんなで面白がって推薦しちゃって、無理やり会長にしちゃったのよ。朝礼や生徒総会の挨拶のときなんか、みんなでヤジを飛ばして、あのひと、ステージの上で泣きそうになっちゃったこともあったんだよね」

要するに――いじめられっ子。

「まあ、いまのいじめほどひどくはないけどね、あのひと、勉強はできるんだけど運動神経ゼロだし、あと、お母さんがすごい教育ママっていうか、厳しいひとだったたから、いつもビクビクしててね。だから、からかうと面白かったのよ」

　ということは。宮嶋家の嫁姑の争いは、嫁の一方的な攻撃だけではなかったのか？

「あのお母さんと二世帯住宅なんて、お嫁さんも大変だと思うわよ」

「いや、それが、そういうわけでもなくて……」

　宮嶋ママの話を伝えると、フーセンさんは藤村ダンナと顔を見合わせて、プッと噴き出した。

「あのひと、お母さんみたいなひととだけは結婚しないと思ってたんだけどねえ」と
フーセンさんが言うと、藤村ダンナは「いやいや、そういうものなんだよ人生って。

そっちに行くとヤバいぞってわかってるのに、ついつい引き寄せられちゃうんだよ」

と言って、ギターで哀しげな演歌のイントロを弾いた。

　私も思わず笑ってしまう。「いい奴クン」ほどオンナ運が悪い、ということなのだろうか。

　その笑いに後押しされるように、胸をどきどきさせながら、片思いの一件を訊いてみた。

　すると――。

　フーセンさんはあっさりと「ないないない、それは絶対にないって」と否定した。

「圭子の好きだったひとって、あんなマザコンじゃなくて……」

安堵《あんど》した私の耳は、フーセンさんの言葉をつい聞き流してしまい、ワンテンポ遅れて「は？」と気づいた。フーセンさんも「あっ」と口を手のひらで覆った。

「片思いの相手……いたんですね」

フーセンさんは、今度は打ち消してくれなかった。

第三章　エーちゃんの伝説

1

エーちゃん――と呼ばれる少年が、かつて希望ヶ丘にいた。

「昭和五十年代前半の『エーちゃん』っていったら……田島さんなら、誰を思い浮かべる？」

フーセンさんの言葉に合わせて、藤村ダンナが、ポロロン、とギターを爪弾いた。聞き覚えのあるメロディーだったが、そのヒントがなくても見当はついていた。

「矢沢永吉ですか？」

藤村ダンナはギターに合わせて、あの頃のエーちゃんの大ヒット曲『時間よ止まれ』を口ずさむ。

フーセンさんは「そう」とうなずき、「希望ヶ丘にも矢沢永吉みたいなエーちゃんがいたのよ」と、遠くを見るまなざしになった。

藤村ダンナはギターを止めて「ボクはどっちかっていうと、さだまさし派だったけどね」と言ったが、フーセンさんは振り向きもせず「いいから、パパは黙ってエーちゃん弾いてなさい」と切り捨てた。

「そのひとが……」

「そう、ケイちゃんの片思いの相手」

同級生だったらしい。圭子の同級生ということは、つまり、私の一つ上。要するに先輩。それだけで「負けた」感がじわじわと迫ってくる。

大学時代から先は、年齢の一歳や二歳の差はそれほど気にならなくなる。圭子と付き合っていた頃も、彼女が年上だというのはほとんど意識しなかった。

だが、中学や高校では、学年の一つ違いは、大げさに言うなら「世界」の違いにもなる。私がもしも希望ヶ丘中学に通っていたら、圭子とエーちゃんはともに先輩——先輩同士の「世界」に、後輩が入り込めるわけがないじゃないか……。

私の表情が沈んだのを察して、フーセンさんは「心配しないでもいいわよ」と笑った。「恋人とか、そんな感じの付き合いじゃなかったから」

しかし、「付き合い」と言うからには、ただの同級生よりも距離が近かったのだろう。

恋人未満。

同級生以上。

その狭間の幅は、広い。

「……ボーイフレンドっていう感じだったんですか？」

口にするのも悔しい言葉をつかって、捨て身の体当たりの気分で訊いてみた。

「やだぁ、そんなシャレたものじゃないわよ」

フーセンさんの答えに一瞬ほっとしたが、つづけて「どっちかっていうとケンカ友だちって感じだったかな」と言われて、浮き立ちかけたものがまたすとんと沈んでしまった。

ケンカ友だち。

友だち——である。

ケンカするほど仲がいいのである。

学園ドラマでもマンガでも、その関係はボーイフレンドよりもずっとタチが悪いのだ。

「エーちゃんと呼ばれてたってことは、やっぱり、そのひとも……」

「ちょっと不良っぽかったかな」

あぁ……と、思わずうめき声が漏れそうになった。

不良とは、中学生や高校生の女子にとっては永遠のヒーローである。

しっかり者の圭子がエーちゃんに「もっとまじめになって」と訴え、エーちゃんはそっぽを向いて「関係ねーよ」とうそぶきながら、しかし圭子の優しさが胸に染みて……。

そんな光景が目に浮かぶ。

ついでに、マザコンの生徒会長・宮嶋クンまで登場して、圭子に愛を告げるのだ。

「松山さん！　ボクは君のためなら死ねる！」――『愛と誠』じゃないか、これ……。

どうしたんだ。

なにを動揺して、妄想にひたっているんだ、俺は。

ウイスキーとワイン、ちゃんぽんの酔いが回ってしまった。

もう四十歳なんだぞ、おとななんだぞ、現役の中学生みたいに胸をどきどきさせて、嫉妬や敗北感にさいなまれて、どうするんだ……。

「ちょっと、田島さん、だいじょうぶ？」

フーセンさんが心配そうに顔を覗き込んできた。「目の焦点、合ってなかったわよ」

「あ……いえ、すみません、平気です、はい」

「エーちゃんの話、やっぱりやめたほうがいい？」

こんなところでやめられては困ってしまう。

「……だいじょうぶです」

「田島さん」

「……はい」

「中学生の女の子にとって、初恋っていうのはハシカみたいなものだからね」

「……ええ」

「それにほら、ね、なんていうか、あれくらいの年頃って、恋に恋するっていうか、幼いものじゃない」

「……ですよね、はい」

「ケイちゃんが生涯をかけて愛したひとは田島さん一人、それはもう絶対にそうなんだから、そこはちゃんとわかってね」

念を押されて、さらに胸がざわざわと波立ってしまった。

シャトー・ペトリュスを啜《すす》る。さっきまでは舌に載せるだけで芳醇な香りをたちのぼらせていたヴィンテージが、急にいがらっぽい味になってしまった。

藤村ダンナはフーセンさんの言いつけどおり、矢沢永吉の曲を弾き語りで歌いはじめた。『アイ・ラブ・ユー、OK』——OKじゃ困るんですよ、OKじゃ。

*

逃げるようにトイレに立った。

用をたしながら、中学時代のちょっとワルい先輩の姿を思い浮かべた。

みんな、ほんとうに怖かった。歳が一つしか違わないというのが信じられないほどおとなびていた。後輩の男子は、とにかくあのひとたちに目をつけられないように、と常にびくびくしていたのだ。

ところが、女子は違った。そうでなくても女子のほうが男子よりマセている中学時代、同級生の男子のガキっぽさに飽き足らない女の子は、熱い視線を先輩たちに向けていた。

スポーツのできる先輩。勉強のできる先輩。ギターの上手い先輩。おもしろい先輩。カッコいい先輩。優しい先輩……。

みんな、モテていた。しかし、その中でも、不良っぽい先輩の人気には特別なものがあった。女子だって怖いのだ。自分までワルくなりそうでどきどきして、こんなひとと付き合っていると母さんに叱られる、と思いながらも、心はどうしようもなく惹かれていく……。

悔しかった。同級生の女子を守りたかった。立ち向かっても敵うはずがないし、そもそも守る筋合いなどどこにもないのだが、ムズカしい理屈を言うなら、女子とは共同体の宝なのだ。だが、その宝物を、先輩たちは軽々と奪っていく。まるで「男」としての差を見せつけるかのように、ほんとうに軽々と奪っていくのだ。

　だが、背伸びして先輩と付き合う女の子も、最後には悲しい思いをして捨てられてしまう。先輩には、同級生の、もっと「女」として格上の恋人がいるのだ。

　三年生同士のカップルといえば、二年生にとっては逆立ちしても敵わない存在で、希望ヶ丘のエーちゃんと圭子はまさにそういう二人で、「男」としてもおとな、「女」としてもおとな、そんな二人がおとなの一線を越えていないわけがなくて……。

　リビングから、藤村ダンナの弾くギターと歌が聞こえる。

　いったいどういう流れで選曲しているのか、今度は山口百恵の『ひと夏の経験』だった。

　あなたに女の子の／いちばん大切なものをあげるわ
　やめてくれ……。

＊

　落ち着け、落ち着くんだ、と自分に言い聞かせた。ほんとうにいまの俺、ヘンだぞ。

　もうワインを飲むのはやめろ。トイレから出たらフーセンさんに冷たい水をもらって、一息に飲み干して、そのまま帰るんだ。希望ヶ丘のエーちゃんのことはもういい。なにも聞くな。いまさら聞いたって、しょうがないじゃないか。

私だって、圭子が生まれて初めて好きになった相手が自分だなどと思っているわけもない。

私たちは大学時代に出会った。英会話サークルの先輩と後輩という関係——圭子は十九歳で、私は十八歳だった。

それ以前の日々に圭子がどんな男を好きになっていたのか、その男とどんな付き合いをしていたのか、結局一度も尋ねることはなかった。聞かされたからといって、なにがどうなるわけでもないし、つまらないヤキモチを焼くだけなら、最初から知らないほうがいい。圭子も同じように考えていたのだろう、中学や高校時代の私について詳しく訊いてくることはなかった。

だから——。

エーちゃんのことなど、関係ない。私と圭子の人生は、私たちが出会ったあの日から始まった。それ以前の日々は「なかった」ことにしてしまえばいい。

そう、実際、なにも「なかった」のだ。

こんなこと、いまさらあらためて確かめるのも恥ずかしくて情けないのだが——圭子が体を許した初めての相手は、私だった。ほかでもない、この私である。私だって、女性の前でブリーフを脱いだのはそのときが生まれて初めてだった。いまどき珍しい初々しいカップルである。そして私は圭子との永久の別れの日までその初々しさを貫きとおし、圭子ももちろんそうだったと信じている。品行方正にして清廉潔白な二人だったのだ、私たちは。

しかし――。

心までは、わからない。

「なかった」かどうかを確かめるすべはないし、たとえ「あった」としても、それを責めたり咎《とが》めたりする権利は私にはない。

希望ヶ丘に引っ越してきたことを、初めて後悔した。

ここは、圭子の青春の思い出が詰まった街なのだ。それも、私と出会う前の、私には手出しできない思い出ばかりなのだ。

この街を、この道を、中学生の頃の圭子も歩いていたんだと想像するのは楽しい。だが、その隣に誰がいたんだろうと考えると、浮き立つ想像はたちまち身を焦がすような妄想に変わってしまう。

リビングから聞こえる歌が変わった。藤村ダンナごひいきのさだまさしである。『防人《さきもり》の詩』である。

海は死にますか／山は死にますか

うるせえな、俺は女房が死んだんだよ、と洗面所の鏡に映る自分の顔をにらみつけ、取り組み前の相撲取りのように頰を両手ではたいて、リビングに戻った。

*

ソファーに座り直す私を見て、フーセンさんは「覚悟決めてきたの？」と笑った。

「……ウッス」

低い声で答えた。

「田島さんって、酔っぱらうと面白いのねえ」

「……そんなこと、ないッス」

やれやれ、と肩をすくめたフーセンさんは、希望ヶ丘のエーちゃんの名前を教えてくれた。

阿部和博。

アベ・カズヒロ。

ちなみに本家はヤザワ・エイキチ。

一文字もカブっていない。

「これの……どこがエーちゃんなんですか？」

「阿部のイニシアルはAでしょ？　だからAちゃん」

「いや、でも、ちょっとそれ……卑怯っていうか……」

「言った者勝ちなのよ、こんなの」

「それはそうですけど……」

なんてずるい男なんだ。頭の中で思い描いていたコワモテの不良のイメージが一気に崩れていった。

だが、フーセンさんはにこりともせずにつづける。

「争奪戦を勝ち抜いたの」

「争奪戦って？」

「エーちゃんの称号。一つの学校に二人のエーちゃんは要らないでしょ。彼、一年生の頃からずーっとエーちゃんだったの。二年生や三年生のツッパリの先輩を差し置いてね。その意味、わかる？」

「……はい」

粉々になった不良像が、まるでビデオを巻き戻すみたいに再びまとまった。

「希望ヶ丘中学でエーちゃんのことを知らない子はいなかったし、希望ヶ丘だけじゃなくて、このあたり一帯に名前が通ってたの」

「ケンカ……強かったんですか」

「そりゃあもう。でも、絶対に弱い者いじめなんかしなかったし、ケンカはいつでも素手で勝負してたの。子分になりたがってる子はたくさんいたけど、群れるのが嫌いなひとだったから、一匹狼ってやつよね」

「あの、えーと……ルックスなんかは……」

「いい男だったよ」

即座に言われた。「ちょっと小柄で、目がクリッとしてて、鼻筋が通ってて、育ちがよさそうなんだけど、微妙に翳《かげ》りもあって」——フーセンさんは、また遠くを見つめる目になった。

「伝説、たくさんあったの……」

藤村ダンナがギターをジャーンとかき鳴らす。横浜銀蝿のJｏｈｎｎｙがソロでヒットさせた『ジェームス・ディーンのように』だった。

2

希望ヶ丘のエーちゃん伝説——その第一章は、中学に入学して間もない頃に刻まれた。

「廊下ですれ違ったときに挨拶をしなかったとか、廊下の真ん中を堂々と歩いてたとか、そんな理由で、三年生のツッパリ軍団に目をつけられちゃったの」

ツッパリという言葉を、フーセンさんはごく自然に、あたりまえの語彙《ごい》として口にする。そこが同世代ならではの、というやつだろう。

「エーちゃんも、そういうツッパリくんの雰囲気だったんですか？」

「ワルっぽい雰囲気はあったね、うん、確かにあった。でも、リーゼントとか長ランとか、いかにも、って感じじゃないの。わかる？　ファッションだけで不良を気取ってるんじゃなくて、もっと、こう、内面から出てくる危険な魅力っていうか……」

フーセンさんのまなざしは、さらに遠くに投げ出された。頬がゆるむ。懐かしさを超え、ただの回想を超えて、この表情は、つまり……うっとりしているのだ。

「それでね、エーちゃん、先輩たちに呼び出されたの。放課後の屋上で、シメられそうになったの」

「じゃあ、ケンカして勝っちゃったんですか？」

「そんなのだったら、ただのケンカが強い不良っていうだけじゃない。違うの。とにかく向こうは十人近くいるし、まともにケンカしちゃったら、さすがにエーちゃんでも勝てないわよ」

腕っぷしでは勝負しなかった。

代わりにエーちゃんが選んだのは――勇気と度胸、だったらしい。

「エーちゃん、先輩に囲まれて、フェンスの前まで詰め寄られて、ふつうならビビって泣いちゃうじゃない、土下座して謝るじゃない。まだ一年生なんだから。一カ月前には、まだ小学六年生だったんだから」

しかし、エーちゃんは泣かなかった。土下座もしなかった。

なめんなよ、なめんなよ、と詰め寄る先輩たちに、ニヤッと笑って、フェンスに手をかけた。

「ここからよ。伝説は、ここからなの！」

フーセンさんはぷよぷよした太股《ふともも》を手でパーンと叩き、藤村ダンナもギターをジャーンと鳴らした。

三分、数えてろよ——。

エーちゃんは先輩たちにタメロで言い捨てて、フェンスにのぼった。そして、唖然《あぜん》とする先輩たちが止める間もなく、体を外に投げ出した。

「落ちちゃったんですか？」

「落ちたら死ぬでしょ」

「……ですよね」

「ぶら下がったの。フェンスの付け根に両手でつかまって、体はぶらーんと外に垂らして。わかる？　フェンスを鉄棒にして、ぶら下がったわけよ、カレ」

三階建ての校舎の屋上から、ぶら下がったのだ。万が一落ちてしまったら大ケガをするのは確実で、へたをすれば、死ぬ。

屋上にいたツッパリ軍団はもちろん、道を歩いていた生徒もそれに気づいて、学校中大騒ぎになった。

フーセンさんは圭子と二人で下校するところだった。昇降口の外に人だかりができていた。きょとんとして人だかりの視線を追うと、そこには屋上からぶら下がるエーちゃんの姿があったというわけだ。

「最初は、先輩たちにやられちゃったんだと思ってたの。早く先生を呼んで助けなきゃ、って」

だが、そうではなかった。

エーちゃんはぶら下がったまま、左手をフェンスから離した。右手一本でぶら下がって、体をよじってみんなを見て、左手でVサインをつくって笑ったのだ。

「わかる？　わかる？　そのときの笑顔……もう、すごいの、すごいの、すごいんだってば！」

確かに、すごい。

とても真似はできない、というか、真似したくもない。

こいつ、たんに身が軽いだけのバカなんじゃないか……と心の片隅では思ったが、それを口に出せるような雰囲気ではなかった。

「それで、どうなったんですか？」

「エーちゃんはぶら下がったまま、先輩に訊いたの。ちゃんと時間を計ってくれてますか、って」

誰も許ってなどいない。あたりまえだ。思いがけない行動に唖然として、呆然《ぼうぜん》として、エーちゃんの声にふと我に返ると、みんなそろって「もういい、もういいから、早くこっち、こっち、早く上がれ」と言った。

エーちゃんは「俺、あと五分ぐらい平気っスよ」と余裕たっぷりに笑い、先輩たちは「もういい、もういいから、上がってくれ、頼む」と繰り返し、最後は「頼む、お願いします、上がってください」と半べそをかいて、両手で拝んだ。

それで——勝負はついた。

エーちゃんは軽々とフェンスに足をかけ、屋上に戻った。

そして、青ざめた顔の先輩を眺め渡し、一人ずつ指差して、言った。

「そこンとこ、よろしく」

＊

エーちゃん伝説の第一章を語り終えると、フーセンさんは遠くを見つめていた目を閉じて、感に堪えたような深いため息をついた。

「希望ヶ丘っていうのは、田島さんも住んでみてわかったと思うけど、やっぱりそこそこの高級住宅街なのよ。生活のレベルで言えば、『中の上』から『上の下』あたりでまとまってるわけ」

「ええ……」

「画一的っていうか、要するに似たもの同士が集まってできた街なんだよね。開発された時期も同じだから、引っ越してくる世代だって近いわけだし、たとえば一人暮らしのひとなんかは、希望ヶ丘の一戸建てを買う理由がないじゃない」

それは、確かにわかる。希望ヶ丘にかぎらず「ニュータウン」と呼ばれる街はどこもそうだ。

「いまの希望ヶ丘は、街の歴史で言ったら『第二世代』になってるの。開発されたときに入居した『第一世代』が引っ越したり、宮嶋クンの家みたいに二世帯住宅に建て替えたり、一戸建てが取り壊されたあとの更地を二区画つなげてアパートを建てたりして、だいぶばらけてきた感じはするのよ」

瑞雲先生のことを、ふと思い浮かべた。いまでこそ周囲の家々に比べてひときわ古びている瑞雲先生宅だが、かつて――圭子がいた頃は、街並みに馴染んでいたはずだ。瑞雲先生やチヨさんと同世代のひとたちもご近所にたくさんいただろう。

瑞雲先生夫妻に子どもがいるのかどうかは知らない。ただ、世代交代の進むご近所からぽつんと取り残されてしまったような瑞雲先生宅の寂しさは、書道教室が開店休業状態だからというだけではないんだろうな、と思う。

そして、それは――一人娘が高校を中退して、男と一緒に家を出てしまったフーセンさん夫妻にもあてはまるものなのかもしれない。

「だからね」

フーセンさんはワインを啜ってつづけた。

「わたしやケイちゃんのいた頃の希望ヶ丘っていうのは、ほんとうに街並みも、一軒一軒の間取りも、家族構成も、生活レベルも、みーんな似てたの。中学生だってそうよ。ツッパリ軍団なんていっても、たかが知れてるし、一年生のエーちゃんの度胸にあっさりビビっちゃう程度の連中だし。まじめな子なんて、ほんとにまじめで、みんなおんなじで……いまにして思うと、気持ち悪いぐらいだった……」

そんな希望ヶ丘で、エーちゃん伝説の第二章は、エーちゃんは異彩を放っていた。

エーちゃんには家族がなかった。

「どういうこと？」

「正確には、両親がいなかったの」

エーちゃんの「過去」はクラスの誰も知らなかった。

中学に入学するときに希望ヶ丘にやってきた。クラス名簿の保護者の欄にある苗字は「遠藤」――しかし、エーちゃん自身は「阿部」。入学式のとき、たまたま誰かが、エーちゃんと「遠藤さん」夫妻の会話を聞いた。エーちゃんは、確かに、間違いなく、二人を「おじさん」「おばさん」と呼んでいたのだという。

そこから、さまざまなウワサが流れた。

「エーちゃん本人はなんにも教えてくれないの。関係ないだろ、ってそっけなく言うだけで……」

だからこそ、想像が広がっていく。

エーちゃんは生まれたときに親に捨てられたみなしごだった、という説がある。孤児院で育てられて、子どものいなかった遠藤さんのお宅にもらわれていったのだ。

あるいは、両親が離婚して、それぞれ再婚して、居場所をなくしたエーちゃんは親戚にもらわれていった、という説もある。

さらに、両親が交通事故で亡くなって、たった一人の生き残りのエーちゃんは親戚にもらわれていった、という説もある。

さらにさらに、お父さんは無実の罪で刑務所に服役中で、お母さんは借金を返すために住み込みで働いて、お父さんが出所するまでという約束でエーちゃんは親戚に預けられているんだ、という説まであった。

「結局……実際のところはどうだったんですか？」

「卒業間際まで、わからないままだったの」

フーセンさんはそう言って、「でも」とつづけた。「わからないところがカッコいいじゃない」

「はあ……」

「謎めいてるっていうか、ミステリアスっていうか、他の子とは全然違ってたの。そこがいいじゃない、親がいないなんて、もう、それだけでシード権獲得って感じで」

わかる。そうなのだ、私の中学時代の同級生もそうだった。女子は誰だってドラマチックな「悲劇」や「不幸」が大好きだった。悲劇を背負った不良——とくれば、無敵だった。私たち「フツー」の「平凡」な男子に熱い視線を向けてくれる女子など、誰もいなかったのだ。

「……で、両親はほんとうは……どういう……」

「アメリカにいたの。貿易かなにかの仕事でね」

なるほど、と私は黙ってうなずいた。どっちにしても「フツー」の「平凡」に勝ち目はないということなのだ。

「わたしはすぐにエーちゃんのファンになったの」

フーセンさんのまなざしは熱く潤んで、隣に座る藤村ダンナのことなんか忘れてしまったみたいだった。

「ケイちゃんは違ったの。むしろ冷ややかな感じで、『あんなコのどこがいいの?』

って言ってたの。エーちゃんが高校生とケンカして、顔じゅうアザだらけで学校に来たときだって、『なんでもケンカで解決するのって大嫌い』なんて言ってたんだけど……でも、そういうのって、要するにエーちゃんのことを意識してるっていう裏返しでしょ？　わたしにはピーンと来てたの。ああ、ケイちゃんって、ほんとはエーちゃんのことが好きなんだなあ、って……」

私はつくり笑いで相槌《あいづち》を打ち、そのままうつむいてしまった。

わかる。悔しいけれど、ほんとうによくわかる。まじめな女子ほどそうなのだ。自分はまじめなくせに、好きになる相手は不良なのだ。私みたいなフツーの男子には、決して、決して、思いを寄せてくれないものなのだ。

「あのー……」うつむいたまま、おそるおそる訊いた。「ひょっとして、エーちゃんという奴、動物が好きだったりしてました？」

「よくわかるわねえ、そうなのよ、宿題なんかは全然やってこないくせにウサギ当番になると張り切って、ウサギのことほんとにかわいがってたの、エーちゃんは。エーちゃんが中学時代に唯一涙を見せたのって、ウサギが死んだときだったんだもん」

「……夕暮れの空を見つめて、口笛を吹いてたりとか」

「やだ、田島さん、ケイちゃんから聞いてたの？　そうなのよ、そうそう、ときどきね、ぽつんと渡り廊下に一人でいることがあって……口笛吹いてるの、うまいのよ、口笛が。曲は忘れたけど、ものがなしいメロディーだったなあ」

だめだ。勝てない。エーちゃんという男には、中学生の女子ゴコロをくすぐるものがすべて備わっている。

藤村ダンナが気を利かせて、ばんばひろふみの『SACHIKO』のメロディーをギターで弾いた。

しかし、フーセンさんはそっけなく「ちょっとぉ、ヘンな曲弾かないでよ、せっかく思い出にひたってるんだから」と切り捨てる。あれほど仲良しの、アツアツの夫婦仲を打ち砕いてしまう――中学時代の甘酸っぱくほろ苦い思い出には、それほどの力があるのだ。

私と圭子には、それがない。

圭子の思い出の中に私が登場するのは大学に入ってからで、その前の日々は、私には手出しができない。

私と出会ってからの日々は、もちろん長さでは中学時代をはるかに超えている。だが、ほのかな初恋に胸焦がす中学時代は、永遠の輝きを放ちつづける。

圭子――。

おまえは亡くなるとき、中学時代の思い出を忘れ去っていたのだろうか。それとも、エーちゃんの面影を抱いたまま逝ってしまったのだろうか……。

フーセンさんは、さらなるエーちゃん伝説を話しはじめた。

中学三年生のマラソン大会。

その年、フーセンさんと圭子はエーちゃんと同級生だった。

「ケイちゃんがカレを好きになった決定的な事件だったの……」

3

希望ヶ丘中学では、毎年十一月にマラソン大会が開かれる。ニュータウンの真ん中をつっきる希望通りを走って、丘の下の希望ヶ丘駅まで往復する六キロのコースだ。男子はそれに希望ヶ丘を周回する平和通りの二周分が加わって、十キロになる。

「距離もけっこうあるし、特に帰りは坂を上っていくわけだから、かなりキツいの。お正月の箱根駅伝みたいなものよ」

フーセンさんの言葉に、私も納得してうなずいた。確かに、希望ヶ丘の街と駅までの高低差はかなりある。駅の南側に広がる工業地帯とは、文字どおり「山の手」と「下町」の関係だった。

「おまけに、いまは駅前もだいぶにぎやかになったし、希望ヶ丘と駅との間にもマンションが増えたけど、あの頃はまだ、なんていうか、丘を下りたら別世界だったから……。雑木林があったり、庭にポンプ式の井戸がある古い農家が並んでたり、牛を飼ってる家まであって、夏には『マムシに注意』って看板も出るの」

そういう時代に、小高い丘を造成して、忽然《こつぜん》と新しい街があらわれたわけだ。その頃の入居者の喜びや誇りは、いまよりもはるかに深く熱いものだっただろう。ここは、まさに「希望」の街だったわけだ。

そして――私にも、見当がつく。百パーセント健全な「希望」というものは、逆にひどく退屈なものだ。「希望」の中にいるからこそ、光り輝くまぶしさに背を向ける翳りに惹かれる。わかる。「希望」あふれる街に暮らす圭子にとって、エーちゃんとはそういう存在だったのだろう。

「それでね」

フーセンさんは話をつづけた。

マラソン大会はクラス対抗の形をとっていた。各生徒の順位に応じた点数に完走のボーナスポイントを加えて競い合うのだ。

「そういうのって、生徒の反応は真っ二つに分かれちゃうでしょ」

「ええ……」

張り切るか、しらけるか――。

「ケイちゃんは張り切るタイプなの。それも思いっきりね」

「負けず嫌いでしたからね」

「マラソン委員にも選ばれて、いろいろ作戦を練るわけ。ほかのクラスの顔ぶれとウチのクラスの顔ぶれを比較して、二組は合計三百五十点ぐらい取りそうだから、ウチは三百六十点を目標にしよう、とかね」

　クラスの目標ポイントを達成すべく、一人ひとりの作戦も考える。順位点を欲張るあまりに飛ばしすぎると、途中でバテてしまって、制限時間内にゴールできずに完走ポイントを獲得できなくなる恐れもある。そこが難しい。脚力やスタミナに応じて、ノルマを割り振っていかなければならない。

「わたしなんかは、ほら、こーゆー体型だから、とにかく完走すればOKっていうレベルなんだけどね」

　フーセンさんは大きなおなかを揺すって笑う。藤村ダンナは、ベンチャーズの『ウォーク・ドント・ラン』をフォークギターで器用にテケテケテケテケと弾いた。このひと、センスがあるのかないのか、よくわからない。

「で、ケイちゃんが期待をかけてた男子がいるの。あのひとは本気になればすごいはずだ、やればできるはずだ、って」

「それが……エーちゃんだったんですか？」

「そう。まあ、実際、部活に入ってないのにスポーツは万能だったから、マラソンだって絶対に速いはずなのよ、確かに」

ただし、マラソンという競技は、身体能力だけで勝負できるものではない。足の速さ以上に大切なのは精神力なのだ。

「張り切るタイプじゃ……ないですよね、いままでの話からすると」

「そうなの、そこが問題だったの」

一年生と二年生のときは、どちらも往路でリタイア——要するに希望通りの長い坂道を一気に駆け下りたら、あとは知らない、というわけだ。ましてや三年生。スネざかりでヒネクレざかりの十五歳。クラスのためにがんばるなんて、私でさえ半分しらけてしまう話だ。

「わたしたちは、みんな止めたの。説得しても無理だよ、時間のムダだよ、って。でも……ケイちゃんはあきらめなかった……」

昼休み、孤高の不良として一人でベランダに出ているエーちゃんに、「あのっ、えっと、マラソン大会のことなんだけどっ」と話を切り出す。無視されても熱く語る。「本気で走ってよ！」と訴える。放課後、口笛を吹きながら帰るエーちゃんを校門で待ちかまえて、「ねえ、最後まで走って！　完走して！　お願いします！」と頭をぴょこんと下げる。カバンは当然、両手でスカートの前に提げている。

ああ……っ、と私は嘆息した。見える。その光景がありありと思い浮かぶ。青春ドラマなのだ。青春マンガなのだ。

「……ひょっとして、エーちゃんのまわりにいるハンパな不良どもが、『しつこいんだよ、おまえ』って圭子に怒ったり、とか」

「あ、そうそう、あったあった」

「でも、圭子はひるまない、と」

「そう、ケイちゃんはけっこう頑固なところあるしね」

「で、ハンパな不良がしつこく怒ると、今度は逆に……」

「そうなの、エーちゃんが無言でそいつにパンチ一発くらわすわけ。ケイちゃん本人に対してはそっけないままなんだけどね、そういうところは守るの、カレ」

見える。見える。見えてしまう。

「フーセンさんたちは止めるわけですよね」

「うん、だって、どう考えても無理だもん、エーちゃんに本気で走らせるなんて」

「エーちゃんもアレでしょ、なにかシブいこと言っちゃうんじゃないですか？」

「そうねえ……『決められたコースを走るのは好きじゃないんだ』とか言ってたかな」

「で、圭子も言い返す、と」

「『逃げないで！』って言ったなあ、ケイちゃん……泣きながら言ってたなあ……」

私はまた、うめくようにため息をついた。見える。聞こえる。まさに青春だ。ザ・青春だ。藤村ダンナのギターが中村雅俊の『ふれあい』を奏でる。われら青春——その「われら」の中に、私は、いない。

圭子は、私にはそんなことは一言も教えてくれなかった。美嘉や亮太が「お母さんの中学時代って、どんな感じだったの？」と訊いても、「ふつーよ、ふつーの、平凡な女の子だったよ」と笑うだけだった。

隠していたのか？

なぜ——？

私によけいなヤキモチを焼かせたくなかったからなのだろうか。中学時代も高校時代も「おとなしめのグループ」から抜け出せなかった私がよけいなコンプレックスを抱かないよう、気づかってくれたのだろうか。

それとも。

エーちゃんのことが忘れられないからこそ、思いださずにいたのだろうか……。

フーセンさんの話はつづく。

マラソン大会が間近に迫っても、エーちゃんはとりつく島もないままだった。圭子の計算では、エーちゃんの完走ポイントが入らないと優勝できない。ならば、そのマイナスをどこかで埋めるしかない。

「あの子、負けず嫌いなんだけど、優しいところあるじゃない。一点でも多くポイントが欲しいのに、みんなには絶対に無理なノルマは背負わせないの。学年三十位を目指してる子に、二十位に入れなんて言わない子なの、ケイちゃんは」

「……わかります」

「結局、自分で背負っちゃうの」

体育の授業で計ったタイムでは、圭子の目標は学年二十位といったところだった。それを、いきなり十位に上げた。

「無茶なのよ、そんなの。一週間やそこらで足なんか速くなるわけないじゃない」

「ですよね……」

「でも、がんばるの。あの子はがんばるの」

脚力を伸ばせないのなら、持久力をつけるしかない。それには、ひたすら走り込むしかない。

放課後、毎日グラウンドを走った。ロスのない走り方を身につけるために、フーセンさんにフォームを見てもらいながら、走りつづけた。

藤村ダンナが『ロッキーのテーマ』を弾く。ほんとうにギターの上手いひとだ。その腕前、もっと有意義に使えないものか。

「でもね……やっぱり、無茶だったの。本番前日にも走り込むなんて、無理だったのよ……」

連日のランニングで疲れきっていた圭子の足首が悲鳴をあげた。

「ケイちゃん、わたしの目の前で倒れたの……起き上がって、また走りだそうとするんだけど、足首を捻挫《ねんざ》しちゃって……」

藤村ダンナが、バッハの『トッカータとフーガ　ニ短調』を弾いた。

圭子はフーセンさんに肩を抱かれて保健室に連れて行かれた。保健室の先生は「明日のマラソンは無理よ、絶対に」と言った。順位を上げるどころか、完走ポイントすらもらえない。優勝は絶望的になった。ごめんね、ごめんね、と泣きながらフーセンさんに謝った。わたしのせいでごめんね……。

「でもね、それを見てたひとがいるの。屋上で口笛を吹きながらね」

翌朝——圭子は痛み止めの薬を服《の》んで、体操着に着替えようとした。

「せめて完走ポイントだけでも取るって……足首が腫《は》れ上がってるのに、それがマラソン委員の責任なんだから、って……」

そのときだ。

「ケガ人は休んでろよ」

二人の背後から、エーちゃんの声が聞こえた。

驚いて振り向いた圭子に、エーちゃんはぶっきらぼうに言った。

「ポイントの計算、やり直しとけ」

俺が一位になる——。

「たまには決められたコースを走ってみるのも悪くないかもな」

それだけ言って、怒ったような足取りで立ち去るエーちゃんの背中に、圭子は「なによ、カッコつけちゃって！」と言った。だが、その目は、赤く潤んでいた。

あああ……っ。私はうめく。ここがフーセンさんの家でなければ、床を転げ回り、髪をかきむしっているところだった。青春だ、青春だ、こいつら、とことん青春だ……。

「でもね」

フーセンさんは懐かしそうな微笑みを浮かべ、遠くを見つめるまなざしになって、つづけた。

「いつまでたっても、エーちゃん、ゴールしないの」

距離の短い女子が全員ゴールして、男子も次々に学校に戻ってきた。

だが、その中にエーちゃんの姿はなかった。

「なんだ、口だけだったんですか？」

思わず鼻で笑った私をたしなめるように、フーセンさんは「違うの」と言う。「折り返しの希望ヶ丘駅まではほんとうにトップだったの、あのひと」

ところが——。

　復路で思わぬ邪魔が入った。かねがねエーちゃんにムカついていた工業地帯のツッパリ連中が、ケンカを売ってきたのだ。

「最初は相手にしなかったの。あんなにケンカっぱやいエーちゃんが、とにかくトップで完走するんだ、それが約束なんだ、って……バイクでちょっかい出されても、じっと耐えて走ってたの」

　ツッパリ連中はなおも挑発をエスカレートさせる。最後はバイクに二人乗りした連中がチェーンまで振り回して——それが、まだ往路を走っている足の遅い男子にも当たりそうになった。

　エーちゃんはついにキレた。学校の仲間を守るために、奴らの売ってきたケンカを買った。コースからはずれ、奴らとともにひとけのない神社の森に入っていって……それっきり、だった。

　夕暮れが迫る。すでに全校生徒は教室にひきあげて服を着換えていた。

　だが、圭子は一人でグラウンドにたたずんでいた。信じていた。完走してくれる。エーちゃんは絶対にゴールまでたどり着く……。

「だって、いまさら完走したって優勝できないんでしょ？」

　私は冷ややかに言った。「しかし、バカですよねえ、なにが大事なのか優先順位を考えてれば、ケンカなんかするはずがないじゃないですか、けっ、バカはやっぱりバカですよ」――いまの私はサイテーの男になっている。しかし、言わずにはいられない。フーセンさんの語る青春ドラマのラストシーンがすでにうっすらと頭に浮かびつつあるから。

フーセンさんは私のイチャモンにはかまわず、遠くを見るどころか、目をつぶって、言った。

「戻ってきたの、エーちゃん。ぼろぼろになって、ケガだらけになって、でも、最後まで走って……ゴールするために……圭子との約束を果たすために……」

夕陽を背にしたエーちゃんが、足元をふらつかせながら、グラウンドに入ってくる。

その姿を圭子はじっと見つめる。夕陽がまぶしいから、そう、夕陽のせいで、目に涙を浮かべて……。

藤村ダンナがギターをかき鳴らす。

村下孝蔵の『初恋』だった。

第四章　港からやってきた少女

1

「ぼく、ここから向こうに行くのって初めて」

高架になった私鉄の線路をくぐったとき、亮太が言った。

「お父さんもだよ」

私は車を運転しながら応え、「こっちのほうに来る用事なんてないもんなあ」とつづけた。

「なにか面白いものあるの？」

美嘉が訊《き》く。亮太の声にはまだ期待のこもった「わくわく」が溶けていたが、美嘉の声のほうはあきらめ交じりの「やれやれ」だった。

「工場しかないんでしょ、こっち側って」

それは確かにそうなのだ。日曜日に家族でドライブを楽しむような場所ではない。

むしろ似合うのは、土曜日の深夜に、マフラーをとりはずしたバイクの爆音を響かせるガキどもの姿だろう。

「ゆうべもうるさかったけど……ちゃんと眠れたか？」

私の言葉に、子どもたちは二人そろって首を横に振った。神経質なところのある美嘉はともかく、いったん寝入ったら少々の地震でも目を覚まさない亮太まで起こされたのだから、やはり一階よりも二階のほうが音がよく響いてしまうのだろうか。

「まいっちゃうよなあ、これだけ距離があるのに」

平日の希望ヶ丘は、夜十時を過ぎると車の走る音すらめったに聞こえなくなる。飲み屋やカラオケボックスも希望通りとふれあい通りが交差する一角にしかないので、大通りから一本入ると、あとは閑静そのものの住宅街だ。

ところが、土曜日の夜になると様子が変わる。日付が変わるあたりから、丘の下に広がる工業地帯のほうがバイクの轟音《ごうおん》で急ににぎやかになる。それが明け方までつづく。どうも工場の建ち並ぶ一帯を暴走族の連中が走りまわっているようなのだ。

希望ヶ丘から工業地帯までは、車で二十分近くかかる。距離じたいは決して近いわけではないのだが、さえぎるものが間になにもないせいで、夜の静寂を破るバイクの音が、驚くほど大きく聞こえてくるのだ。

「マンションでもそうなんだよ。二十何階とか三十何階の部屋だと、近くの音は聞こえないんだけど、かえって遠くの救急車のサイレンとかがよく聞こえるらしいんだ。希望ヶ丘なんて、街ごと高層マンションのようなものだからな」

それにしても――。

土曜日の夜の騒音問題は、予想外だった。

「これから毎週なのかなあ」

亮太の心配顔をルームミラーで確かめ、とりあえず「だいじょうぶだと思うけどな」と返した。

「でも、先週もうるさかったじゃん。その前も」

「……飽きたら、やめるんじゃないかな、あいつらも」

われながら苦しい理屈だった。亮太はそれ以上はなにも言わなかったが、今度は美嘉が「甘いね」とそっけなく言う。「これから夏になったら、もっとうるさくなるの、見えてるよ」

「えーっ、じゃあ窓開けて寝られないじゃん」――いったん納得しかけた亮太まで、再び心配顔になってしまった。さらに、心配するだけではすまずに、リアシートから身を乗り出して「やっぱり、ぼくの部屋にもエアコンつけてよ」とねだる。

「だめだ、それは」

即座に却下――父親として、譲れないところだ。

「だって、窓開けたらうるさいんだよ。エアコンがあったら、開けなくても寝られるじゃん」

「エアコン入れっぱなしで寝たりしたら具合悪くなっちゃうだろ」

「だって、お父さんはそれで寝てるじゃん」

「お父さんは……おとななんだから、いいんだよ、それは、うん」

「えーっ、でもぉ……」

亮太は友だちの名前を次々に挙げていった。吉田くんにイノっちにトシちゃんにケンゴくんに荒木くんにノグさんにコーノに品川くんにデレスケに細野っち……「みーんな、部屋にエアコンあったもん、ぼく見たもん、嘘じゃないもん」と口をとがらせる。

エアコンのことよりも、友だちの名前に驚いて、感心して、うれしかった。どの子も希望ヶ丘小学校の同級生だ。新学期が始まって約一カ月——ゴールデンウィークが明けたいま、すでに亮太はクラスにすっかり溶け込んでいる。もともと明るくて人なつっこい性格の子だが、ここまですんなりと新生活に馴染めるとは、正直なところ思っていなかった。うれしい誤算だ。

張り切っているのだろう。

ここが、お母さんのふるさとだから——。

お母さんが天国から見守ってくれている、と信じているから――。

「エアコンは、まあ、今年はだめだな。今年はエアコンなしでやってみて、どうしても暑くて寝られないようなら、来年考えよう」

「えーっ、もう絶対わかるじゃん、寝られないよ、エアコン入れてよ」

「子ども部屋にエアコンを入れないっていうのは、お母さんと決めたんだよ。子どものうちは蒸し暑くて汗をかくほうがいいんだから、ってお母さんが教えてくれたんだぞ」

「そうなの？」

「ああ。お母さんが決めたんだから、お父さんはそれを守りたいと思ってる。亮太、どうする？」

尋ねるまでもなく、その一言で決まった。「お母さん」を持ち出せば、たいがいのワガママはおさまる。それが親として、ありがたくもあり、いじらしくもあり、せつなくもあって……なぜだろう、「お母さん」の殺し文句で亮太のワガママを封じたあとは、決まって妙に不機嫌になってしまうのだ。

＊

車は海岸沿いに延びる産業道路を渡った。ここから先の街並みは、「住宅地」ではなく「工業地帯」だ。

ガスタンクに煙突、巨大なプラント――「昭和」のニッポンを力強く支えてきたコンビナートの威容が、目の前に迫ってくる。

希望ヶ丘の風景とは明らかに違う。静かなたたずまいこそを良しとする希望ヶ丘に対して、ここ湾岸地区は街じたいが、どくん、どくん、と息づいている。二十四時間操業の工場のあちこちから煙や蒸気がたちのぼり、モーターやタービンの轟音が絶え間なく聞こえ、日曜日というのに大型トラックやフォークリフトが工場の敷地をひっきりなしに出入りしている。それを、生命力がむき出しになった「力強さ」だと感じるか、「荒々しさ」だと受け止めるか……こういう街には暮らせないなあ、と思ってしまうところが、私の弱さなのかもしれない。

「すごいね、カッコいいね」

亮太は目を輝かせて工場群を見つめる。ふだんの生活とはかけ離れた湾岸地区の風景を無邪気に喜んでいるのだ。

だが、そんな亮太もいずれ――中学生になる頃には、希望ヶ丘と湾岸地区の違いを意識するようになるだろう。対等な違いではなく、「上下」や「勝ち負け」の象徴として、丘の上から湾岸地区の工場群を眺めるようになってしまうのだろう。

「ちょっと、亮太、窓閉めてよ。煙、クサいじゃん」

顔をしかめる美嘉は、もう、気づいているのだろう。希望ヶ丘の人びとが湾岸地区を眺めるときのまなざしにひそんでいるものの正体について――もしかしたら、すでに、美嘉自身、そんなまなざしで湾岸地区を見ているのかもしれない。

＊

海に面した公園で休憩した。あちこちにスプレーの落書きがある、いかにもすさんだ雰囲気の公園だった。

亮太は無邪気に「海だーっ、海ーっ」とはしゃいでいたが、美嘉は落書きに〈SEX〉の文字を見つけて、心底嫌そうな顔でそっぽを向いた。

気持ちはわかる。ドライブの行き先に湾岸地区を選んだほんとうの理由を知ったら、もっと嫌な顔になるだろう。

けれど――。

やるしかないんだよ……と、私は心の中でため息交じりにつぶやいた。

＊

今日は、ただの日曜日のドライブで湾岸地区に出かけたわけではなかった。半分は仕事だ。

栄冠ゼミナール本部は、希望ヶ丘教室に対して大幅な路線変更を提案してきた。提案というより、指示、命令と言ったほうがいい。

「募集エリアを広げましょう」

五月一日――四月分の帳簿をチェックするために教室を訪れたエリアマネージャーの加納くんは、事務室の壁に貼った地図をポインターで指して言った。

「はっきり言って、四月の、この成績ですとね、夏休みまで持ちませんよ。受講生は目標の三分の一ですし、オプションの単科ゼミの参加者もゼロだし……営業努力のあとが全然見られないんですよ」

「……すみません」

「いや、田島さんのご苦労はわかるんですよ。授業もやらなきゃいけないし、事務の仕事もある。そのうえ営業も、なんて言ったら、体がいくつあってもたりませんよ」

そうそう、そうなんですよ、と救われた気分で応えかけると、まるでカウンターパンチのタイミングを狙っていたみたいに、加納くんはぴしゃりと言った。

「でも、やるしかないでしょ」

「……はい」

「田島さんは元サラリーマンですよね。サラリーマン時代なら、会社にあてがわれた条件で文句を言いながら仕事をやっていけばよかったのかもしれません。でもね、この世界は、自営なんですよ、教室長の一人ひとりが一国一城の主なんですよ。もちろん本部もバックアップはしますけど、基本的には、自分でなんとかするしかないんですよ」

生徒数が少なければ、当然、収入も少ない。事務専従の職員を雇う余裕はないし、肝心かなめの講師のほうも、人数はもちろん、質のほうも下げざるをえない。本部が派遣する講師の中でもCランク——時給の安いメンバーばかりだ。講師の質が低いと新しい生徒を引きつけられない。それどころか、せっかく入塾してくれた生徒たちまで「授業が全然わかんないから」という理由で、すでに三人も退塾してしまった。

文字どおりの悪循環——それを断ち切るには、とにかく生徒数を増やすしかないのだ。特に三年生。受験を控えた三年生を多数迎え入れて、来春の受験で結果を出して、その結果を謳《うた》い文句に次年度の生徒を獲得しなければならない。

「でも、希望ヶ丘は、やっぱり赤門セミナーと特訓塾でがちがちに押さえられてますよ。そこをいまから切り崩すのは至難《しなん》の業《わざ》です。三年生になってから塾を替えるっていうのは賭けですから。だとすれば、空白地帯を狙うしかないでしょう」

加納くんはポインターの先を、地図の南側——湾岸地区にあてた。

「湾岸中学の生徒さん、いただいちゃいましょう」

いや、しかし……と思わず反論しかけたら、加納くんは、わかってます、とうなずいてつづけた。

「確かに、湾岸中学の評判は地区でも最低中の最低……僕もいろんな中学を見てきましたが、湾岸中学ほど荒れてる学校はありません。『赤門』でも『特訓』でも、湾岸中学の学区内にはビラもまいてないし、電話営業もかけてません。生徒が入塾希望を出してきても、よっぽどまじめそうな子を除けば、みんな、なんだかんだと理由をつけて断ってます。それはもう、しかたないんです。湾岸中学の生徒が三人入っても、他の中学の生徒が迷惑をかけられて退塾しちゃったら意味がないんですから」

だからこそ、教室を開くときにも加納くんは言っていたのだ。湾岸中学はだめですよ、あいつらを入れちゃうと、他のまじめな生徒がみんな逃げちゃうんですから、悪貨は良貨を駆逐するって、まさにこのことなんですよ……。

「でもね、もう、そんなことを言ってられる状況じゃないんです。夏休み前になってもいまの数字のままだとしたら、本部としては、来年以降の提携契約は打ち切らざるをえなくなるんです。こっちにも『栄冠』の看板がかかってるわけですから」

加納くんはノートパソコンを開いて、データを読み上げた。

「湾岸中学の三年生は、二クラスで七十八名です。そのうち、現在の時点で塾に通ってるのは十二名……すごいですよね、たったそれだけなんですよ、塾通いして高校を目指してるのは。で、十二名のうち『赤門』が三名、『特訓』が一名で、残り八名は希望ヶ丘駅から電車やバスに乗って別の街の塾に通ってます。『赤門』や『特訓』がこれ以上湾岸中学の枠を増やすとは考えづらいですから、電車で通うことを思えば、ウチの教室の立地でもじゅうぶん勝負できるってことです」

どんな生徒が来るかはわからない。

それでも——。

「やるしかないんです」

加納くんはきっぱりと言って、一枚のメモを差し出した。

「湾岸中学の学区内で、生徒募集のポスターを貼らせてもらえるお店が一軒見つかりました。近いうちにそこに行って貼ってきてください」

そう言って、「ポスター代は教室の予算からお願いします」と、にこりともせずに付け加えたのだった。

2

海に面している——とはいっても、コンビナートのど真ん中にある公園だ。フェンス越しに見る海は表面に褐色の油が浮いて、ペットボトルやコンビニの袋や発泡スチロールのかけらが、けだるそうに波にたゆたっている。

「ヨット……ないね」

亮太が拍子抜けした声で言うと、美嘉はそっけなく「あるわけないじゃん、こんなところに」と応えた。

「ね、お姉ちゃん、あれってカモメかなあ」

空を指差しても、「なに言ってんの、カモメは白いんだよ。あれ、黒いじゃん、カラスだよ」で話は終わってしまう。

「潮騒《しおさい》って、こういう音？」

「ぜんぜん違う」

確かにそうなのだ。美嘉の言うとおりなのだ。コンクリートで固められた岸壁に、力のない波が、たぷたぷと当たるだけの音は、断じて潮騒と呼ぶには値しない。

それでも――もうちょっとやわらかい言い方はないものか、と思う。

亮太もしょんぼりとして、フェンスに両手をかけたままうつむいてしまった。

だが、亮太はくじけない。おどけたしぐさで深呼吸して、「うーん、海の香りーっ」と笑う。

せっかく来たんだからと、なんとか盛り上がろうとする亮太のいじらしさに、こっちまで胸が熱くなる。

「どこが？　油臭いだけじゃん」

切り捨てるような美嘉の口調に、さすがに私もムッとした。

「おい、なんだよ、その言い方」

美嘉は私を振り向きもせず、「だってほんとじゃん」と返す。「お父さんは、こんなのを海の香りっていうわけ？　ふーん、そうなんだぁ」

「……そうだよ、どんな海でも、海は海なんだから、このにおいが海の香りなんだよ」

思わず子どもじみた意地を張ってしまった。

美嘉はあくまでも冷静に、「じゃ、いいんじゃない？」と軽くいなす。

それでまた頭に血が昇ってしまった。

「だって海だろう、ここは。違うのか？　ここは川か？　池か？　海だろ、海じゃないのか？」

美嘉はもう返事すらしない。

かえって亮太のほうが気をつかってくれて、大げさにガクッとずっこけた。

「お父さん、そーゆーのって屁理屈っていうんだよぉ」

すまん、亮太……。

＊

亮太はフェンスから離れるとブランコで遊びはじめたが、美嘉は所在なげにたたずんだまま、海をぼんやりと眺めるだけだった。

私もしかたなくフェンスの前のベンチに座り、やれやれ、とため息をついた。美嘉に声が届かない距離ではないが、話すにはきちんと息を吸い込んで、さあ、しゃべるぞ、と意識しなければいけない――そんな微妙な距離を恨めしく思いながら、何度も息を大きく吸っては、結局ため息にして吐き出すことがつづいた。

なあ、美嘉――。

たとえ一言話しかけることができても、そのあとがつづかないだろう。なにをどう話せばいいのかわからなくて、結局黙り込んでしまうだけだろう。

沈黙の気まずさよりも、むしろ一声かけたあとに話が途切れる居心地の悪さのほうがキツい。

身構える必要なんてないんだ、軽く、軽く、自然体でいけ。自分に言い聞かせてもだめだ。

そもそも、わが家の「自然体」とは、圭子が子どもたちとのおしゃべりの八割をつとめ、残り二割を私が受け持つバランスだったのだ。すでに二年前から不自然な状態はつづいているのだ。

やっぱり、娘には母親がいないとだめなのかな……。

思っても詮《せん》ないことを、思ってしまう。いつもは胸の奥に封印している思いが、最近——希望ヶ丘に引っ越してきてから、ときどき、ぽろりと出てしまうようになった。

なあ、圭子——。

空を見上げて、圭子の面影に語りかけるほうが、ずっとすんなりと言葉がつづきそうな気がする。

もう五月だよ、希望ヶ丘に来て一カ月以上たったんだ——。

空をよぎる鳥は、やっぱりカモメではなく、カラスだ。

俺たちはそこそこ、うまくやってる。最初は心配していたけど、一戸建ての生活というのもそんなに悪くないもんだな——。

漂ってくるにおいは、やっぱり、海の香りとはほど遠い。

でもな、圭子——。

美嘉をちらりと盗み見て、また空に目を戻して、声にならないつぶやきをため息に乗せた。

美嘉はまだ、新しい学校の友だちの話を、一度もしてくれないんだよ——。

＊

最初の心づもりでは、公園でジュースぐらいは飲もうと思っていたが、海の景色を楽しめないのでは、長居をしようにも間が持たない。

それに、とにかく、このスプレーの落書きの多さはなんだ。けばけばしい色で、文字や絵になっているならまだしも、いらだちをそのままぶちまけるような、汚すことだけが目的の落書きだ。遊具や公衆トイレの壁にでたらめに吹きつけられたスプレーの色合いは、けばけばしさを超えて、邪悪なまがまがしささえ感じさせる。そんな落書きに囲まれていると、こっちまで、喉の奥から苦い唾《つば》が湧いてくるような嫌な気分になってしまう。

「亮太、そろそろ行くか」

ベンチから立ち上がって声をかけた。

「美嘉も行こう」

振り向いた美嘉が、そうだね、と笑ってくれたので、ホッとする。ホッとしてちゃだめなんだよ、笑って「くれた」じゃないんだよ、とは思うのだが。

「もうお昼過ぎてるじゃん。ごはん食べようよ、お父さん。ぼく、もうおなか空いちゃって死にそう」

「さっき出るときパン食べただろ」

「あれは十時のおやつだもん」

「朝だってごはん三杯もお代わりしただろ」

「だってさあ、お父さんの味噌汁、チョーしょっぱいんだもん。ごはんガンガン食わないと死んでたね、マジ、死んでた」

なに言ってんだ、と苦笑して、「お昼はもうちょっとあとだ」と言った。「先に用事をすませて、もっと景色のいいところに行こう」

生徒募集に協力してくれるお店にポスターを届ける、というのが、今日のドライブのいちばんの目的だ。

加納くんに渡されたメモには、お洒落なルックス台無しの下手くそな字で、店の名前と住所と電話番号が書いてあった。

ゲームセンター『ゴールドラッシュ』――。

その名前を見たとき、一瞬、胸がどきんとしたのだ。

矢沢永吉の昔のアルバムに、『ゴールドラッシュ』というのがあった。

矢沢永吉といえば、希望ヶ丘のエーちゃん――圭子の、おそらく、初恋の相手。

インターネットで調べると、一九七八年発売だったから、まさに圭子とエーちゃんの中学時代だ。「矢沢永吉」とは一文字もカブっていない名前でありながら、腕っぷしと度胸だけで「エーちゃん」の称号をつかんだ「阿部和博」クンも、間違いなく『ゴールドラッシュ』を聴いていたはずだ。もはや死語になった言い方をするなら、レコードが擦り切れるほど、カセットテープがたわんでしまうほど聴いて聴いて聴きまくったはずだ。

もしかしたら、ほんとうはユーミンやハイ・ファイ・セットのファンだった圭子だって、「エーちゃんの好きな矢沢永吉って、どんな歌を歌ってるんだろう……」とこっそり聴いていたかもしれない。ロック魂あふれる本家エーちゃんのシャウトに、希望ヶ丘のエーちゃんの姿を重ね合わせて、一人で頰を赤く染めていたのかも……しれない……。

私の表情がこわばったのを勘違いした加納くんは、ムッとした顔で「だって、しょうがないでしょ、他にないいんですから」と言った。

「ゲームセンターに塾のポスターを貼るなんて常識はずれですよ、そんなのわかってますよ。でもね、湾岸中学の学区内って、ほかにろくな店がないんですよ。一軒だけあった文房具店も、万引きがめちゃくちゃ多くて、最後はレジごと持って行かれそうになっちゃって、結局店を閉めちゃったんですから」

そういう学校なのだ、湾岸中学校とは。月に一度、学区内の資源回収をして、そのお金を福祉施設に寄付している希望ヶ丘中学とは、根本的に違うのだ。

「まあ、期待としては、中学生のくせにゲームセンターに入り浸ってるような奴らが、ふとわれに返って、自分の将来のことを考えて、勉強しなきゃまずいかなあと思ったところに、ポスターが目に入る……っていうパターンですかね」

ほとんど期待していない声で言って、「ま、がんばってください」と、とってつけたように笑う。

そんな加納くんに私は訊いた。

「このお店のオーナーって、もしかして阿部さんっていうひとじゃないですか？」

「はあっ？　なんですか、いきなり」

オーナーと直接会ったわけではないのだという。バイトの若者に用件を伝言し、翌日あらためて訪ねると、別のバイトの若者が「いいって言ってたっスよお」とオーナーの意向を伝えたらしい。

「だから、苗字なんて知りませんよ。べつに関係ないし」

「じゃあ、あの……店の中に矢沢永吉の曲が流れてたりとか、エーちゃんのグッズがあったりとか……」

加納くんはきょとんとした顔のまま、「僕、矢沢永吉ってあんまり詳しくないんで」と首を横に振った。

いくらなんでも、ここで希望ヶ丘のエーちゃんが登場するなんて、悪い冗談か悪夢としか思えない。ゴールドラッシュとは、要するに、一攫千金《いっかく》というか、難しい言葉をつかうなら射幸心《しゃこうしん》をあおるための店名なのだろう。そうそう、絶対にそう、あたりまえ、当然、世間の常識……。自分に言い聞かせて、ようやく納得して、胸の奥のもやもやした思いをおさめた。

どうもいけない。

あの夜、フーセンさんに圭子とエーちゃんの話を聞かされて以来、ビミョーでフクザツな敗北感にさいなまれている。

エーちゃんは、中学を卒業すると「おじさん」「おばさん」の家を出て、両親のいるアメリカに渡った。

「中学卒業のタイミングで希望ヶ丘から出て行っちゃった子って、ケイちゃんとエーちゃんだけだったの。ケイちゃんは、わたしとずっと付き合ってたけど、エーちゃんのほうはもともと友だちとツルむタイプじゃなかったから、アメリカに行ったあとは、誰とも全然接点なかったみたい。おじさんとおばさんも、いつのまにか引っ越してたから……もう、調べる手立てがないのよねえ」

フーセンさんが、ほら、ここ、と見せてくれた最新版の同窓会名簿でも、「阿部和博」は現住所・勤務先ともに「不明」となっていた。

「だから、いまはどこでなにをしてるのか、だーれも知らないの」

もっとも、私の相槌《あいづち》は上の空のものになってしまった。圭子の欄を、ふと見てしまったせいだ。「松山（現姓・田島）圭子」は、現住所にも勤務先にも斜線が引かれ、欄の隅に小さな文字で「死去」とだけ書かれていた。

＊

平日は大型トラックやトレーラーが行き交う産業道路も、さすがに日曜日の昼間は閑散としている。

カーナビの到着時刻予想によると、あと五分足らずで『ゴールドラッシュ』に着く。

あの店は関係ない、エーちゃんとは無関係だし、圭子とはもっと無関係だ。理屈ではよくわかっていても、胸の奥からは、またもやもやとした黒雲のような不安がたちのぼってくる。

すぐ先の信号が青から黄色になった。その気になれば十分に通過できたが、私はあえてブレーキをかけて、信号が黄色のうちに車を停めた。

早く着きたくない。なるべく時間をかけたい。早く行って、早く店内の様子を見て、早く安心したほうがいいに決まっている。頭ではわかっているのだ。なのに、心がうまく受け容れてくれない。虫の知らせ……違う違う、そういう発想がだめなんだよ、とにかく……。

エーちゃんは、圭子が亡くなったことを知らない。知る由もない。

それでいい。そうでなくては困る。

じつはエーちゃんは中学卒業後も圭子にだけは連絡をとっていて、二人はひそかに付き合っていて、その後も――そう、圭子が私と出会ってからも、じつは……。

やめろ、もう、やめろ。

私は窓を開けて、外の風を車内に入れた。油と埃《ほこり》の交じったにおいが流れ込んで、亮太は「くさーい」と鼻をつまんだ。今度はもう、それを海の香りとは呼んでくれなかった。

3

『ゴールドラッシュ』は、工場の建ち並ぶ一角にあった。ご近所の店は、コンビニや二十四時間営業のベンダーショップ、サウナ付きのカプセルホテル、朝六時から営業している定食屋に朝から酒の飲める居酒屋……シフト制を敷く工場地域ならではの街並みだった。

「こんなところにポスター貼って意味あるの？」

美嘉があきれ顔で言った。「中学生が来るような雰囲気じゃないでしょ、ここ」

――まったくもって、そのとおりだった。

駅前のゲームセンターならともかく、ここはどこからどう見てもオトナの世界だ。それも、汗とオイルのにおいが濃厚にたちこめるオトコの世界だった。性風俗の店こそ見あたらないものの、いや、だからこそ硬派の凄みがある。そこいらの中学生が気軽に遊びに来られるような界隈《かいわい》ではない。ましてや、心の片隅にちらっとでも「塾に通って勉強しようかな」と思っている生徒など、店の中に入るどころか、この通りに足を踏み入れることすら避けるだろう。

「まあ、でも、なにもしないよりはましなんだから……」

美嘉に応えるというより、自分自身を納得させるために言って、「口コミってのもあるしな」と無理に笑った。

だが、美嘉はあくまでも冷静に「ヘンなのが入っちゃうと、かえって逆効果なんじゃないの？」と言う。

それも確かに、そのとおりなのだ。

悪貨は良貨を駆逐する。腐ったミカンが一つあると、その箱のミカン全体が腐ってしまう。生徒を一人でも増やしたいばかりに、他の生徒に迷惑や悪影響をおよぼす連中を入れてしまっては、結局のところマイナスにしかならない。加納くんからもしつこいぐらいに釘を刺されていた。「目先のことにとらわれすぎないでくださいよ」

――それでいて、「五月末の時点で一人でも二人でも増えていないと、本部に報告せざるをえなくなりますから」と、思いっきり目先のことでプレッシャーをかけてくる男なのだ、彼は。

『ゴールドラッシュ』の前で立ち止まり、美嘉と亮太を振り向いた。

「どうする？　おまえたちも中に入るか？」

美嘉は「どっちでもいいよ」と気乗りしない声で応え、さっきまではゲームセンターで遊べるのを楽しみにしていた亮太も、たったいま、『ゴールドラッシュ』から出てきたガラの悪そうな男たちに気《け》おされてしまって、「ぼくも……べつに、どっちでもいいけど……」と、うわずった声で言った。

そもそも、二人をここへ連れてくることは予定外だったのだ。コインパーキングに車を停めて、「そのへんで待ってろよ、すぐ戻ってくるから」と一人で出かけるつもりだった。ところが、とにかく工場だらけの街なので、「そのへん」と言っても、暇をつぶせそうなものはなにもない。日曜日でひと気がないぶん、万が一のことが少々心配にもなった。

ゲームセンターでちょっとだけ遊ばせるか――と思い直して、二人を連れてきたのだが、それはやはり失敗だったかもしれない。

「外で待ってるのもアレだから、いいや、じゃあ、二、三回ゲームやってろよ。その間に、お父さんも用事をすませちゃうから」

百円玉を三つずつ二人に渡して、「なるべく出入り口の近くで遊んでろよ」と、意味があるのかないのかわからない注意をしてから、中に入った。

思ったよりも店内は広くて明るく、日曜日の昼間というせいもあるのか、客はほとんどいなかった。並んでいるゲーム機も、ざっと見たところ、特にヤバそうなものはない。

少し安心して、それでも「なにかあったらすぐにお父さんを呼びに来いよ」と念を押してから、店の奥に向かった。

＊

ウナギの寝床のように細長い店内は、奥に進むにつれて照明が薄暗くなってきた。ゲーム機も、出入り口付近にあったUFOキャッチャーやレーシングゲームに代わって、スロットマシンやルーレットが中心になっていた。客は、革ジャンを羽織った若い女一人だったが、煙草のにおいが染みついている。酒くさくもある。血のにおいは……さすがになかったが、代わりに、カップ焼きそばのソースのにおいが鼻をむずむずさせる。

出入り口付近は敷居を低くしておいて、奥へ進むとおとなの空間になっているわけだ。壁にべたべた貼られたポスターも、水着やヌードだらけ——ヘア付きのものまであった。

　ポスターを貼ってもらうにしても、出入り口付近でないと意味がないな、しっかり交渉しなくちゃな、と私は心の中でつぶやく。気持ちを仕事モードにしておかないと、不良の巣窟《そうくつ》のような場の雰囲気に呑まれてしまいそうだった。

　店の突き当たりに、両替カウンターを兼ねた事務室があった。

　ここでいいのかな、とカウンターのブザーを鳴らすと、金色の髪を派手に逆立てた若い店員が顔を出した。

「両替っスかあ？」

　くわえ煙草である。食べかけのカップ焼きそばの容器を手に持って、客に応対するのである。

　内心ムッとしたが、もちろんそれを顔には出さず、「栄冠ゼミナールですが」と愛想良く言った。「先日の件で、ポスターをお持ちしました」

「はあ？」

「え？」

「なんスか、それ、オレ聞いてないっスよ」

「いや、あの……そんなはずはないと思うんですが……」

「ポスター、くれるの？」

「じゃなくて、貼っていただくわけですが」

「なんで貼らなきゃいけないの」

上目づかいの目つきが急に鋭くなるのである。

「あの、ですからね、先日、ウチの加納という者がですね、こちらにお邪魔して
……」

「話、見えねえよ!」

いきなり怒鳴るのである。

ちょっ、ちょっと待ってくださいよ、あの、ですからね、あの、つまりですね、最初からご説明申し上げますとですね……。

ハタチになるかならないかの若造に、考えられるかぎりの敬語を駆使して、声を裏返しながら、いきさつを説明した。

だが、店員は私の説明をすべて聞き終えたあと、怪訝《けげん》そうに言った。

「で、なんでオレが貼ってやらなきゃいけないわけ?」

こいつ――。

脳みそのレベルは、魚と変わらないんじゃないか……?

もう一度最初から説明する気力も萎えてしまった。どうせこんな店に貼っても意味はないのだ。もういい。さっさと出て行こう。

「あ、それじゃあ、もうけっこうですので、どうも失礼しました」

形だけ会釈をして立ち去ろうとしたら、「よお」と——とがった声で呼び止められた。

「なんなんだよ、それ」

「は？」

「おっさん、おまえアレだろ、オレのことバカだと思って笑っただろ、うん？　おいこら」

こういうところだけ鋭くてどうするんだ、こいつ……。

私はあわてて愛想笑いを浮かべ、「そんなことないです、違います違います、誤解ですよ」と顔の前で手を振った。

だが、店員は「おっさん、ナメてんのか、この野郎……」とドスの利いた低い声で言って、カウンターの外に出てきた。

ヤバい、と身を縮めた、そのとき——。

「やめなよ」

スロットマシンをしていた革ジャンの若い女が言った。

その声に、気色ばんでいた店員の表情はいっぺんに弱々しくなった。

「いや、でも……マリアさん……」

「わたし、さっきから聞いてたけどさ、あんたがバカなのよ」

「……そっスか？」

「うん、このおじさんの説明、よくわかったよ、わたしには」

マリアと呼ばれた若い女はマシンから目を離さず、レバーからも手を離さず、ガムを嚙みながら、面倒くさそうに言う。

だが、態度はどうであれ、私に助け船を出してくれたのだ。

そして、店員は、マリアの言葉に素直に……というより、服従したようにうなずいた。

「お父さんにも話が通ってるんだったら、いいじゃん、貼ってあげれば」

マリアは言った。

お父さん——確かに、そう言った。

店員は「うっす」と不承不承ながらもうなずいて、私の差し出すポスターを受け取った。

「ねえ」

マリアはガムで風船をつくり、プチン、とはじけさせて、言った。

「栄冠ゼミナールって塾だよね」

私に話しかけている。

「ええ……そうです」

私はマリアの背中に答え、「オーナーさんの娘さんですか？」と訊いた。マリアは「まあね」と軽くうなずいて、やっとレバーを下げた。三つ並んだ小窓のサクランボがみごとに揃って、メダルがじゃらじゃらと吐き出される。

だが、マリアはメダルにはなんの興味もなさそうに、私を振り向いた。

「栄冠ゼミナールって、高校受験の塾だっけ」

「……はい、そうです」

見たところ、店員よりもさらに若い。「若い女」というより「少女」と呼んでもよさそうだ。ハタチ前……いや、高校生かもしれない。黒い革ジャンに黒い革のパンツ、ブーツという、いかにも「港町の不良娘」という感じだ。

「どこにあるの？」

「希望ヶ丘です。駅のほうじゃなくて、丘の上のほうですけど」

つい敬語をつかってしまう。

だが、店員に対するときとは微妙に違う。さっきは「ヘタに怒らせると面倒だから」という理由で敬語をつかっていたが、いまはもっと自然に、マリアのカンロクというか、雰囲気が、自然と私に敬語をつかわせているのだ。

マリアは店員が貼ったポスターに目をやって、「わたしも行ってみようかな」と言った。

「あ、でも……ウチは高校受験までだから……」

思わず言うと、マリアはポスターから私に目を移した。

「悪いけど、わたし、中三だから」

「え？」

「ハーフだからさ、見た目で歳はわかんないと思うけど、湾岸中学の三年生」

私を見つめたまま、ガムで風船をつくって、プチン、とはじけさせる。

ハーフ——。

言われてみれば、確かに顔立ちにはエキゾチックな雰囲気がある。

唖然とする私から、マリアはさらに目を店の外のほうに移した。

「あの二人、おじさんと一緒に入ってきたけど、子どもなの？」——スロットマシンから一度も目を離さなかったのに、ちゃんと見抜いている。

私が黙ってうなずくと、マリアはメダルの受け皿が満杯になったスロットマシンを「あとはやらせてあげる」と惜しげもなく店員に譲って、美嘉と亮太に向かって歩きだした。

ドライビングゲームが終わったところだった亮太に「ちょっとやらせて」と声をかけ、百円玉を入れて新しいレースを始めた。

速い。うまい。すごい。マリアが運転する車はたちまちトップに躍り出て、周回遅れの車をどんどん追い抜いていく。「すげーっ」と亮太が歓声をあげる。いきなりやってきたマリアを不審そうに見ていた美嘉も、目を丸く見開いていた。

レースが終わる。もちろんトップ。ハイスコア更新。ひきつづいてボーナスゲームが始まると、マリアは「はい、どうぞ」と亮太にハンドルを譲って、隣のシューティングゲームに移った。

今度もみごとにハイスコア更新。ボーナスゲームの権利を確保して、美嘉を振り向き、「どうぞ」と声をかけた。

美嘉はうつむいて、首を小さく横に振る。気おされている。いきなりあらわれた不良娘に、おびえてもいる。それになにより、美嘉はすぐに人見知りをしてしまう性格で、こんなときに愛想良く笑って「ありがとうございまーす」とゲームを始められるような子ではないのだ。

「あ、あのさ……」

私はあわてて割って入る。「いいんだ、うん、ウチの子はゲームがあんまり好きじゃないからさ、せっかくだけど、うん、あははっ」——敬語をやめたほうが、かえって媚びた口調になってしまうのは、なぜだろう……。

マリアは「あ、そう」と軽く応え、あらためて美嘉をじっと見つめ、なるほどね、というふうに小刻みにうなずいて、ゲーム機から離れた。

店の奥に戻る。

私の横を通り過ぎるとき、そっと耳元で言った。

「ねえ、あの女の子、学校でいじめられてるよ」

一言だけ言って、振り向きもせず立ち去るマリアの背中を、私はただ呆然と見送るだけだった。

4

夕方になっても、フロアは閑散としていた。いつものことではあっても、やはり
――困ったもんだ……とため息が漏れる。

「人数だけの問題じゃないですね、これは」

加納くんも帰り支度をしながら顔をしかめた。

「夕方の塾っていったら、学校で言えば朝の登校時間ですよ。いちばんにぎやかな時間帯ですよ。廊下に出て騒いだり、教室の中で大声を出したり……教室長さんが事務室から出て『静かにしなさい!』とか『早く席について予習しなさい!』とか叱るのがフツーなんです、フツー」

イヤミったらしい口調に憮然《ぶぜん》としながらも、なにも言い返せない自分が悔しい。

「もちろん、他の教室みたいにはいかないのは、よーくわかります。なにしろ受講してる人数が違うわけですから」

「ええ……」

「ただね、人数は少なくても、もうちょっとは活気があってもいいんじゃないですか？　中学生ですよ？　人生の中でいちばん騒がしい時期ですよ？　これじゃ、毎日、お通夜に呼んでるようなものでしょ」

まったくもって腹立たしい言い方をする男だ。

しかし、それは私自身が常日ごろから感じていることでもあった。

全体的にとにかく活気がない。休み時間も授業中も静まりかえっている。最初のうちは勉強に集中できるいい環境だと安心していたが、しだいに、こんなにおとなしくていいのだろうかと不安になって、あまりにも静かな生徒たちの姿に薄気味悪さすら感じるようになっていたのだ。

「説明会でもお話ししたと思いますが、ウチの本部では、講師の先生方にもモニター調査をしてるんです。ほら、生徒さんは先生を評価して、場合によっては先生をクビにすることだってありますよね。そこまではどこの塾でもやってるんですが、ウチではもう一歩進めて、先生方にも生徒や教室ぜんたいの評価をしてもらってるんです」

特に問題のありそうな教室は重点的に——と付け加えた加納くんは、ケータイのメールをチェックしながら、「希望ヶ丘教室も、そろそろモニターしたほうがいいかなあ」とつぶやいた。

そういうことを聞こえよがしのひとりごとで言うところが、イヤミなのだ、とにかく。

エレベータが止まる。扉が開いても、生徒がどやどやと出てくるようなことはない。乗っていたのは一人きり——宮嶋泰斗だった。

事務室の前を通り過ぎるとき、黙って小さく会釈をする。ここで「こんにちはーっ」と元気に挨拶をしてくれれば教室の雰囲気も少しは変わるはずなのだが、私が「よお、こんにちは」と声をかけても、いつものように無言の会釈しか返さない。

泰斗ほど極端ではなくても、とにかくみんなおとなしいのだ。おとなしすぎるのだ。

足早に事務室の前を立ち去る泰斗を見送った加納くんは、なるほどねえ、とうなずいた。

「ねえ、田島さん」

「はい?」

「この教室、シェルターになってるのかもしれませんね」

「は？」

「要するに、逃げ場所です」

「といいますと……？」

「つまり、学校でいじめに遭ってたり、クラくて友だちがいなかったりっていう生徒が多いんじゃないか、っていうことです」

栄冠ゼミナールに先行して、地元に根付いている特訓塾や赤門セミナーは、当然ながら多数の生徒を抱えている。希望ヶ丘中学の生徒も、加納くんの調査によると、九割以上が二つの塾のどちらかに通っているのだという。

「そうなると、塾も学校と同じになるんです。学校でいじめられてる子は塾でもいじめられる。学校で友だちのできない子は、塾でもできない。それはキツいでしょ、どう考えても。放課後になっても学校がつづいてるようなものですから」

「ええ……確かに」

「だから、学校とはまったく違う、別の世界に行きたがる。塾には勉強を教えるだけじゃなくて、そういう役目もあるんです」

こっちが望んだ役目じゃないんですけどね、と加納くんは苦笑して、さらにつづけた。

「幸か不幸か、希望ヶ丘地区は『特訓』と『赤門』の二大ブランドが独占状態です。

おかげで、そこからはじかれた生徒がこっちに回ってくる、と……やっぱり不幸ですかね」

「いや、でも、大事なことじゃないですか。行き場所のない子どもを救ってるわけですから」

思わず言い返すと、加納くんは、やれやれ、とさっきとは微妙に違うニュアンスの苦笑いを浮かべた。

「田島さん、教育者になってどうするんですか。あなたは、この教室の経営者なんですよ。われわれは学校をつくってるわけじゃありません。受験産業です。そこを忘れないでいただけますか」

言葉に詰まる私に、追い打ちをかけるようにつづける。

「受験産業としての観点で言うと、いじめられる子が集まったって、なにもいいことはありません。そもそもいじめられるってことは、その子に集団に対する適応能力がないわけですよ。人間関係に不器用というか、頭の回転がニブいというか、場が読めないというか、とっさにいじめる側に回るとか、せめて傍観者になるとか、そういう身の処し方ができないとキツいでしょう。だから教室にも活気がないんです。元気の出し方を知らないんです。これじゃあ、ちょっとやる気を持って入ってきた生徒も、すぐに出て行きますよ。実際そうでしょう？　四月いっぱいで辞めちゃった子、何人もいるでしょ？」

うなずくしかない私に、加納くんはさらにさらにつづける。

「で、そういう子はね、やっぱり受験も難しいんですよ。こっちの実績になるようなレベルの学校にはなかなか行けないし、たとえ受かったとしても、とにかく友だちがいないわけですから、口コミで評判が広まることも期待できない……いいことなんて、なーんにもないでしょ？」

あまりにも冷たく、身も蓋もない言い方だった。

しかし、だからこそ——加納くんの言葉は、ある面での真実をついているのかもしれない。

「あーあ、ちょっと対策を考えなきゃなあ……」

また聞こえよがしのひとりごとを言って事務室を出て行く加納くんを、私は椅子に座ったまま見送った。お疲れさま、も言わなかった。

そんな程度のことでしかウサを晴らせない自分を、いささか情けなくも思いつつ。

＊

授業が始まると、フロアはさらにしんとなった。教室は五つ用意してあるが、いま使っているのは三つだけ——それも「大・中・小」とあるうちの「中」と「小」だけだ。

　三人の講師の声しか聞こえない。笑い声はもちろんのこと、指名されて答える声もほとんど届かない。これではお通夜以前の、いわば病院の霊安室のようなものだ。

　私はため息をついて椅子に深くもたれかかり、天井を見上げた。

　いじめられる子は集団に対する適応能力がない――。

　加納くんの言葉が頭の中でぐるぐると渦巻いていた。

　そして、昨日『ゴールドラッシュ』でマリアと名乗る少女が、美嘉を指して言った言葉も。

　あの女の子、学校でいじめられてるよ――。

　いったいなにを根拠にそんなことを言うのか。友だちならともかく、まだ言葉すらろくに交わしていない相手に、いくらなんでも失礼ではないか。

　腹立たしさは、もちろん、ある。だが、なんともいえない不安も、胸の奥には確かにあった。

　たとえ根拠はなくても、いじめに遭っている子には、表情やしぐさが醸《かも》し出すなにかがあるのかもしれない。マリアはそれに気づいているのに、父親の私は気づいていないのかもしれない。

　帰り道のドライブで、それとなく美嘉の表情を窺いながら、学校の様子を訊いてみた。美嘉の答えは、ほとんどが「まあね」と「べつに」だった。自分からは学校のことはなにも話してくれない。だが、そもそも無口でクールな性格なので、それがいじめのせいなのか、思春期ならではの不機嫌さゆえなのか、わたしにはさっぱり見当がつかなかった。

圭子が生きていれば——。

詮《せん》ないことを思いかけて、やめよう、と首を横に振る。

体を起こし、事務仕事のつづきにとりかかったとき、外からバイクの音が聞こえた。

希望ヶ丘の坂道を一気に上っているのだろう、しゃくりあげるようなエンジンの音が途切れなく響く。マフラーを取り外した、ゾク仕様のバイクのようだ。うるさいなあ、と顔をしかめていると、その音はすぐ近く——教室の入っているビルの前で止まった。

希望ヶ丘で唯一と言ってもいいオフィスビルなので、バイク便や宅配ピザのバイクはたまに訪れることがある。だが、こんな重量級の音をたてるようなバイクが来たのは初めてだった。

怪訝に思って窓から覗き込むと、バイクの主は、サドルにまたがったままヘルメットを脱いでいるところだった。黒い革ジャンに、黒い革のパンツ、そして黒いブーツ。昨日のマリアと同じだった。

まさか——と息を呑んだのと同時に、バイクの主はヘルメットを脱いで顔を上げた。

目が合った。

マリアは私に気づくと、どーも、というふうに笑った。

＊

「約束どおり来たよ」

マリアは事務室のカウンターにヘルメットを置いて、「で、どこの教室に行けばいいの?」と訊いた。

「……約束、って?」

「塾に入るって言ったじゃん」

本気だったのか——。

「わたし、今日からでもいいよ。三年生の教室ってどこ?」

「ちょ、ちょっと待ってくれ」

「なに?」

「いま……バイクだっただろ」

「そうだよ」

「自分で運転してたよな、たしか」

「悪い？」

「だって、きみは……中学三年生なんだろ？」

バイクどころか原付にも乗れないはずなのだ。

だが、マリアは悪びれた様子も見せずに言った。

「わたし、十六だから。小学生の頃に一年ダブってるから、全然問題ないわけ。わかる？」

中三とは思えないほどおとなびていた理由が、やっとわかった。

「ダブってるって、病気かなにかしたの？」

「ううん」

まさか、ヤバいことで児童相談所とか……と思いかけた私の胸の内を察したのか、マリアはクスッと笑って「心配しないでもいいよ」と言った。その一言で素直に安堵してしまう自分が、さすがに情けない。

「で、入っていいんでしょ？　だいじょうぶだよね、生徒募集中なんだもんね」

即座にうなずくわけにはいかなかった。マリアが、コワモテの湾岸中学の中でも特にディープな世界からやってきたのは明らかだった。

だいじょうぶだろうか。いじめられっ子揃いの教室にマリアを入れるということは、メダカの水槽にザリガニを放つようなものかもしれない。たとえ覇気《はき》がないぐらい静かでも、それなりに平和が保たれている生態系が、マリアの出現によって一気に崩れてしまうのではないか……。

いや、しかし、この状況では生徒を選《え》り好みしているわけにはいかない。今月中に一人でも増えてくれないと本部に報告されてしまう。

とっさに思いついた。

「じゃあ、クラス分けをしなきゃいけないから、入塾テストを受けてくれるかな」

テストをやらせてみて、あまりにも出来が悪ければ、「残念だなあ、『基礎』クラスは満杯なんだよ」でお引き取り願うつもりだった。セコい。ずるい。わかっている。しかし、私は教室長なのだ。私には、メダカたちの平和な暮らしを守る責任があるのだ。

空いている教室を使って、先週おこなった数学と英語の小テストと同じ問題をやらせることにした。

「あと、入塾申込書、取りに来るの面倒だから、こういうの書いてきたんだけど」

マリアは〈履歴書在中〉と印刷された封筒を持ってきていた。

意外と律儀で古風なんだな、と苦笑して受け取った。

テストの監督がてら履歴書をチェックすることにした。

「はい、じゃあ数学と英語、三十分ずつだから、やってみて」

教壇から声をかけて、四つ折りにした履歴書を広げた瞬間、私は息を呑んだ。

マリアの名前は、阿部真理亜。

保護者の名前は、阿部和博——希望ヶ丘のエーちゃんだった。

5

エーちゃん疑惑についてあれこれ考える間はなかった。

三十分ずつ与えていた英語と数学の試験を、マリアはどちらも十五分で終えてしまったのだ。しかも、シャープペンシルを持つ手の動きからすると、後半の数分間は暇を持て余しているような様子だった。

「もういいのか？」

「時間が来るまでぼーっとしててもしょうがないし」

「答えの見直しは……」

「すんでる」

そっけない口調の奥に、自信がひそんでいる。それをことさら自信とは感じさせないほどの、ごく自然なそぶりだった。

私が教卓で採点にとりかかると、席でケータイをいじりはじめる。

「塾の中ではケータイ禁止だぞ」

釘を刺した。そうでもしなければ間が持たないし、教える側の威厳も保てない。

赤ペンで採点するまでもなく、解答欄を一瞥《いちべつ》しただけでわかった。

英語、数学、ともに満点——特に英語は、消しゴムをかけた跡すらない完璧《かんぺき》な答案だった。

啞然とする私をよそに、マリアはケータイを閉じて革ジャンのポケットにしまう。白くて長い指が、ケータイの艶《つや》消しブラックに映える。

「採点、終わったの？」

「ああ……」

「どうだった？」

「英語も数学も、満点だった」

マリアは、ふうん、とうなずく。喜ぶ様子も驚いた気配もなく、まあそうだろうね、という顔で、シャープペンシルをポーチサイズのアタッシェケースにしまう。シャープペンシルも黒、ケースも黒、ついでに言えば隣の席に置いたフルフェイスのヘルメットも黒——ファッションも小物も、とにかくあらゆる点で「黒」にこだわっているのだろうか。

「で、クラスはどこになるの」

考えるまでもない。

文句なしに「特進」――最もレベルの高いクラスになる。

たいしたものだ。ひとは見た目で判断できない。見た目と内面が人生のうちで最もかけ離れている思春期なら、なおさらのことだ。

また、美嘉のことを思いだした。マリアは美嘉のなにを見て、「いじめられている」と判断したのだろう。ほんとうになにかの兆しがあらわれていたのなら、私はそれをぼうっと見過ごしていたことになる。

休み時間の教室の喧噪をよそに、ぽつんと一人きりで座っている美嘉の姿が、悲しいほどくっきりと浮かんでしまう。それを、ただの「悪い予感」だと、いまは言い切ることができない……。

「どうしたの？」

「いや、あのな、うん……」

うつむくと、教卓に広げた履歴書の「阿部和博」の文字が目に飛び込んできた。

家族の欄には「保護者・阿部和博」と「本人・阿部真理亜」以外の名前はない。親子だろうか。だとすれば、わが家と同じ父子家庭ということになる。

昨日、ハーフだと言っていた。

さっき、小学生の頃に学校を一年ダブっているのだとも言っていた。

昨日、『ゴールドラッシュ』で私にからんできた魚の脳みそを持つ店員は、年上にもかかわらず、マリアに絶対服従の様子だった。

さっきのバイクの乗りこなし方は、買い物の「足」程度に使っているようなものではなかった。

謎が多い。

謎だらけである。

「ねえ……」とうながすマリアを手で制し、私は言った。

「とりあえず筆記試験は合格だ」

「まだなにかあるの？」

「面接だ」

「……塾って、こんなにメンドいわけ？」

「ウチの塾は人柄重視だからな」

冗談のつもりで言ったのに、マリアはにこりともしなかった。

＊

まずは、ウォーミングアップ――。

「勉強、かなり得意みたいだけど、特にどの教科が好き？」

「放課後」

「……勉強の科目を聞きたいんだけどな」

「じゃあ、体育」

「受験科目の中では？」

「好きなのなんて、なにもない」

マリアの受け答えは、とにかくそっけない。だが、不思議とおとなをバカにしているようには聞こえない。質問を真剣に受け止めて、まじめに考えて、その結果として無愛想になっているような感じなのだ。

だから私も、あきれたり腹を立てたりすることなく、質問をつづけた。

「得意だけど、好きじゃないのか」

「うん、勉強はぜんぶ嫌い」

「でも、これだけできるっていうのはすごいんじゃないか？」

「すごくても、嫌い」

「……特に英語、びっくりしたよ。英作文の答えなんて、中学校で習ってるような構文じゃないものな」

「英語がいちばん嫌い」

これも――ひねくれて混ぜっ返しているのではなく、真剣だった。

私は黙ってうなずいた。

のんびりウォーミングアップをしている場合じゃないな、と自分に言い聞かせた。

「保護者の阿部和博さんは、お父さん？」

「そう」

「じゃあ、お母さんが外国のひとなのか」

「そう」

「履歴書にはお母さんの名前書いてないけど……」

「交通事故で死んじゃったから、わたしがまだ赤ん坊の頃に」

死別――。

圭子のなきがらにすがりついて泣いていた美嘉や亮太の姿を、ひさしぶりに思い出した。

「赤ん坊の頃に亡くなったんだったら、お母さんの記憶は……」

「なにもない」

さばさばと、というより、邪険に払い落とすような口調だった。

「とりあえず……その、参考までに教えてほしいんだけど、お母さんはどこの国のひとだったんだ？」

「アメリカ」

「名前、いいかな」

「本名は知らない。でも、お父さんはこう呼んでる」

ルイジアンナ――。

胸がドキッとした。一瞬にしてこわばった背中を、冷たいものが滑り落ちていく。

矢沢永吉が率いていた伝説のロックバンド・キャロル――そのデビュー曲が『ルイジアンナ』だった。

「……じゃあ、あの、あの、だから、その、今度は、お父さんのこと、なんだけど……」

「声、震えてるよ」

咳払いして、気持ちを必死に落ち着かせて、言った。

「きみのお父さん、もしかして昔、希望ヶ丘に住んでたり……する？」

それまで冷静そのものだったマリアの顔に、初めて、動揺らしいものが浮かんだ。

「なんで知ってるの？」

心の中でガッツポーズをつくるべきなのか、あるいは手で顔を覆って天を仰ぐべきなのか、よくわからなくなった。

「……それでさ、じゃあ、あの、えーと、だから、その……」

「声、裏返ってるよ」

咳払いとともに下腹にグッと力を込めた。ついでに頬も軽くビンタして、つづけた。

「お父さんって、みんなから『エーちゃん』って呼ばれてないか？」

すると――。

マリアは今度はきょとんとして、首を横に振った。

「違うのか？」

「うん、それは聞いたことない」

一筋の光明が射す。いや、それは失望なのか。わからない。私はエーちゃんに会いたいのだろうか、それとも会いたくないのだろうか。

「みんなには『ボス』って呼ばれてるけど」

マリアはそう言って、「書くときはカタカナじゃなくて、英語の『BOSS』のほうが好きみたい」と付け加えた。

一筋の光明が、稲妻に変わる。

「エーちゃん」から「ボス」――これはまさに、矢沢永吉の歴史そのものではないか。しかも、英語表記でヨロシク、である。ヤザワ、生意気言いますけど、大事にしてますんで、ファミリー、そこんとこヨロシク、なのである。

間違いない。確信した。希望ヶ丘のエーちゃんは、出世魚のように名前を変えたのだ。

「ねえ、なんでお父さんが希望ヶ丘にいたって知ってるの？」

「いや、あの、だから……同姓同名の知り合いが……知り合いっていうか、知り合いの知り合いなんだけどいたんだ。でも、アレだ、あだ名も違ってるみたいだから、やっぱり赤の他人だったんだ、うん、そういうこと」

一度、お父さんに会わせてくれないか――という言葉が、喉元まで出かかっている。だが、それはまだ早い。面接試験だけでも『栄冠ゼミナール』の生徒募集マニュアルからはずれているのに、親と面接したことまでばれてしまうと、ペナルティーものだ。それになにより、私自身の覚悟が、まだできていない。

怪訝そうな表情を浮かべるマリアに、「真理亜っていう名前は、お父さんがつけたの？」と訊いた。

「そう。シャレでね」

「シャレって？」

「だから、阿部真理亜、アヴェ・マリア……キリスト教のお祈りの言葉」

「それでマリアにしたのか？」

「そう。べつにキリスト教徒っていうわけじゃないんだけど、ウチのお父さん、そういうひとなの」

わかる。なにしろ「阿部」の頭文字「A」を使って強引に「エーちゃん」を名乗った男なのだ。

確信はますます強まった。

だからこそ、あえて、話題を変えることにした。

「この履歴書には港南小学校を卒業したことしか書いてないけど、六年間通ってたの？」

「最後の一年だけ」

「じゃあ、その前は？」

「向こうにいた」

「向こうって？」

「アメリカ。ロスのダウンタウン。お父さんの夢。挫折。帰国。以上」

マリアはパキパキと木の枝を折っていくような口調で言って、「向こうの学校には二年間しか通わなかったから、こっちに転校するときに学年を一つ下げられちゃったわけ」と付け加えた。

「なんで二年間しか通わなかったんだ？」

「ニッポン。黄色人種。黒い髪。差別。偏見。いじめ。以上」

マリアは「このしゃべり方、ちょっといいかも」と笑う。

だが、私からふっと目をそらしたときのまばたきは、なんともいえず寂しそうだった。

「西海岸は比較的日本人でも暮らしやすいから、ニューヨークだったら、もっと大変だったと思うよ。その意味ではラッキーだったかもね」

他人事のように言う。いや、他人事のように言わなければ打ち明けられない話なのだろう。私はため息をついて、「日本に帰ってきてからはどうだった？」と訊いた。

「差別じゃない。偏見でもない。でも、転校したての頃は、いじめられた。なんでだと思う？」

「帰国子女で……歳も一つ上だから、なのかな」

「じゃあ、なんで帰国子女や年上の子がいじめられるの？　その理由はなに？」

「いや、だから……」

逆に、こっちのほうが面接されている気分になってしまった。それも、こっちの胸にあるいちばん弱くてずるい部分をえぐられるような、尋問にも似た面接だ。

「やっぱり……ほかの子と違ってるから、なのかな」

マリアは、そう、とうなずいた。

「同じじゃないと、はじかれるの。ロスの連中みたいに、露骨な差別の目で見るわけじゃない。見下したりなんかしない。もしかしたら、みんなのほうがわたしのこと怖がってたかもしれない」

「うん……」

「でも、同じじゃないっていうだけで、はじかれるの。たとえその子が強くても、強いっていうことで、みんなと同じじゃないからはじかれちゃう。強い子がいじめに遭うのって、たぶん、ニッポンの学校だけだよ」

そうかもしれない。胸が痛む。いまどきのガキどもは……というのではなく、私自身にだって、そんな思いがあるから。

話が途切れた。マリアに「ねえ、もう面接終わりでいいでしょ？」と訊かれた。

「クラス決めてよ」

「うん……」

ためらいがちにうなずいた、そのとき——ドアが無遠慮に開いた。

「あ、ここにいたんスか、マリアさん。事務室、誰もいないからどうしたんだろうって思って」

昨日からんできた魚の脳みその店員だった。私には挨拶すらせずに部屋にずかずかと入ってきて、「お迎えに来ました」とマリアに深々とおじぎをした。

6

ちょっと待て——。

思わず言った。

勝手に入ってくるな——。

席を立って、魚の脳みそを持つ若造をにらみつけた。

怖くないと言えば嘘になる。街ですれ違ったなら、必ず目をそらしてしまうだろう。

だが、ここは塾だ。私には教室長としての責任がある。

「なんだコラ、おっさん」

気色ばむ若造に、多少——いや、大いにひるみながらも、「教室は部外者立ち入り禁止だ」と言った。

「バカヤロ、俺のバイクはホンダだよ、このヤロ」

それは外車だ——。

こいつの脳みそは魚以前の、ホヤやナマコ並みなのかもしれない。

さすがにマリアもあきれ顔でため息をついて、「ショボさん、あんたが悪い」と若造に言った。

　若造はとたんにしゅんとして、八つ当たりまがいに私に「そうだよ、俺が悪いんだよ、なに怒ってんだよバーカ」と毒づいた。めちゃくちゃである。しかし、そのめちゃくちゃな若造を——年下にもかかわらず一声で黙らせてしまうマリアに、あらためて凄みを感じてしまう。

「まあ、そんなわけだから……ちょっと、きみ……ショーボーっていうんだっけ？」

　言いかけたら、マリアに「違うよ」とさえぎられた。「伸ばすんじゃないの、短く切って、ショボ」

「マリアさん、勘弁してくださいよ、伸ばしてくださいって言ってるじゃないっスか」

　口をとがらせる「ショボ」に、無理無理、とマリアは笑って、私に向き直った。

「あのね、このひとの名前、翔太《しょうた》くんなの。だから子どもの頃はショー坊って呼ばれてたらしいんだけど、ショボいでしょ？　ショボいのよ、なにやらせても。だからショボさん」

　なるほど。

　そう言われてみると、確かに顔つきはショボい。派手に立てた金髪と傍若無人の態度を脇にどけてしまうと、そこにはイキがっているわりには気弱そうな若造が立っている。

「じゃあ、まあ、とにかく、ショボくんは……」

「おっさんが言うな！」

ショボが怒鳴るのと同時に、マリアは「ショボさんはショボさんでしょ」と言った。

二人の声が空中でぶつかり合って、あっさりとショボは負けた。

「まあいいや……それで、なに？」

私をにらむ目にも、もう最初の頃の鋭さは消えていた。

「まだ面接の途中なんだ。外に……ビルの外に出て待っててくれ」

毅然《きぜん》とした態度で言えたはずだ。

ショボも、私にというよりマリアに服従したのだろう、おとなしく外に出て行った。

その背中に、マリアは言った。

「ついでに家に帰ってくれれば？」

ショボは黙って、後ろ手にドアを閉めて姿を消した。

マリアも最初からショボの反応はわかっていたのだろう、ふふっと苦笑して、私に教えてくれた。

「ショボさんって、希望ヶ丘中学のOBなんだよ」

「え？」

「家も、希望ヶ丘にあるの。全然寄りつかないけどね」

三丁目なのだという。

「ショボいよね、ほんとに。ちゃーんと家があって、まっとうなお父さんやお母さんもいるのに、ウチらなんかと付き合ってるんだから」

ただの自嘲的なポーズというわけではなかった。

その証拠に、「ま、希望ヶ丘っていうところは、ダメになっていく子には冷たい街だからね」と付け加えた顔は、にこりともしていなかった。

美嘉の姿が、また浮かんだ。

みんなの中でぽつんとひとりぼっちでいることは、いままでと変わらない。だが、今度はそこに冷ややかな視線が加わった。正面から美嘉にぶつけるまなざしではない。後ろから、斜めから、上から、そして遠くから、男子も女子も、美嘉を冷たく盗み見ているのだ。

やめろ――。

自分を叱った。

悪いほうに悪いほうに考えるな、くだらない妄想なんて思い浮かべるな――と、くちびるを噛んだ。

「でも、おじさん、意外と勇気あるんだね。あそこで食い止めるとは思わなかった」

「……仕事だからな」

気を取り直して、言った。「ショボっていうあだ名を知ってたら、もっと強気に出たんだけどな」と笑ってもみた。

するとマリアはまた、ふふっと頬をゆるめた。私の話に合わせたのではなく、あきれて、どこか哀れむような苦笑いだった。

「ショボさんね、ああ見えて、柔道二段」

「……は？」

「ショー坊ってあだ名も、ほんとうはもう一つ意味があったの」

いったんキレるとパトカーを呼んだぐらいではおさまらない。彼を止めるには消防車でないとダメ――だから、消防のショーボー。

「ま、いまはだいぶおとなしくなったけどね、やるときはやるひとだから、ショボさん」

いまになって、ぞくぞくっと身震いしてしまった。ショボの前歴はもちろん、それをさらりと言うマリアも、怖い。だが、その怖さは不思議と、逃げ出したくなるようなものではなく、むしろ頼もしさに近いような温もりも感じさせる。

「じゃあ、面接のつづきをやっちゃってくれない？　さっきは、なんか終わりっぽい雰囲気だったんだけど……まだなにかあるの？」

「うん……」

「なんでもどうぞ」

どっちが面接を受けているのかわからなくなった。

だが、確かにここから先は立場が変わることになる。

「教えてほしいんだ」

私は居住まいを正して言った。

マリアは長い脚を組み替え、髪を軽く後ろに梳《す》いて、「おじさんの娘さんのことでしょ？」と笑う。ほんのわずかトビ色がかった瞳で、じっと私を見据える。

「昨日のアレ、嘘じゃないよ、悪いけど」

「……どこでわかるんだ？」

「ぜんぶ」

はぐらかしている雰囲気ではなかった。だから私も黙って、マリアの言葉のつづきを待った。

「寂しさって、目に見えないけど、わかるひとにはわかるの。同じ寂しさを知ってるひとにはね」

「いじめられた寂しさ……なのか」

「そう。ひとりぼっちになった寂しさ。私もそれだけはイヤってほど味わったから」

「いや、でも……ウチの子は、転校してきて、まだ一カ月ちょっとなんだから……ちょっとぐらい寂しいのって、ふつうだろ」

マリアは黙っていた。

まっすぐ私に向いた目は動かない。

いじめを認めたくない——情けないほどの本音を見透かされてしまったような気がして、私は早口につづけた。

「それに、もともと友だちがそんなに多い子じゃないんだ。無口だし、ちょっと暗いっていうか、そうなんだ、うん、もともと寂しい雰囲気って持ってる子で……」

「やめない？　おじさん」

やんわりと、けれど、ぴしゃりと封じられた。しなりの利いたムチで手の甲を打ち据えられた感じだった。

「『ふつう』とか『もともと』なんて言ってるうちは、絶対にわかんないと思うよ、いじめなんて」

言葉に詰まった私に、さらにつづけた。

「本人に訊いてみれば？　それがいちばん早いでしょ」

それができるぐらいなら……と言いたいのを呑み込んだ。

できなくても、しなければならない。本人が打ち明けようと黙っていようと、いじめられているのなら救わなければならない。私は、美嘉の父親で——そこいらの無責任パパのように「子どものことはおまえに任せてるんだから」と押しつける先の妻は、もういないのだから。

私は黙ったままだったが、なにかが伝わったのだろう、マリアは小さくうなずいて、初めて素直な笑みを浮かべた。

「おじさんって、よくわかんないね」

「なにが？」

「昨日お店に来たときは、思いっきりヘタレなオヤジだと思ってたけど、さっきはシヨボさんを追い返したし、いまもなんか、気合入れてる感じだし」

仕事と家族だから——なのだ。

守るべきものは守る。それすらできないのなら、男として、おとなとして、人間として……生きる価値などないではないか。

「ちなみにね、ウチのお父さんも気合入れたの。わたしが帰国して、いじめに遭ったとき」

「……どんなふうに？」

「とんでもないことしちゃったの、あのひと」

六年生に転入して間もない頃だった。一つ年上、帰国子女、ハーフ、父子家庭と「みんなと同じじゃない」条件がいくつも重なったマリアは、クラスでひとりぼっちだった。

その寂しさを父親に訴えた。

すると、父親は「俺に任せろ」と一言言って、学校に乗り込んだ。

「いじめてた連中を殴ったのか？」

「そんなことしたら犯罪じゃん」

「……だよな」

「消防署員の格好して、だましたの、教頭先生とかを」

抜き打ちの緊急避難訓練だ、と言った。至急、全校児童をグラウンドに集めるように、と重々しい口調で言った。

「お父さんはそういうとき、ビビったりしないひとだから、みんな、だまされちゃったの」

「うん……それで？」

「お父さん、屋上にいたの」

一瞬――フーセンさんから聞いた中学時代のエーちゃんの武勇伝が思い浮かんだ。

「拡声器ってあるじゃん、咲きかけのアサガオみたいな格好の。あれを持って、『くだらないいじめはやめろ』とか、『いじめてる子の家は火事になっても消してやらないぞ』とか、がんがん言いまくったわけ。で、みんながしーんとなったら、お父さん、いきなりフェンスに抱きついて、よじのぼって……」

「ぶら下がったのか？」

思わず言った。

「なんでわかるの？」

マリアはきょとんとした顔で言って、「あ、そうか、知り合いの知り合いって言ってたよね」と一人で納得した。

間違いない。やはり、マリアの父親はエーちゃんだった——。

「中学時代も、やったんだって。それで、一発で学校をシメたんだって言ってた」

「うん……そうらしいな……」

「でもね、中学時代より体力落ちてるじゃん。体重も増えてるし」

だから——。

「落ちたの、お父さん」

「はあっ？」

「危なかったんだよ、イチョウの枝にひっかからなかったら、大ケガとか、死んでたかもしれない」

　なんというか、それ、ものすごくエーちゃんらしい話である。

「まあ、でも、それでみんなビビっちゃって、尊敬しちゃって、反省もしちゃって、いじめ、とりあえず終わったわけ」

　命がけってやっぱり強いよね、とマリアは懐かしそうに言って、でもバカでしょ、と笑った。

　私には笑い返せない。

　命がけ。確かに強い。強いだけでなく、美しい。滑稽なオチはついていても、やはりそれは、たとえようもなく美しい父親の姿だと思うのだ。

「まあ、でも、小学生のうちはそういうことでなんとかなるけど、中学生なら無理だと思うんだよね。もっとクールだし、わたしだって、お父さんに守ってもらうだけじゃイヤだし……自分のことは自分で守る、それだって命がけでしょ？」

「ああ……」

「みんなと同じじゃないとはじかれちゃうんだったら、中途半端に同じになってもしようがないじゃん。歳が違うことも、ハーフだってことも、変えようがないんだから」

　マリアはそこで言葉を切って、革ジャンのジッパーをはずした。

て」

「だったら、もう、みんなと違うんだっていうのを、はっきり見せちゃおうと思っ

革ジャンを脱ぎ捨てた。

下は半袖のTシャツ一枚だった。

その左の袖をめくりあげると——腕の付け根に、バラが咲いていた。

「中学に上がるとき、タトゥー入れちゃった」

こともなげに言ったマリアは、「入塾規定にタトゥー禁止ってなかったよね？」と笑う。

「ああ……それは、うん、決まってるわけじゃないけど……」

声がうわずって裏返りそうになった。でも、ふつうはタトゥーを入れてる中学生なんて……と言いかけたら、マリアは袖を下ろして「いるの、ここに」と笑わずに言った。

革ジャンをまた羽織る。

「心配しないで。これは自分のためのもので、ひとに見せて脅したりはしないから」

私の言葉を先回りして封じ、「そろそろクラス決めてよ」と言った。

7

クラス分けに迷う理由など、本来はどこにもなかった。

入塾テストは満点。それも、与えられた時間をたっぷり残したうえでの、余裕しゃくしゃくの満点——走り高跳びでいうなら、「特進」クラスのバーを、マットに転がることすらなくクリアしている。

しかし、そこには宮嶋泰斗がいる。本来は「特進」どころか、その下の「発展」にいられるかどうかというレベルの泰斗が、宮嶋ママの厳しい監視の目のもと、本人だけ気づいていないゲタを履かせてもらって、希望ヶ丘教室のトップに君臨しているのだ。

席を並べて授業を受ければ、マリアはすぐにレベルの違いに気づくだろう。泰斗だって、自分の真の実力を思い知らされてしまうはずだ。

そうなったとき、「ボク、やっぱり身の丈に応じて『発展』にします」と自ら降格を願い出てくれるような泰斗なら——そして、それを認めてくれるような宮嶋ママなら、なんの苦労もないのだが……。

それになにより、見るからに一癖ありそうなマリアと二人で授業を受けるなんて、あのボンボンにできるのだろうか。「ママ、今度、ボクのクラスに不良の女の子が入ってきたの、ボク、怖～い」なんて家に帰って訴えて、それを真に受けた宮嶋ママが、またギャンギャンとクレームをつけてきたら……私に直接文句を言うだけではおさまらず、また、あることないことを周囲の親に言いふらしてしまったら……。

ため息が自然と漏れてしまう。

もっと毅然としろ。

自分の決断に自信を持て。

胸の奥には強気な自分が確かにいるのに、それが目に見えない壁に阻まれてしまったみたいに、態度に出てくれない。

言葉に詰まってしまった私の沈黙を、マリアは、なるほどね、と肩をすくめて受け止めた。

「やっぱりアレだよね、ウチらみたいなのがいると、まわりの迷惑になっちゃうよね……」

そうじゃない――。

そういう意味じゃないんだ――。

あわてて弁解しようとしたら、マリアは先回りして「いいって、いいって」と笑う。「おじさんの立場もわかるし」

さばさばとした口調に、かえって寂しさと悔しさがにじむ。ロスにいた頃も、帰国してからも、マリアはずっとそういう扱いを受けてきたのだろう。みんなと違う――ただその一点で、時には露骨に、時には陰湿に、はじかれてきたのだろう。

「それに、ぶっちゃけ、わたしも無理かなって思ってたんだ」

「……なんで」

「さっきのテストでひさしぶりにアタマ使ったじゃん、もう疲れて、眠くなっちゃった」

ふふっと笑う。

皮肉よりも、むしろ、私を困らせまいとする優しさのほうを感じた。マリアという少女は、おとなの弱さやずるさや情けなさを映し出す鏡なのかもしれない。

「でもさ、おじさん……もし、『バカ』クラスってのができたら、またポスター貼りに来てよ。わたしね、ショボさん、塾に通わせてあげたいんだ」

「……なんで？」

「あのひと、高校を三日で中退しちゃったんだけど、このままだとずーっと希望ヶ丘の負け組じゃん。でも、ほんとは一発逆転したいんだよ、ショボさんも、ウチらのまわりにいる子はみんな」

ショボは十八歳だった。

いまさら高校を受け直しても逆転は難しい。

「でも、『高認』ってのがあるでしょ。ほら、昔の『大検』」

「ああ……」

高校卒業程度認定試験――というやつだ。高校を中退していても、その試験に合格すれば、大学受験や公務員試験などの学歴要件を満たすことができる。

「おじさんの塾にも、そういうコースができたら、絶対にウチらの仲間は行くと思うよ。やっぱりさ、負けっぱなしって悔しいじゃん。でも、ヤバい世界で逆転しても、つまんないじゃん。ウチのお父さん、いつもそう言ってる。まっとうに勝負し直すんだったら、いつでも、なんでもバックアップするから、って」

わかる。希望ヶ丘のエーちゃんなら――きっと、そうだ。

そして、私の脳裏には、圭子の顔も浮かんでいた。

悔しいよ。

目に涙を浮かべて訴える、晩年の――ガンと闘っていた頃の圭子の顔だった。早く病気を治して、早く学校に戻りたい。それを心の支えにして、抗ガン剤の副作用や、転移したガンの痛みに耐えていたのだ。本を読む体力が残っているうちは、ずっと英語の指導書を読んでいたのだ。

教師という仕事に、圭子は誇りとやり甲斐を持っていた。妻として、母として、そして教師として、三倍の密度で短い人生を駆け抜けたひとだった。

そんな圭子が、病院のベッドで「悔しいよ……」と訴えたのは、いつだっただろう。もう主治医から余命を宣告されたあとだったはずだ。

美嘉や亮太をのこしていくのが悔しい――というだけではなかった。

クラス担任をしていた生徒たちの卒業を見届けられないのが悔しい。中学を巣立っていった卒業生たちがおとなになるのを見届けられないのが悔しい。いまなら、もっといい教師になれる。「一度きりの人生」や「命の尊さ」を身をもって知ったいまなら、もっと深いことを生徒に伝えられる。それができないのが、悔しい……。

それを聞く私のほうだって、ほんとうは悔しかったのだ。ガンが見つかる前の圭子は、残業の連続だった。荒れている学年を担任したせいで、万引きした生徒を警察まで引き取りに行ったり、空振りつづきの家庭訪問を繰り返したり、進級が危ない生徒のために特別に補習をしたりして、自分の時間などほとんどなかった。もしもあの頃、ちょっとでも自分の体の異変に気づく余裕があれば、もしかしたらまだ初期のうちにガンが見つかったかもしれない。いや、ほんとうは、すでに体の具合は悪かったのに、目の前の仕事を優先して病院に行くのが遅れてしまって……。

恨み言を言えばきりがない。

だが、圭子が逝って二年がたとうとするいま、私は圭子の悔しさをもっと素直に受け止めている。

大好きだった教師の仕事をまっとうできなかった圭子の悔しさを、美嘉や亮太にいつか伝えたいと思っている。だから、おまえたちは好きなことを見つけて、一生をかけるに価《あたい》するものを見つけて、精一杯がんばれ、と言ってやりたい。

だが——それは、私だって同じではないのか？

私はなんのために塾の教室長になったんだ？

幻の圭子が、私を見つめる。

悔しいよ……と繰り返す。

圭子——。

おまえなら、こんなとき、迷うわけがないよな——。

「でもね、一回はじかれちゃった子って、勝負をやり直そうと思っても、どうやって勝負すればいいのかわかんないんだよね……」

マリアは寂しそうに微笑んで、「ま、そんなのって希望ヶ丘のひとには関係ないか」と席を立った。

「ちょっと待ってくれ」

喉元まで出かかっていた言葉が、やっと声になった。目に見えない壁が、ぷつん、と破れた手応えを、確かに感じた。

振り向いたマリアに、きっぱりと言った。

「『特進』コースは、授業が週に四日あるんだけど……だいじょうぶかな、通えるか？」

マリアは――一瞬だけ笑った。

そう、一瞬だけ、だった。

次の瞬間には、さらりと身をかわすように「暇なときには来るから」とおとなをからかうような笑顔になっていたが、その寸前、ほんとうに一瞬だけ浮かんだ笑顔は、素直で屈託がなかった。そして、それは、まるで迷子になった女の子がお母さんの姿を遠くに見つけたように、寄る辺《よるべ》なさから救われた笑顔でもあった。

だいじょうぶ。私は自分に言い聞かせる。宮嶋泰斗のことは、こっちでなんとかする。学ぶ場を欲しがっている子どもにそれを与えるのは、おとなの義務だ。

「『特進』は、月、水、金と土曜日だから……あさってからだ、あさっての六時から九時十分まで、九十分の授業が二コマだけど、だいじょうぶだな」

「あさってね、うん、ちょうど暇だから、いいよ」

「じゃあ、今日はテキストと、受講料の口座引き落としの紙を持って帰ってくれ」

「特待生にならないの？」

「そこまで世間は甘くない」

すまし顔で言ってやると、あっさりと「なにハードボイルドしてんの、おじさん」と笑われてしまった。

「そのかわり、約束してくれ。絶対にタトゥーは他の生徒には見せないこと。バイクで塾に来ないこと。それから、塾に関係のない友だちを中に入れないこと。それだけは絶対に守ってくれ」

「……『バカ』コース、つくってくれない？」

「つくりたい」

これも——きっぱりと言った。

「栄冠ゼミナールにはそういうコースはないけど、俺は、個人的には、いずれは受験に再チャレンジするコースもつくりたいと思ってる」

おっ、やるじゃない——と、幻の圭子が笑った、ような気がした。

「だから、いまはヘンな問題を起こしてほしくないんだ。わかるだろ」

「うん……」

「ショボくんにも、そこのところ、きちっと言ってくれ」

いいな、頼んだぞ、と念を押したとき、隣の教室がにぎやかになった。ちょうど授業が終わったのだ。

この教室は、次の授業は一年生の「基礎」が使うことになっている。

早くも一年生が数人、教室に駆け込んできた。

「おっ、張り切ってるなあ」

笑って声をかけると、一年生は顔をこわばらせて言った。

「教室長さん……事務室に、ヤンキーが来てる……」

＊

あれほど「外に出てろ」と言ったのに、ショボは事務室の前でうろうろしていた。

「そこでなにしてるんですか」とアルバイト講師の一人が声をかけると、「なんだぁ？　コラ、文句あんのか、コラ、コラ」と凄んで、カウンターをバンバン叩く。

つくづく、バカだ。

とことん、魚並みの脳みそをした男だ。

私とマリアの姿を見つけると、「うっす！　お出迎えに来ました！」と頭を下げる。悪いヤツではない。それはよくわかる。だからこそ、腹が立ってしかたない。

舌打ちしてショボに詰め寄ろうとするマリアを制し、講師や生徒たちに「なんでもないから、はい、教室に入って、トイレのひとはトイレに行って、はい、休憩おしまーい」と必死に笑って声をかけた。

なんとかみんなが教室に入ってからも、ショボは自分がしでかしたことの重みなどまるでわかっていない顔で、「外に出ようと思ってたんだけどさあ、ちょっとヘンなの見つけちゃって」と笑う。

「……なんなんだ、ヘンなのって」

返答しだいでは許さんぞ、と覚悟を決めた。

「だってさあ、おっさん……この塾、流行ってないっしょ。わかるよ、気合入ってねえもん。なんだよ、あの貼り紙の字」

ショボは事務室の壁に掲げた紙を指差した。

〈栄冠は努力の果てにある〉

栄冠ゼミナール全教室が貼ることを義務付けられている、校訓というかキャッチフレーズだった。なるべく力強いフォントをパソコンで選び、大きなサイズでプリントアウトして貼り合わせた。

だが、ショボは真顔で「こんなのじゃダメだっての」と言う。「気合が伝わんねえんだよなあ、こんなのじゃ。マリアさんが通う塾でこれじゃや、俺が恥ずかしいよ」

よけいなお世話だ——とはねのけてもよかったが、ショボが真顔になっているのがちょっと気になって、「じゃあ、どうしろって言うんだ」と訊いてみた。

「そんなの決まってんじゃん、気合入れるには肉筆っしょ、筆でさ、墨でさ、どがーん、と書くわけ」

太い筆を全身で動かす手振りをしたショボは、つづけて言った。

「せっかくマリアさんが入ってやったんだから、俺もサービスで書いてやろうか？」

そこにマリアが横から言い添えた。

「あのね、ショボさん、習字だけはめちゃくちゃうまいの。おじいちゃんが希望ヶ丘で書道教室開いてるから、子どもの頃から鍛えられてるんだよね」

思わず「はあっ？」と声をあげてショボを振り向いた。

「おい……そのおじいちゃんって、まさか……本條瑞雲っていうんじゃないだろうな……」

あっさり間抜けづらに戻ったショボは「なんで知ってんの？」と訊き返した。

第五章　瑞雲先生、憤慨す。

1

あえて玄関のチャイムは鳴らさなかった。『本條瑞雲書道教室』――すっかり見慣れていたはずの看板の古び具合が、今日はひときわ目に染みる。看板に近づいて右隅を探すと、ショボが言っていたとおり、釘でひっかいた小さな落書きがあった。

クソジジイ。

いらだちをそのまま写し取ったような角張った字は、中学生の頃のショボが刻んだものだった。

やめといたほうがいいっスよ――亮太を瑞雲先生に弟子入りさせたことを伝えると、ショボは吐き捨てるように言ったのだ。あんなじじいに教わったら、字は上手くなっても性格が曲がっちゃいますから――ほんとうに、心底ムカついた顔で言っていたのだ。

夕暮れの空を見上げて家の前でしばらく待っていると、引き戸が開いて亮太が出てきた。

「さよーならっ！」

ご近所中に響きわたるような元気いっぱいの声で挨拶する亮太に、見送りに出た着物姿のチヨさんが、にこにこ笑って「はい、車に気をつけてねえ」と応える。

「今度はしあさってだよね？」

「そう、金曜日」

「おやつ、なに？」

「五月だから、柏餅にしようか。お味噌の餡のやつ。ちょっとしょっぱくて美味しいのよ」

「やったね！」

あいつ、お習字を習うだけじゃなくて、おやつまでごちそうになってたのか――。道理で、最近ミョーに和菓子にくわしくなっていたはずだ。「和三盆《わさんぼん》」などという言葉、そこいらの小学五年生が知っているはずもないのだ。

「じゃあまたね、おばあちゃん」

手を振って駆けだした亮太は、やっと私に気づいた。

「お父さん、どうしたの？」

その声に、玄関の中に戻っていたチヨさんもまた外に出てきた。

私はチヨさんに会釈して、亮太には「先に帰ってなさい」と言った。

「迎えに来てくれたんじゃないの?」

「うん……そうじゃなくて、ちょっとな……瑞雲先生に会いたくて」

チヨさんに目をやった。

「いらっしゃいますよね、先生」と訊くと、チヨさんは怪訝《けげん》そうにうなずいた。

＊

亮太を先に一人で帰らせ、教室に使っている二間つづきの広間に通されて、しばらく待っていると、瑞雲先生が姿をあらわした。

「きみも非常識な男だな、前もって電話の一本も入れられんのか」

床の間を背にして座るなり、私の挨拶も待たずに、まずはガツンと一言——あいかわらず頑固で短気で礼儀作法にうるさいひとだ。

「たとえ子ども相手とはいっても、書を教えるのは命がけなんだ、こっちも。終わると疲労困憊《こんぱい》で箸も持てんほどなんだからな、そういうときにいきなり訪ねてこられても困るんだ、迷惑なんだ、いまだって死力を振り絞ってここに座ってるんだからな、こっちは」

なにごとにつけ大げさな言い方をするのもあいかわらずで、それがわかっていながら、つい「ははーっ」と恐縮して平伏しそうになってしまう貫禄も、あいかわらずだった。

確かにこれなら、と思う。

ヤンチャな孫からすれば、うっとうしいだけの存在だろう。

「で、話というのはなんなんだ」

「はい……」

「手短にすませてくれよ、こっちも忙しいんだからな」

広間に通される前、チヨさんに「お茶よりもビールがいいですね、たまには先生に付き合ってやってくださいな」と言われたことは、黙っておくべきだろう。「ほんとに毎晩暇で暇でしょうがないんですから」と苦笑していたことなど——なにがあっても言えない。

私は居住まいを正し、「じつはですね……」と本題を切り出した。

ゆうべ、ひょんなことで、瑞雲先生ゆかりのひとと会ったんです——。

とりあえずその程度の一言で、様子をうかがった。

「ゆかり？」

「ええ……お知り合いといいますか、身内といいますか……」

「身内？」

太い眉がぴくっと動いた。

訝《いぶか》しさだけでなく、警戒心めいたものが表情に射した。

ショボが言っていたとおりだ。

じいちゃんの前でオレらの話、しないほうがいいっすよ——。

オレだけじゃなくて、親父とかおふくろとかの話も、ぶっちゃけ、NGワードっすからね——。

「どういうことだ？」

瑞雲先生は腕組みをして訊《き》いて、私が答える前に「身内っていうのは、いったいどういう意味で言ってるんだ？」と重ねて訊いた。

あえて、遠回りする。

「ですから、身内としか申し上げられないと言いますか……」

「弟子か？」

私は黙ってかぶりを振った。

「じゃあ、アレだ、おあいにくさまだが、師匠だの兄弟子だのと言っている手合いがいたら、それはこの本條瑞雲の名前を利用しようと狙ってるヤカラだぞ」

これも、無言でかぶりを振るしかなかった。瑞雲先生の名前に書道界で利用価値があるのかどうかはともかく、「身内」と言われて、そっち方面に連想がはたらくというのが、いかにも不自然ではないか。かなり強引ではないか。

チヨさんがビールと空豆を持ってきた。瑞雲先生は「なんだ、お茶じゃないのか」としかめっつらになったが、口元はビミョーにゆるんだ。やはり人恋しいのだ。老夫婦二人きりの夜は、寂しさを持て余してしまうほど長いのだ。

だが――。

私は知っている。ショボが教えてくれた。

瑞雲先生さえその気になれば、寂しさを埋めることは簡単なのだ。希望ヶ丘一丁目の自宅から徒歩十五分――三丁目まで行けば、娘夫婦の家がある。ショボの実家だ。

徒歩十五分つったら、アレっすよねえ、ぎりぎりスープが冷めない距離ってやつっスよねえ、とショボは言っていた。でも、ダメなんスよ、スープは冷めないけど、その前にココロが冷めてるから、そういう関係なんスよ、じいちゃんとウチの親と、あと、オレの関係って。

チヨさんは瑞雲先生に酌をしてから私の長机に来て、ビールを注ぎながら「ゆっくりしていってくださいね」と小声で言って笑った。

オレ、ばあちゃんは好きなんスよ――ショボの言葉をチヨさんに伝えてあげたい。ばあちゃんって、はっきり言って被害者っスよ、あんな頑固じじいと結婚しちゃって、絶対服従で、苦労ばっかりさせられて、かわいそうっスよ、ウチの親もね、ばあちゃん一人だったら同居してもいいって言ってるんスよ、たまには遊びに来てほしいっていつも言ってるんスよ、でも、ダメなんスよねえ、ばあちゃん誘うと、もれなくクソじじいがついてきちゃうんで……。

チヨさんは「なにかおつまみになるものつくってきますから」と瑞雲先生に声をかけて部屋を出て行った。瑞雲先生は腕組みをしたまま「うむ」とうなずくだけで、ねぎらいの言葉すらかけない。まったくもって亭主関白というか、男尊女卑というか、時代錯誤というか、圭子が生きていたら「なんなの？　この夫婦」と目を丸くしてあきれかえるだろう。

私はビールのグラスを手に取って、軽く乾杯のしぐさをした。

だが、瑞雲先生はまた「うむ」とうなずくだけでグラスを掲げもせず、グイッと一口飲んだ。このじいさんにとって、乾杯とは「分かち合う」ものではなく「捧げる」ものなのだろう。どこかの国の独裁者みたいなものである。

「それで……」

瑞雲先生はグラスを置くと、再び眉をひくつかせながら「身内というのは、いったい誰のことなんだ？」と訊いた。

誰だと思います？　ともう少し様子を見てみたい気もしたが、「勝手に身内などと名乗る連中がほんとうにいるんなら、わしは許さんからな」と私を見据える目には、早くもいらだちが交じっていた。

短気な瑞雲先生がキレてしまっては、元も子もない。私はビールで口を湿らせ、あらためて背筋を伸ばして、言った。

「お孫さんです」

瑞雲先生の眉根が、ギュッと寄った。

「翔太くんと、ゆうべ、会ったんです。ショー坊って、先生が子どもの頃に呼んでたお孫さんです。いまは、友だちからショボって呼ばれてます。僕もそう呼ぼうと思います」

口が「へ」の字に曲がった。

「おせっかいかもしれませんが、ショボくん、もう何年もおじいさんに会っていないと言ってましたので、ショボくんが元気でいることだけでもお伝えしようと思いまして……」

メガネの奥で、瑞雲先生は目をカッと見開いた。

そして、腕組みをしたまま、ぴしゃりと言った。

「勘違いだな、わしに孫はおらん」

私はため息を呑み込んだ。

予想していたとおりの反応だった。

「でも、三丁目に娘さんがいらっしゃるんですよね。結婚して、姓が伊藤さんになってますけど」

「おらん」

「……そうですか？」

「おらんと言ったらおらんのだ、しつこいな、きみも」

「三丁目の住居地図で確かめたら、たしかにあるんですよ、伊藤さんとおっしゃるお宅」

「伊藤なんて苗字、腐るほどある」

「ごめんなさい、こういうのって個人情報の点で問題になるのかもしれませんけど……僕、行ってみたんですよ、さっき」

瑞雲先生の眉が、びくびくっと跳ねるように動いた。

驚いている。戸惑っている。一瞬だけおびえたような目になって、しかしすぐに眉間に皺《しわ》を寄せて、憤然とした形相に戻る。

「あ、もちろん、チャイムなんか鳴らしてません。家の前を通りかかっただけです」

私はあわてて言って、「ただ」とつづけた。

「表札が出てました」

「……表札ぐらい、どこの家にだってある」

「ええ、でも、その表札、ご家族全員の名前が出てたんです」

「それがどうした」

「奥さんの名前……『ミズエ』さんっておっしゃるんです、そのお宅」

瑞雲先生は黙り込む。「へ」の字に曲がった口の角度が、いっそう急になった。落書きの富士山みたいな感じだ。

「瑞雲先生の『瑞』と同じ字なんです。それに『恵む』で『瑞恵』さんなんですよ」

「……ふん」

瑞雲先生は不機嫌そうに鼻を鳴らし、「よくある名前だ、そんなの」と言う。

「そうですか？　僕は四十年生きてきて、『瑞恵』っていう名前、初めて見ましたけど」

「きみに教養がないだけだろう。わしはたくさん知っとる。五人や十人ではきかんぐらいおる」

意地っぱり――なのだ。だからこそ、私はこうして、おせっかいだとは承知のうえでここに来ているのだ。

「先生」

「……しつこいな、もういいだろう」

「ショボくんを、ウチの塾に入れようと思ってます」

眉がまた跳ねた。

かまわず、私はつづける。

「ショボくんはべつにおじいさんに会いたがってるわけじゃありません。どっちかというと、むしろ、嫌ってます」

眉が跳ねる。このっ、貴様っ、と虚空《こくう》に浮かぶショボの面影をにらみつけるように、眉間の皺はますます深くなった。

「でも、ショボくん、習字が得意なんです。おじいさんに鍛えられたって言ってました」

私はバッグから、紙を挟んだクリアファイルを取り出した。

「ゆうべ、塾の事務所で書いてもらいました。コンビニで買った筆ペンにコピー用紙ですから、本人は書きにくい書きにくいって文句言ってましたけど……びっくりしました、ほんとに上手いんです」

ほら、これ見てください、とファイルから抜き取ったコピー用紙をかざして瑞雲先生に向けた。

〈栄冠は努力の果てにある〉

みごとな楷書体なのだ。まるっきり風貌や態度に合っていない。字だけを見たら、まじめな学級委員の、しかも女子が書いた字のように思えるほどだった。

「先生……僕の妻は、中学校の教師でした」

「……知っとる」

「学校の先生っていうのは、生徒の字を見るんです。パソコンやケータイのフォントじゃなくて、肉筆を読む機会がほんとうに多いんです。学級日誌とか作文とか、テストの答案とか。で、妻は言ってました。どんなに態度の悪い子でも、ちゃんとした字を書いてるうちはだいじょうぶなんだ、って」

私はショボの字を指差して「ちゃんとした字だと思いませんか？」と訊いた。

2

瑞雲先生は、ショボの書いた字からすぐに顔をそむけた。ふん、と鼻を鳴らす音も聞こえた。

グラスの底に少しだけ残ったビールをあおるように干して、手酌でビールを注ぎながら、「早くしまってくれ」とぶっきらぼうに言う。「そんなもの見せられると、酒がまずくなる」

私は黙って紙を座卓に置いた。ずいぶんな瑞雲先生の態度だったが、それは最初から織り込み済み——ショボは「いきなりビリビリッて破っちゃうかもしれませんよ」と笑っていたのだ。

チヨさんが戻ってきた。お盆に載せた二枚の長皿に、かまぼこや塩辛やハムや佃煮をちまちまと盛りつけているのが、いかにもチヨさんらしい。そして、そんなチヨさんがいるからこそ——私は、あえて瑞雲先生の不興《ふきょう》を買ってまで、ショボの書いた字を見せたのだ。

「あら？　これ、なんですか？」

チヨさんは座卓の上の紙に目をやって、軽い口調で私に訊いた。

「なんでもない、ただの落書きだ」

瑞雲先生がすかさず、自分に訊かれたわけでもないのに答える。

チヨさんは「はあ……」と要領を得ない顔でうなずいて、私にあらためて声をかけた。「誰が書いたんですか？　亮太くん……じゃないわよねえ」

「ええ、亮太もこれくらいの字が書けるようになってくれるとうれしいんですが」

「じゃあ、おねえちゃんのほう？」

「いいえ、ウチの家族じゃないんです。もっと先生やチヨさんに近いひとと言いますか」

「え？」

「近くて遠い、と言いますか……」

「はあ？」

瑞雲先生が咳払いする。

険しい顔で、私をにらむ。

かまわず、私はチヨさんに言った。

「これを書いたの、ショボくんです。翔太くん。先生とチヨさんの、お孫さんです」

チヨさんはお盆を座卓に置くと、あわてて紙を手に取った。

「ショウちゃんの字？　これ、ほんとにショウちゃんが書いたの？」

「ええ、ゆうべ」

「でも……どうして……」

紙を持つ手が震える。

目は食い入るように紙を見つめたまま、動かない。

「僕は書道にはまるで素人なんですが、この字がまじめな字だというのはわかります。一所懸命に書いてる字だというのは、わかるんです、僕にも」

「ええ、ええ……そうなの、そうなんですよ……ショウちゃんってね、優しい子だったの、優しいから、悪いお友だちに誘われても断れなくて……」

「性根《しょうね》が据《す》わっとらんだけだ」――瑞雲先生は不機嫌きわまりない声で言った。

だが、チヨさんはそんな声など耳に入らないように、ただひたすら、じっと、ショボの字を見つめる。

この反応も、ショボに聞いていたとおりだった。

ばあちゃんはいいんです――。

オレ、ばあちゃんのことは好きなんですよ――。

ばあちゃんもオレのこと、マジかわいがってくれてて――。

言葉だけではなかった。チヨさんのことを話すときのショボは、瑞雲先生のときとは違って、それこそしょぼくれた顔をして、寂しそうに、せつなげに、「ばあちゃん、元気かなあ……」とため息をついていたのだった。

瑞雲先生はビールのグラスに手を伸ばしかけたが、舌打ちとともに手を引っ込めて、憤然とした様子で立ち上がった。

「おい」――チヨさんに言う。

「根性のねじ曲がった奴の字は、どんなに外ヅラがよくてもだめなんだ。おまえにもそれくらいわかっとるだろう」

チヨさんはショボの字を見つめたまま、悲しそうに眉をひそめた。

「おい」――先生の声は、今度は私にぶつけられた。

「こんな字をまじめだとか一所懸命だとか言っとるうちは、あんた、四十ヅラ下げとっても、まだまだ半人前だ。少しはひとを見る目ってのを養ったらどうなんだ」

さすがにムッとしたが、言い返す前に先生は乱暴な足取りで部屋を出て行ってしまった。

チヨさんは腰を浮かせて先生を追いかけようとしたが、むだだとあきらめたのか、小さくため息をつき、肩を落として座り直した。

「まじめな、しっかりした字だと、僕は思うんですが……」

私の言葉にこっくりとうなずいて、「ショウちゃんには期待してたの、先生も」と言う。

「ええ……そうらしいですね」

「ウチは一人娘だったから、初孫が男の子だっていうんで、ほんとうにね、本條瑞雲の跡取りができたって大喜びして」

「雅号もつけてたんでしょう？」

「そうなの。『瑞雲』の後を継いで、超えていってほしいっていう願いを込めて、『瑞《ずい》陽《よう》』ってね……ほら、雲よりも太陽のほうが上でしょ？　一人前になったらその名前を与えてやるんだって、そこまで期待をかけてたのよ、ショウちゃんには」

ショボも言っていた。

オレ、お絵描きのクレヨンを持つ前に、習字の筆を持たされてたんスよ、クソじじいに――。

画用紙の代わりに半紙っスから、ハサミや糊の代わりに墨と硯《すずり》なんスから、もう、まいっちゃうでしょ、そんなの――。

瑞雲先生の指導はとにかく厳しかったらしい。

三歳の頃から、まずは正座を徹底的に教え込んだ。膝を揃えろ、背筋を伸ばせ、と厳しく言いつのり、膝が崩れたり背中が曲がったりすると、竹の物差しでピシャリ――体罰である。四歳になると、墨と硯を与えて、墨のすり方をこれまた徹底的に教え込んだ。墨が均等にすり減らなかったり、力の入れ具合をしくじってしずくが硯の外に飛び散ったりすると、またもや竹の物差しでピシャリ、である。

「その頃は、娘の一家とこの家で同居してたの。だから、ショウちゃん、朝から晩までお習字ばっかり……娘やお婿さんも、いくらなんでもそこまで厳しくしなくていいんじゃないか、って言ったんだけど……ほら、とにかく先生はああいうひとだから、横からなにか言われて、素直に受け容れるなんて、ありえないのよ。かえって依怙地《いこじ》になるだけで……」

「それで別居されたんですか」

「そう……もうワープロの時代になってたから、いまどきお習字なんて上手くなってもしょうがないじゃないか、って。実際、書道教室の生徒さんもどんどん減ってきてたし、先生もあせってたと思うのよ。だから、ショウちゃんによけい期待をかけて……」

娘さん——瑞恵さんの一家は、ショボが小学校に入学したのを機に三丁目に引っ越した。転居先を同じ希望ヶ丘にしたのは、一人娘としての、年老いた両親に対するせめてもの優しさ——いや、ショボに言わせれば「両親じゃないっス、親父もおふくろもばあちゃんのために、せめて近所に住むことにしたんスよ」という理由だった。

引っ越したあとも、ショボは週に三日、書道教室に通った。これもまた、ショボに言わせれば「ばあちゃんのためっスよ、みんないなくなったらかわいそうじゃないっスか」になるのだが。

「書道教室の生徒さんってことになれば、他の生徒さんもいるわけだから、先生もそう無茶はできないでしょ。それで少しは落ち着いたんだけどね……」

しかし、ショボにはさらなる試練が待っていた。

週に三日の書道教室通いに加えて、瑞恵さんは英会話教室にもショボを通わせたのだ。

これからは英語ができないとロクな人生を歩めないっつって、おふくろ、オレのこと商社マンか外交官にしたかったんスよ——。

小学校までは公立に甘んじていても、中学からは私立に入れる、と瑞恵さんは決めていた。小学四年生からは、書道教室を週に一日に減らし、空いた二日を進学塾通いにあてた。わが栄冠ゼミナールのライバル、特訓塾に通っていたのだという。

「孫のことを褒めるのもアレなんだけどね、ショウちゃん、勉強はよくできてたの、小学生の頃は」

いまじゃ魚の脳みそですが——と言いたいのを、私はグッとこらえた。

「でもね……」

チヨさんがため息交じりにつづけた「でもね……」が、ゆうべショボが口にした「でもね……」に重なった。

「中学受験、だめだったの」

フツーの受験もだめだったし、二次募集でもだめだったんスよ、オレ、なんか本番に弱いみたいで——。

「本人よりも瑞恵ががっくりしちゃってねえ、わたしなんか、人生は長いんだからって思うんだけど、あの子は、もう中学受験に失敗した時点でショウちゃんの人生はおしまいだ、みたいに思い詰めちゃって」

直接なにか言われたりしたわけじゃなくても、わかるんスよ、オレ、かあちゃんから見限られたんだな、ってのが——。

「結局、ショウちゃんは希望ヶ丘中学に入ったわけだけど……一年生の終わり頃から、悪い友だちと付き合うようになって、ケンカしたり、万引きしたり、煙草を吸ったり……瑞恵もさんざん頭を下げて回ったのよ、学校やご近所や、あと、警察にも」

それでもね、オレにもいいところ、あったんスよ、じつは——。

「皮肉な話だけど、ショウちゃん、お習字のほうはやっぱり才能あったのねえ。小学校の頃から市の書道コンクールでは、ずうっと特選で、中学生になると、学校で応募するんじゃなくて、一般公募のコンクールにも出すようになったんだけど、そこでもちゃんと入選するの。新聞や『市民だより』にショウちゃんの名前が載ってるのを見ると、わたし、もううれしくてうれしくて……」

ぶっちゃけ、ばあちゃんの喜んでくれる顔を見たいから、オレ、コンクールに応募してたようなもんなんスよ——。

「でもね、先生はだめなの、市のコンクールで入選する程度じゃまだまだだって言って、一度も褒めてあげなかった。瑞恵もそうなの。お習字がいくらうまくても、高校受験や大学受験には関係ないんだから、って。まわりがそういう目で見てたら、ショウちゃんじゃなくても、嫌になっちゃうわよねえ……」

チヨさんは寂しそうに微笑んだ。目にうっすらと涙も浮かんでいた。

もうこれ以上つらい思い出をチヨさんに語らせたくない。

希望ヶ丘っていうところは、ダメになっていく子には冷たい街だから——マリアの言葉がよみがえる。

瑞恵さんにはまだ一度も会ったことがないのに、不思議と、どうせ「いかにも」という感じの母親なんだろうなあ、とイメージが湧く。教育熱心すぎる瑞恵さんになにも言わない父親のことも、わかる。宮嶋泰斗の両親がきれいに重なるせいだろうか。

ドスドスと足音をたてて、瑞雲先生が戻ってきた。

手に、掛け軸を持っていた。

「田島くん」

「……はい」

「これを見せてやる。あのできそこないは、こういうことをするような奴なんだ」

掛け軸をばらっと開いた。隷書体《れいしょたい》で漢詩を書いた掛け軸だった。

「わしの作品だぞ……いいか、本條瑞雲の作品なんだぞ、これは……」

怒りで声が震え、手も震える。

私も掛け軸を見た瞬間、息を呑んだ。この話は、ショボからは聞いていなかった。

掛け軸の余白に、大きく落書きがしてある。

〈夜露死苦〉

〈喧嘩上等〉

〈ロケンロール〉

そして――公衆便所の落書きでおなじみの、女性器のマークまで。

「高校受験も第一志望に失敗したの。滑り止めの私立も三日で中退しちゃって……その日のうちに家出しちゃったんだけど……先生やわたしの留守中にここにも来て、床の間に飾ってたこの掛け軸に……こんなこと書いちゃって……」

チヨさんはとうとう手で顔を覆って泣きだしてしまった。

「馬鹿者、泣くな、あんな奴のために泣くことはない！」

先生はチヨさんを一喝して、私をにらみつけた。

「いいか、田島くん、もう二度とあの男の話はするな」

「いや、しかしですね……」

「するなと言ったらするな！　あの男の名前を今度わしの前で口に出したら、亮太くんは破門だ！」

先生は怒りにまかせて、掛け軸を畳に叩きつけた。

3

やりきれない思いを背負って、塾に戻った。事務室では留守番の二人が待っていた。マリアとショボ――部外者を事務室に入れ、おまけに留守番まで任せるなど、加納くんに知られたら、すぐさま本部に始末書の提出を命じられてしまうだろう。

もっとも——。

「だーれも来なかったよ」

マリアは拍子抜けしたように言って、「電話もゼロ」と付け加えた。

いつものことだ。そうでなかったら、いくら私だって、この二人に留守番など任せない。

「あと、バイトの先生も、休み時間になってもだーれも入って来なかったけどね」

マリアはショボを指差して、「みんなショボさんにビビッちゃってたから」と笑う。「ヤンキーに塾を乗っ取られたと思ったんじゃない？」

「……あとでみんなには説明しとくよ」

ため息交じりに椅子に座る。そんな私の様子で瑞雲先生宅でのいきさつを察したのだろう、マリアとショボは顔を見合わせ、つまらなさそうに笑い合った。

「だから言ったでしょ、ダメなんですよ、あのひと。もう、死ぬまであのまま っスから」

ショボはさばさばとした調子で言って、「はい、お疲れさまーっ」とからかうように笑った。ちょっと、やめなよ、とショボをにらむマリアも——最初からあきらめていたのだろう、私に向き直ると、「これで気がすんだでしょ」と言った。

　二人にとって、今夜のことはあくまでも私の一方的なおせっかいにすぎない。瑞雲先生には帰り際に「酒のまずくなる話を二度と聞かせるな！」と一喝されたし、チヨさんにも結局悲しくて寂しい思いをさせてしまっただけだった。

「小さな親切、大きなお世話、しかも役立たずってことで一件落着っスよ、それでいいっしょ」

　ショボは鼻を鳴らしてせせら笑う。祖父への敵意に加えて、おせっかいなことをした私への皮肉もあるのだろう。

　だが、じゃあ、おまえはなぜここで俺の帰りを待っていたんだ――？

　瑞雲先生の反応を知りたかったからじゃないのか――？

「おばあさんは、きみに会いたがってたぞ」

「ま、そりゃそうっしょ。ばあちゃん、優しいっスからね」

「きみもおばあさんには会いたいんだろ？　会ったらいいじゃないか。家に行くのが嫌だったら、ここで会ってもいい。何曜日の何時って決めてくれたら、俺がチヨさんに伝えるから」

　どうだ？　と顔を覗き込んで訊くと、ショボはそっぽを向いて、「いいかげんにしろっての」と吐き捨てた。「あんた、ウチとは関係ないんだから」

　敬語が消えた。だから――本気で腹を立てているのだろう。

マリアも「もういいじゃん、おじさん」と言った。「おじさんが親切なのはよくわかったけどさ、本人が嫌がってるんだから、しょうがないじゃん」

「いや、でも……」

「おじさんにはわかんないと思うけど、親でも学校でも、一度捨てられた子が元に戻るのは大変なの。その逆は、一瞬だけどね」

マリアの深みのある瞳で見つめられると、ほんとうに、どちらがおとななのかわからなくなってしまう。

だが、私もひるむ気持ちを懸命にこらえて言った。

「『捨てる』なんて言うな」

「……だって、ウチらの仲間ってみんなそうだよ」

「学校はともかく、家族が家族を捨てるなんて……そんなこと、ない、絶対にない、家族っていうのは捨てられないから家族なんだ」

マリアとショボは、また顔を見合わせて、また笑い合った。今度の笑いは失笑に近い。私の理想論にあきれたのか、世間知らずを嘲笑《あざわら》っているのだろうか。それでも、本音だ。そこだけは譲れない。

私はショボをまっすぐに見据えて、「おせっかいでもいいんだ」と言った。「俺は、目の前で家族がばらばらになるのなんて見たくないんだ」

ショボは黙って、すねたようにうつむいた。

私はつづけてマリアにも言った。

「捨てられた子どもが元に戻るのは大変だ、って言ったよな」

「うん……」

「でも、『大変』と『不可能』っていうのは違うよな？　不可能なことは俺だってやらない。大変でも可能性がゼロじゃないから、やるんだ」

マリアは黙って肩をすくめ、ショボを目でうながして立ち上がった。

「明日から『特進』の授業を始めるからな、遅れずに来いよ」

私は椅子に座ったままで言う。マリアよりも、むしろショボをじっと見つめて。

「……ねえ、やっぱ、俺が『特進』なんて無理っスよ、ありえないっスよ、やめたほうがいいっスよ、マジ」

首を横に振る。もう決めたのだ。ゆうべ、ショボの書いた字を見て、やるしかない、と覚悟を固めたのだ。

いままで宮嶋泰斗一人きりだった「特進」クラスの生徒が、明日からいっぺんに増える。

マリア。ショボ。そして、できれば――美嘉も。

「マリアさんは実力バッチリっスけど、俺なんかが混ざってもメーワクかけるだけっスよ、いやほんとマジに、バイトの先生泣いちゃうっスよ」

ショボは早くも逃げ腰になっている。どうせ勉強などやる気はないはずだ。だが、憧れのマリアと一緒にいられるというのと天秤にかけて、揺れている。

「いいから、明日、六時だ」

私はぴしゃりと言ってパソコンに向かい、仕事にとりかかった。

ショボはまだなにか言いたがっていたが、マリアに制されて、舌打ち交じりに部屋を出た。

私はパソコンの画面から目を離さず、かたちだけキーボードを叩いた。かぞく、かぞく、かぞく、かぞく、かぞく、かぞく、かぞく……。同じ言葉を繰り返し、打った。

「おじさん」

カウンターの外から、マリアに声をかけられた。

「だいじょうぶだよ、ショボさん、先に下に降りたから」——こっちの胸の内を見透かすのだ、ほんとうに、みごとなほど。

しかたなくキーボードを打つ手を止め、顔を上げた。

「ショボさん、ほんとは喜んでるんだよ。塾に入れてもらって」

目が合うと、ショボさんにはナイショね、とおどけたそぶりで口の前に指を立てる。

「だって、あのひと、ずーっと、なにやっても追い出されるだけだったんだから。どこかに入れてもらえるのなんて、ウチのお店ぐらいのものだったんだから」

「せめて中学を卒業した頃までアタマを戻しとかないと、社会で生きていけないだろ」

半分照れ隠しで、そっけなく言った。とにかくあいつは魚の脳みそなんだから、と心の中で付け加えて。

「おじいさんやおばあさんのことも、ほんとは、おじさんが会ってくれて元気そうだってわかって、安心したんだと思うよ」

「うん……」

「おじさんに、心の中で、お礼言ってると思う」

優しいヤツだな、マリアは。

こういうのを「おせっかい」とは呼ばないことぐらい、私にもわかる。

「でもさ、おじさん、なんでそんなに家族にこだわるわけ？」

「……べつにこだわってるわけじゃないけどな」

「でも、けっこう本気じゃん」

「悔しいんだよ」

「ショボさんが家族から捨てられちゃったことが？」

「ショボだけじゃなくて、とにかく俺は嫌なんだ、そんなの」

家族なのに顔も見たくないなんて——そんなもの、絶対に認めたくない。なにがあっても、だ。

ひょっとして、とマリアはいたずらっぽく笑う。

「おじさん、自分の家族のことで傷ついてたりして」

私も苦笑いで聞き流した。

「ほら、早く下りちゃえ、またショボが迎えに来ると話が長くなって面倒だから」

マリアは「はーい」と応え、エレベータホールに向かった。

思いのほかあっさり——いや、意外と、さっきの言葉に対する私のビミョーな反応を見抜いて、だからこそ今夜はあえて深追いせずに引き下がったのかもしれない。

とにかく勘が鋭く、おとなの胸の内をあっさり見抜くヤツだから。

やれやれ、と苦笑して、マリアの姿が消えたカウンターをぼんやりと見つめた。

正解——。

わが家は、とてもたいせつな家族を、ずっと一緒にいたかったのに、失ってしまったのだ。会いたくても会えない。それはもう自分の力ではどうにもならない「不可能」なことで、その悲しみの傷を心に負ったまま、私たちは生きているのだ。

会えるのに会わない。「大変」だから最初からあきらめる。ふざけるな、と言いたい。

そして――。

おとなの私よりずっと深い心の傷を負っているのは美嘉と亮太だということも、私は知っている。

＊

圭子は、死の一カ月ほど前――抗ガン剤や放射線の治療を打ち切ってターミナル・ケアに切り替えた頃、余命が限られていることを、自分の口で子どもたちに話した。私を病室の外に出して、長い時間、三人だけで過ごした。圭子がなにを話したかは知らない。いまも子どもたちには訊いていない。それは美嘉と亮太が心の中で大切にしまっておくべき宝物だと思うから。

病室から出てきた子どもたちは、二人とも目を真っ赤に泣き腫《は》らしていた。私が黙って廊下で迎えると、二人も黙って私に抱きついてきて、しばらく三人で泣いた。きっと、病室に残った圭子も、ベッドの中で泣いていたのだろう。

不思議なことに、圭子の臨終のときにも子どもたちは泣いたはずなのに、そのときの涙はほとんど記憶に残っていない。「早く治して家に帰りたい」というのが口癖だった圭子が無言の帰宅をしたときにも、子どもたちは泣いていたはずだ。自宅で営まれた仮通夜でも、斎場での通夜でも、圭子の教え子がたくさん参列してくれた告別式でも、二人が泣いていないはずはないのに、その光景がどうしても浮かんでこないのだ。

記憶は、不意に――まるで番組の途中から録画したＤＶＤを観るように、斎場の中庭から始まるのだ。

午後だった。梅雨明けしたばかりの七月の空はよく晴れていて、まぶしかった。蟬時雨《せみしぐれ》が降りそそぐなか、私たちは三人で並んで、火葬場の煙突からうっすらとたちのぼる陽炎《かげろう》のような煙を見つめていた。

誰も口をきかず、お互いに目を合わせることもなく、ただぼんやりと空を見上げてたたずんでいたのだ。

美嘉も亮太も、そのときは泣いていなかった。すでに涙は涸《か》れてしまっていたのか、少しは気持ちの整理がついていたということなのか、とにかく二人は黙って、私と一緒に、親戚の誰かが呼びに来るまでずっと、七月の空を見上げていたのだった。

記憶の映像は、プツン、と一瞬の暗闇を挟んで、また場面が切り替わる。骨揚《こつあ》げを終え、初七日の法要もすませたあと、会葬者を見送る私たちがいる。

私は圭子の骨箱を抱き、美嘉は遺影を抱いて、亮太は位牌を抱いていた。私は涙ぐんでいた。亮太もうつむいていた。だが、美嘉は顔をまっすぐに上げて、「気を落とさずにね」「また遊びにいらっしゃい」と声をかける親戚にきちんと受け答えしていた。その気丈さがかえってせつなかった――と、あとで何人もの親戚から言われた。

美嘉は確かに気丈だった。告別式の翌朝、疲れが出て寝坊してしまった私を起こしてくれたのは、エプロン姿の美嘉だった。「お父さん、朝ごはんトーストでいいよね？」――そう、その日から、美嘉の「主婦」としての暮らしは始まったのだ。

亮太はその後も圭子を思いだしては、めそめそと泣きだすことが多かった。だが、美嘉は泣かない。涙ぐむ亮太を叱って、ときには頭をはたくことさえあった。

母親の面影を慕う亮太の悲しさや寂しさも、もちろん、胸に迫る。

だが、私には、それ以上に美嘉の心の傷のほうがせつない。

会わせてやりたい。かなわない願い事だからこそ、心から思う。

できれば私だって圭子にもう一度会いたい。それが無理なら子どもたちだけでも。

もしも神さまが意地悪をして「子どものうち一人だけに会わせてやる」と言うのなら――亮太、ごめん、お父さんはおねえちゃんをお母さんに会わせてやろうと思う。

だから。

とにかく、だから――。

会おうと思えばいつでも会えるのに会わない家族なんて、私にはどうしても許すわけにはいかないのだ。

4

塾の授業が終わるのは、午後九時——教室長の仕事は、むしろそこからが忙しい。

事務室に戻ってきた講師から授業の報告を受ける。生徒の出欠を確認して、無断欠席の場合は親に電話を入れ、届け出をして休んだ生徒には、その日の授業に合わせた課題プリントを用意しなければならない。

講師がひきあげたあとは、今日一日の授業レポートをつくって、栄冠ゼミナール本部にメールで送信する。さらに教室の掃除をして、戸締まりをしていると、あっという間に十時近くになってしまう。

家に帰り着くのは、十時から始まるニュース番組が、その日のトップニュースを伝え終えた頃——なんだか、それが「時代や社会の最前線にいるわけではない塾の教室長」という存在を象徴しているような気もしないではない。

この時間になると、すでに亮太はベッドに入っている。起きていたとしても、パジャマに着替え、半分うつらうつらしながら「お帰りーっ」と私を迎えると、二言三言話しただけで自分の部屋に入ってしまう。

今夜は——もう亮太は寝入っていた。ついさっきまで「お父さん、瑞雲先生となに話してたのかなあ」と起きて待っていたが、やはり眠気には勝てずにベッドにもぐりこんだのだという。

「お父さんが『おやつは出さないでもけっこうです』なんて言うんじゃないかって、心配してたよ」

美嘉が言う。

私は苦笑して、亮太の部屋に入り、ベッドから蹴り落とした布団を掛け直してやった。ぐっすりと眠る寝顔に「心配するなよ」と声をかけてやると、夢の中でその声が聞こえたのか、亮太は目を閉じたまま、えへへっ、と笑った。

リビングに戻ると、美嘉はキッチンに立って私のために夕食を温め直していた。

ふだんは「悪いなあ……」とひと声かけ、ビールを飲みながら遅い夕食ができあがるのを待つだけだが、今夜は、エプロンをつけてシチューを皿によそう美嘉の後ろ姿を見ていると、むしょうにものがなしくなってしまった。

中学三年生の女の子だ。父親からすれば、「むずかしい年頃」のピークだ。自分の部屋に入ったきり顔も見せてくれない、リビングにいても女房としか話をしない、目が合うとぷいと顔をそむけられてしまった、洗濯カゴを別にするように言われた……サラリーマン時代、上司や年上の同僚からそんな愚痴を山ほど聞かされた。私も、

「やっぱり娘は大変だなあ」と眉をひそめて相槌《あいづち》を打ち、ため息をついていた——圭子が亡くなる前までは。

ときどき思う。もしも圭子がいまでも元気だったら、美嘉はどんなふうに私と付き合っていただろう。世間一般の「むずかしい年頃」そのままに、父親とは口もきかない毎日だっただろうか。少なくとも、こうやって仕事帰りの父親のためにかいがいしくキッチンに立つことはなかっただろう。

いい子だ。掛け値なしに思う。

ありがとう——。

心の底から思う。

だが、圭子さえ生きていれば、美嘉がこんなことをする必要などないのだと思うと、感謝の心は申し訳なさに変わってしまう。

「美嘉」

「なに？」

「晩ごはん、シチューだけでいいから、ちょっと……話があるんだ」

学校でいじめられている——とマリアは言っていた。

もちろん、学校が違うマリアは実際に美嘉の毎日を見ているわけではない。それでも、わかる、とマリアは言う。寂しさって、目に見えないけど、わかるひとにはわかるの――マリア自身も、ずっと周囲にはじかれてきたから。

「わたし、お説教されるようなことって、なにかしたっけ？」

美嘉は苦笑交じりにソファーに座る。L字の形に置いたソファーの端と端で、斜めに向き合う格好になった。

「で、話ってなに？」

「うん……」

「あのね、今日、亮太の宿題をちょっと見てあげたんだけど、あの子、算数あんまりよくわかってないみたいよ。図形の問題とか、もう、ボロボロなんだもん」

「そうか……」

圭子とも、昔はよくそんな話をしていた。夫婦の会話といえば、結局のところ子どもの話ばかりだった。体育の苦手な美嘉は、鉄棒の逆上がりがクラスで最後までできなかった。亮太は九九の七の段をしょっちゅう間違えた。そんなとき、圭子はいつも「特訓しなきゃ」と笑って、自分だって教師の仕事で毎日目が回るほど忙しいくせに、夕食前に美嘉を近くの公園に連れ出して鉄棒を教えたり、亮太のために九九カードを手作りしたりしていたのだ。

懐かしい。母親似の美嘉の顔には、圭子の面影がたっぷり宿っている。これから美嘉がおとなになるにつれて、その懐かしさはどんどんつのっていくだろう。

だが――それではだめなんだ、と自分に言い聞かせた。

圭子は圭子で、美嘉は美嘉だ。圭子の人生は残念ながらあんなにも早く終わってしまったけれど、美嘉の人生はまだこれからが本番だ。美嘉に圭子の代わりをさせてはいけない。圭子だって、それを望んではいないはずだ。

「ねえ、お父さん、話ってなに？」

美嘉にうながされ、知らず知らずのうちにうつむいていた顔を上げた。

「学校、どうだ？」

気をつけたつもりだったのに、声が微妙に震えた。

「べつに、ふつうだよ」

かえって美嘉のほうが落ち着いている――落ち着きすぎている、ようにも思う。

「転校生だからいろいろ大変だと思うけど、友だち、できたか？」

「うん、けっこう」

「そうか……その友だちって、同じクラスの子？」

「うん。だって部活やってないから、クラスの子しか知らないし」

そこなのかもしれない。ふと思った。前の学校で大好きだったバスケットボール――競技そのものよりも、バスケ部の友だちと部室や帰り道でおしゃべりする時間を、いまの美嘉は失ってしまった。

「バスケ、やっぱりやりたいか？」

「べつに」

あっさり答え、「このまえも言ったじゃん、三年生から部活に入るのってありえない、って」とつづける。

「でも、そんなこと言ったら、転校生はみんな部活をつづけられなくなっちゃうだろ」

「うん、でも、そういうもんだよ。無理してバスケ部に入っても、なじめないじゃん、一年生の頃から一緒にやってないと」

それは、私にもわかる。野球部にいた自分自身の中学時代を振り返ってみても、三年生になって転校してきた奴がいきなりレギュラーになって、しかも私のポジションを奪われたら、やはり腹立たしくてしかたないだろう。

「それに、どうせ夏で引退なんだから、関係ないって。部活やってないから勉強する時間もあるし、わたしとしてはけっこうラッキーだったかな、って」

本音でそう言っているのか、強がりなのか、声を聞いただけではわからない。顔を見ても、心の奥の深いところまでは探れない。

目の前にいるわが子が、いまはもどかしいほど遠い。中学生ってそんなものだよ――圭子が生きていたら、そう言って軽く笑ってくれるだろうか。

「それより、お父さん、もうすぐ亮太の水泳の授業が始まるんだけど、水泳パンツ、去年のだと小さいかもしれないんだよね。明日かあさって穿《は》かせてみるけど、もし小さくなってたら新しいの買うから、お金ちょうだい」

そこまでしなくていい。

おまえは、そんなことまで考えなくてもいい。

言ってやりたい。

だが、「じゃあわたしが亮太の面倒見なかったら誰が見るわけ？」と美嘉に訊かれたら、私はなにも答えられない。

壁をちらりと見た。小学生の頃の圭子が書いた『希望』の書き初めに目をやった。

希望とは、いまが幸せだという意味ではない。たとえいまが思いどおりになっていなくても、明日は、未来は、いまより幸せになれる、という意味だ。

美嘉、おまえに「希望」はあるのか——？

あるとしたら、どんな「希望」なんだ——？

「なあ、美嘉」

「なに？」

「志望校、もう決めたのか？」

それまで淀みなく返ってきていた美嘉の言葉が、初めて止まった。

「うん……まあ、いちおう……」

声もくぐもって沈む。

「どこにするんだ？」

「お父さんはどこがいい？」

なんだよそれ、と苦笑した。

「自分のことなんだから、自分の行きたい学校を言えよ」

美嘉は「うん……」とうなずいて、少し黙り込んだ。

迷っている。それも、自分自身で決断しかねているのではなく、胸の内にあるものをここで口にしていいのかどうかを迷っている表情だった。

私も、あえて黙って美嘉の言葉を待った。

『希望』の書き初めを見つめる。

親の義務は、子どもの「いま」を幸せにすること以上に、子どもが「明日」になにかを託せるようにすることなんだよな、とまた自分に言い聞かせる。

「ねえ……お父さん、志望校、もうちょっと先のことを言っていい？」

大学の話――だった。

「わたし、できれば医学部に行ってお医者さんになりたいし、そうじゃなかったら教育学部とかに行って学校の先生になりたい」

「けっこう幅があるなあ」

「うん……でも、ほんとにそう思ってる。だめだったら看護師さんでもいいし」

なんで——と訊きかけて、ああそうか、と遅ればせながら気づいた。

圭子のことだ。

圭子の命を最後まで救おうとしてくれた医師や看護師の姿を見ていたから、医療の仕事に就きたい。

圭子が最後の最後まで教師の仕事に誇りと責任を持ちつづけたのを見ていたから、教師になりたい。

わかる。胸が熱くなる。おまえが生きてきたことは、こんなふうにわが子にも影響を与えているんだぞ、と天国の圭子にも言ってやりたい。

「まあ、医者とか先生とか、無理だってことはわかってるから」

美嘉は苦笑した。「希望ヶ丘って、前の学校よりもレベル高いし、宿題やるだけで大変だもん」とつづけた。

そして、「だから、まあ、武蔵野台高校ぐらいに行けたらいいかな、って」と言う。「あそこだと、いまの成績でも楽勝でしょ？」

確かに、武蔵野台高校は地区の中堅校で、栄冠ゼミナールでいうなら最難関の「特進」ではなく「発展」クラスの生徒が目指す高校だ。大学の進学実績もたいしたことはない。少なくとも、医学部への進学は、武蔵野台高校に入った時点であきらめるしかないだろう。教育学部に受かったとしても、おそらく教員採用試験では苦戦しそうな大学しか行けないはずだ。

私はあらためて美嘉に訊いた。

「医者や先生になりたいか？」

「夢だってば」

「夢でも、なりたいんだろ？」

「それはね……うん」

よし。うなずいて、ようやく本題を切り出した。

「もっと上、目指してみろよ」

京浜高校――。

その名前を聞いた瞬間、美嘉は「無理に決まってるじゃん」と言った。確かに地区でダントツのレベルを誇る京浜高校は、希望ヶ丘中学でもベストテン圏内にいないと合格はおぼつかない。

「でも、いまは家のこともやってるから、勉強に集中できないだろ。本気でしっかり勉強すれば、京浜高校だって狙えるんじゃないか？」

「無理だよ、そんなの」

「やってみなきゃわからない」

「だって……」

「美嘉。お父さん、おまえに家のことをぜんぶ任せて、ほんとに悪いと思ってる。亮太だって、やっぱり寂しかったり不便だったりしてると思うんだ、毎日」

だから――。

「お父さんの塾に入れよ。美嘉も亮太も。そうすれば、少しでもそばにいられるし、美嘉だってしっかり受験勉強できるだろ」

勉強のことだけではない。

マリアに会わせたかった。あいつなら、美嘉の背負っている寂しさの理由を見抜けるかもしれない。もしもほんとうに学校でいじめられているのなら、私だって父親として闘う。そのためにも――いまはまず、クールな笑顔に隠された美嘉の心の奥底を理解できる友だちが必要なのだ。

「入ってくれると助かるんだ、お父さんも。ほら、生徒の数が少なくて本部から文句ばっかり言われてるから、二人増えると助かるんだ」――これも、本音ではあった。

5

事務室の電話が鳴った。

着信音はヴィヴァルディの『春』――受講生の自宅からの電話はすべてそのメロディーになるようグループ登録してある。

時刻は午後二時。欠席の連絡にしてはちょっと早い。こういう時間帯の電話はたいがい母親からで、用件はたいがい「今月いっぱいでやめさせますから」という退塾の連絡だ。

着信音を鳴らしたまま、机の引き出しを開け、ファイルを取り出した。栄冠ゼミナール本部から「極秘」扱いで配付された『翻意《ほんい》マニュアル』――退塾希望の生徒や親を引き留めるための想定問答集である。

親機の液晶画面で発信者を確かめた。最悪。宮嶋泰斗の家からだった。

模擬試験や小テストの成績をまとめた泰斗のファイルも机上に広げ、準備万端整えて受話器を取った。

「もしもし？　栄冠ゼミナールさんですか？」――いきなり喧嘩腰の声が耳に突き刺さる。

私は応対しながら泰斗のファイルを脇にどけ、『翻意マニュアル』を目の前に置き、さらにその横に『クレーム対応マニュアル』も広げた。

こういうところの段取りばかり慣れてどうするんだ、と少し情けなくなった。

＊

退塾希望にはいくつかのパターンがある。

たとえば、部活動との両立ができない、という理由での退塾希望。

マニュアルには、集中力アップのためには塾の「授業」形式がいちばんなんだと説得すべし、と書いてある。さらに、栄冠ゼミナールが独自に統計をとった退塾後の成績の追跡調査の結果を伝えて、自分の意志だけで勉強をがんばるというのがいかに大変かを説く。むろん、その統計がほんとうに正しいのかどうか——そもそも統計をとっているのかどうかさえ、私にはわからないのだが。

他の塾に移るから、という退塾理由もある。それに対しては、とにかく徹底して「隣の芝生は青く見えるものだ」を繰り返し、「継続は力なり」を強調して、それでも納得しなければ、ライバル塾の悪口を言いつのる。希望ヶ丘地区なら、赤門セミナーと特訓塾——赤門セミナーの講師は九割が学生のアルバイトで、特訓塾は五年前に改訂したテキストをいまだに使っている。

もっとも、栄冠ゼミナールだって、本部校舎や大規模な教室こそ専任講師で固めているが、ウチのような零細教室は学生のアルバイトでまかなっているし、テキストを毎年改訂しているといっても、それはただ表紙を替えているだけのことなのだが。

成績が期待していたほど上がらない、という不満には、いまは階段で言う「踊り場」、竹で言う「節目」の時期なんだと力説する。中学生というのはある時期になるとスポーンと壁を抜けたように一気に伸びるものなんです、お父さん、お母さん、われわれには○○くんの明日の飛躍が見えているんです、もうちょっとです、あせらずに、もうちょっとだけ見守ってあげてもらえませんか、そうしないと、また階段を下がったところからやり直しですよ……。

たとえ舌先三寸であっても、『翻意マニュアル』と『クレーム対応マニュアル』を駆使するしかない。

だが――宮嶋ママが訴えるクレームの種類はマニュアルのどこにも書いていなかった。

「不良が出入りしてるって、ほんとですか？」

宮嶋ママはとがった声でそう訊いてきたのだ。

「ゆうべ、息子をウチで勉強させてたら、どうも様子がヘンなんですよ。あの子ならできないはずのない問題が全然できなくて……どうしたんだろうと思って訊いてみたら、塾で勉強ができなかったんだって、泣きだしそうな顔して言うんですよ。事務室にずっとマリアと不良のショボのカップルがいて、怖かったから質問もできなかった、って」

マリアとショボのこと――。

「すごく怖い顔してにらんでて、カツアゲっていうんですか、殴られてお金をとられそうだったから、必死で逃げてきた、って」

なにを大げさな……とあきれはてたが、向こうは本気だ。

「そんな不良の子がいるんだったら、怖くて通わせられませんよ。なんで塾に不良がいるんですか、おかしいじゃないですか。いつから不良のたまり場になったんですか」

切り口上でまくしたててくる相手は、まずなにより落ち着かせること——とマニュアルにはある。たいがいのクレームや抗議は、「おっしゃるとおりです」を三回繰り返せば、最初の剣幕をやり過ごせるものなのだという。

それはサラリーマン時代の経験からも、なんとなくわかる。しかし、「栄冠ゼミナールって進学塾じゃなかったんですか、だましたんですか？」とまで言われると、さすがに低姿勢を貫くわけにもいかない。

「入塾希望の生徒なんです」

なるべく冷静に言った。すると、逆に宮嶋ママのほうが「ちょっと待ってください」とさらに気色ばんだ。「入れるんですか、そんな不良を」

マリアやショボを見たこともないくせに、不良だと決めつける。

いや、実際に見たとしても、やはり服装や髪形だけで不良だと決めつけるのだ、こういうひとは。

「入塾テストに受かりましたから」

冷静に、しかし、きっぱりと答えた。「今日から来ます」

「なんで入れるんですか」

そんなめちゃくちゃな……とうんざりしたが、宮嶋ママはよけいな知識まで仕入れていた。

「赤門セミナーや特訓塾は、そういうところ、きちんとしてるって言うじゃないですか。ちゃんと面接して、中学生らしくない服装や髪形の生徒は入れないって」

「ええ……」

「栄冠ゼミナールは、お金さえ払えば、どんな生徒さんでもいいっていうんですか？」

「そういうわけじゃありません」

だいいち、マリアは正規の受講生だが、ショボについては学費など最初からとる気はなかった。

「希望ヶ丘中学の生徒さんじゃないんでしょう？　ウチの子も知らないって言ってましたから。どこの中学なんですか？」

ごまかす手立てはないわけではなかったが、私も腹に据えかねていた。

不良――なんと、つまらない言い方なのだろう。

中学生らしくない――「らしさ」の曖昧さや窮屈さが、宮嶋ママにはどうしてわからないのだろう。

マリアがニッポンにうんざりしている理由が、あらためて胸に染みる。

「一人は……湾岸中学の生徒です」

宮嶋ママは絶句した。どうやら、赤門セミナーや特訓塾は最初から湾岸中の生徒を門前払いしていることも、よーくご存じらしい。

私はさらにつづけた。

「もう一人は……希望ヶ丘中学の卒業生です」

「卒業生?」

「ええ。高校に入ったんですが、すぐに中退しちゃった生徒です」

「ちょっと待ってくださいよ、なんでそんな子が入るわけですか?」

「もう一度やり直すって言ってるんです。高校の再受験か、高卒認定の試験を受けるか、どっちにしても、もう一度しっかり勉強したい、って言ってるんです」

半分は嘘だった。ショボはただマリアと一緒にいられるから塾に通うだけだ。それでも、私は決めていた。やり直させてみせる。学校のことも、家族のことも。圭子を喪《うしな》った私には、もう四人家族の日々をやり直すことはできないからこそ――心から、そう思う。宮嶋ママのおかげかもしれない。皮肉抜きで感謝した。宮嶋ママがくだらない差別や偏見に満ちたクレームをつければつけるほど、こっちの決意は固くなるのだ。

「まあ……それは、おたくさまの経営方針にケチをつけるつもりはありませんけどね」

「経営じゃありません。教育方針です」

よし。オレって意外とこういうときにきっぱり言える奴なんだな、とうれしくなった。

宮嶋ママも少しひるんだ様子で「でも、まあ……」とつづけた。

「ウチの泰斗に迷惑をかけないんだったら、ご自由にっていうことですよね。どうせそういう子って『基礎』クラスでしょ？『特進』の泰斗とは接点ないんでしょ？」

やれやれ、と私は苦笑して「残念ですが」と言った。

「二人とも、『特進』クラスに入りました」

宮嶋ママは再び絶句する。

「入塾テストで二人ともほとんど満点でしたから、文句なしに『特進』クラスです」

これも、半分は嘘だった。魚の脳みそになったいまのショボにまともにテストを受けさせたら「基礎」でも危ないぐらいだろう。それでも、私は信じている。受験でしくじったとはいえ、中学入試のためにがんばった経験を持つ男だ。きっと伸びる。伸ばしてやる。せめて、爬虫類レベルには……。

「どういうことですか！」

金切り声が受話器をキンと震わせた。私は思わず受話器を耳から浮かせ、「テストの結果ですから、しかたありません」と言った。おたくの泰斗くんだって、まともにテストを受けたら「発展」止まりですよ——喉元まで出かかった言葉をこらえて、「泰斗くんも同じクラスに競争相手がいたほうが、勉強に張り合いができると思います」と、せめてものフォローをしてやった。

宮嶋ママは憤然としたまま電話を切った。

この調子だと、抗議の電話をかけた程度ではおさまらないかもしれない。一瞬後悔しかけたが、いや、オレは間違ってない、と自分で自分を励ました。壁に貼った〈栄冠は努力の果てにある〉の文字をじっと見つめ、だいじょうぶだ、と大きくうなずいた。ショボはこんなにていねいな字を書ける男なのだ。立ち直れる。やり直せる。生きているかぎり、ひとは何度だってやり直す権利を持っているのだ。

そうだろう、圭子——。

最後にもう一度うなずいて、机の上のファイルを片づけていたら、エレベータが止まる音がした。

午後二時半。小学部の授業は午後四時から六時まで。講師が揃うのは三時半頃だから、まだ早すぎる。

怪訝に思いながら廊下を見ていたら、靴音とは違う音が聞こえてきた。カラン、コロン、カランコロンコロン……鬼太郎か？　ばかな、と苦笑した顔のまま、私ははじかれたように椅子から立ち上がる。

チヨさんだった。

＊

事務室には接客用のソファーもあったが、チヨさんは恐縮しきった様子で「いえ、もう、ここでけっこうです、ここで」と私の机の前にあった折り畳みのパイプ椅子にちょこんと腰かける。

用件はシンプルそのものだった。

ショボに会いたい――。

顔を一目見るだけでもいい――。

「ゆうべ、田島さんからショウちゃんの話を聞かされて……わたし、眠れませんでした。懐かしくて懐かしくて、会いたくて会いたくて……」

一夜明けても、思いはつのるばかりだった。いてもたってもいられずに、ここに来た。

「瑞雲先生はどうでした？」

私が訊くと、寂しそうにうつむいて首を横に振る。

「だめなんです、ゆうべはもうムスーッとしちゃって、声もかけられないほどでした」

「そうですか……」

栄冠ゼミナールを訪ねたのも、瑞雲先生には内緒なのだという。

「ふだんは買い物から帰ってくるのがちょっと遅くなっただけで叱られちゃいますから、こんなの、結婚して以来初めてです」

チヨさんは「でも、たまにはいいですよねえ、もう結婚してから六十年近くたってるんですから」と笑う。笑顔になっても寂しさは隠せない。

亭主関白も、そこまでとは思わなかった。これではほとんどDVではないか。

「まあ、でも、五時までに帰れば晩ごはんにも間に合いますから」

「いや、あの……」

その時間では、肝心のショボに会うことは叶わない。中学部の授業が始まるのは午後六時からで、そもそも「特進」クラスの授業がたまたま今日あるからいいようなものの、明日だったら休みだし、だいいち今日だってショボはほんとうに来るのかどうかわからないのだ。

　せめて前もって電話ぐらいしてほしかった。心の半分で思う。だが、残り半分では、電話をする余裕すらないほど孫に会いたい思いに突き動かされているチヨさんのいじらしさに胸が熱くなる。

「ショウちゃん、そろそろ来るんですか？」

「いえ……それがですね……」

　やむなく時間割を説明した。まだ三時間以上あるので、いったん家に帰ったほうがいいんじゃありませんか、とも言った。

　チヨさんも待ち時間の長さに途方に暮れた顔になりかけた。

　だが――ためらいや迷いを振り切るように、「わたし、ここで待っててていいですか」と言った。「五時を回って外に出かけるほうが難しいんです、ウチは」

「なるほど……」

「わたし、ショウちゃんに会えるまで帰らない覚悟です」

　小柄な体の背筋をぴんと伸ばして、きっぱりと言った。

6

チヨさんは、本人がいないときでも瑞雲先生を「先生」と呼んだ。

「先生は、ほんとうにショウちゃんに期待してたんです」

だからこそ、まだ年端《としは》もいかないショボに書道の基本を徹底的に教え込んだ。

たとえば――。

幼稚園児のショボは、座るときには必ず正座だった。ほかの友だちが椅子にさえ行儀良く座れないなか、ショボだけは膝をきちんと揃え、背筋をぴんと伸ばして――椅子の上でも正座をしていたのだという。

「膝がだらしなく開かないように、両脚を紐で縛るんです。あと、背筋が曲がらないように、背中に和裁用の物差しを挟んで、おでこと物差しも紐で縛ってました」

それだけではない。書道の筆の持ち方は鉛筆やクレヨンとは違う。手首を浮かせて、肘から動かさないと、いい字は書けない。瑞雲先生は、正座をしたショボに「右手を前に出せ」と言うのだ。虚空に浮かせた右手に筆を持たせ、肩の線から下がらないよう、肘や手首が曲がらないよう、厳しいまなざしでじっと見つめる。

「こうです、こんな感じで……」

チヨさんは右手をまっすぐ前に出して、筆を握る手つきをした。「ちょっとでも手が下がると、先生に叱られるんです」と言うそばから、肘が折れ曲がり、腕が下がってしまう。真似てみるまでもなく、そのキツさは私にも想像がつく。しかも、当時のショボはまだ四歳や五歳なのだ。ふつうならじっと座っていることすらろくにできない歳なのだ。

「ショウちゃん、がんばってました。泣きながらがんばってたんです」

チヨさんは右手を下ろし、ため息をついた。私も黙ってため息をつく。おそらく、チヨさんと私のため息は、微妙に重なり合い、また、微妙にずれているのだろう。

「先生は、自分にも他人にも厳しいんです。特に、期待すればするほど厳しくなって……それで、目をかけていたお弟子さんもどんどん去って行って……」

わかるような気がする。

だからこそ――わからない。

もちろん、書の世界が簡単なものではないことぐらい、私だって知っている。だが、芸術院だの文化勲章だののレベルならともかく、ニュータウンの書道教室を細々と営む瑞雲先生が、なにもそこまで芸術家ぶらなくてもいいじゃないか――というのが、正直な感想だった。

口には出さなかったが表情にそれが覗いたのだろう、チヨさんは「先生はすごい方なんです」と口調を強めて言った。「ほんとうなら、書道教室の先生で終わるようなひとじゃなかったんです」

はあ、と軽くうなずいた。尊敬なのか服従なのかは知らないが、とにかくチヨさんは瑞雲先生に三歩も五歩も十歩も下がって付き従うタイプの奥さんだ。瑞雲先生にまつわることは、話半分に聞いておいたほうがよさそうな気がする。

だが、そんな私の胸の内は、再びチヨさんに見抜かれてしまった。

「田島さん」——さっきより、さらに強い口調になった。

「田島さんのご両親は、戦前生まれですか」

「……ええ」

親父は昭和十一年、おふくろは十二年の生まれだ。

「先生は、戦争に行ってるんです」

チヨさんは口調だけでなくまなざしも強め、「戦争さえなければ、本條瑞雲の名前は、もっと世の中に知られて……書壇の歴史も変わっていたはずなんです」と言った。

大げさな言い方だと思わせないほどの、凛《りん》とした静かな迫力が、いまのチヨさんにはあった。

問わず語りで、チヨさんは若き日の瑞雲先生の面影をたどっていった。

＊

天才――と呼ばれた少年だった。

昭和初期の書壇を席巻《せっけん》した大御所・本條早雲《そううん》の内弟子となったのは、十二歳の頃。弟子入りと同時に瑞雲の号を与えられたほどの逸材だった。

その期待に応え、十五歳までには新人賞や奨励賞と名のつくものはあらかた獲《と》っていた。

さらに、師匠の本條早雲が政府や軍部関係者に顔の利く名士だったこともあって、さまざまな仕事も「プロ」として手がけてきた。

時局講演会の看板、戦意昂揚《こうよう》のポスターやチラシ……当時の資料を集めた本を開けば、若き日の瑞雲先生の書いた文字がいくつも見つけられるのだという。

だが、そんな華々しい活躍は、昭和二十年――終戦間際になって、思いもよらぬ形でピリオドが打たれた。

南方戦線に出征した瑞雲先生は激しい戦闘で負傷した。書家の命ともいうべき右腕を複雑骨折してしまったのだ。

終戦後復員した瑞雲先生は、書壇から姿を消した。行方は杳《よう》として知れなかった。

ただ一人、出征前から将来を誓い合っていた早雲先生の末娘を除いては。

「それが、わたしなんです」

チヨさんは静かに言った。

「わたしは、本條瑞雲のすべてを見てきました。書壇に旋風を巻き起こしていた頃の先生も、筆が持てなくなってからの先生も……」

駆け落ち同然に結婚した二人は、戦後の混乱期を世間の片隅で懸命に生き抜いてきた。復員したばかりの頃はまだ右腕を三角巾で吊っていた瑞雲先生も、いまでいうリハビリを懸命につづけた。

まっすぐに伸ばすことすらままならなかった右手で、まず箸を使う練習をした。皿に載せた豆を箸でつまんでは別の皿に移す。最初のうちはつまんでは落とす連続で、五分もしないうちに右手が震えはじめて、十分もすれば箸が指先からぽとりと落ちてしまった。

「いつも先生は悔し涙を流していたんです。いっそ右腕を切り落として、左手一本でやり直したい……そんなことも言ってました」

それでも、瑞雲先生はくじけることなくがんばった。チヨさんも先生の右腕を毎晩マッサージして、励ましつづけた。その甲斐あって、右腕の機能はやがて日常生活には不自由のないところまで回復し、筆も持てるようになった。

だが――。

若き日々に「小野道風《おののとうふう》の再来」と謳《うた》われた流麗な筆さばきは、どうしても取り戻すことができなかった。

「前線の野戦病院で荒っぽい応急処置をしただけですから、折れた骨もまともにはつながらなかったみたいですし、神経も何本か切れたままだったんです」

それに、とチヨさんはつづけた。

「たとえ右手が元通りになっても、先生にはもう書壇に復帰するつもりはなかったんです」

師匠の、そしてチヨさんの父親の本條早雲は、戦後は「戦争協力者」の烙印《らくいん》を捺《お》され、不遇な晩年を過ごした。その影響は直系の愛弟子《まなでし》である瑞雲先生にも及び、戦前・戦中の書壇史から二人の存在はほとんど消し去られてしまったのだが、瑞雲先生にとっては、それは自ら望むところでもあった。

「先生は、戦時中に戦意昂揚のポスターや看板を書いていたことを、ずっと悔やんでました。文字を書いただけとはいっても、自分の文字で気持ちをかきたてられて、戦争をつづけるべし、戦争に勝つまでは耐え抜くべし、名誉の戦死を悲しむべからず、と自分に言い聞かせたひとはたくさんいますから……」

戦後何年たっても、瑞雲先生はしばしば夜中にうなされ、叫び声とともに跳ね起きていた。思いだすのだ、あの頃自分が書いた文字を。

召集令状が来て出征する若者のために、土地の有力者から是非にと請われて、千人針を刺した何枚もの白布に「武運長久」と書いた。それを腹に巻いたまま若者のほとんどは、二度とふるさとに帰ってくることなく、戦地に散った。

大物政治家を弁士に招いた時局講演会は、常に「戦勝報告会」と銘打たれた。壇上に誇らしげに掲げられたその文字も、幾度となく瑞雲先生が書いた。その戦勝報告がまったくのでたらめだったことをひとびとが知るのは、戦争が終わってからのことである。

リハビリをつづけ、なんとか町の書道教室ぐらいは開ける程度に右手が動くようになったのは、昭和三十年代に入ってからだった。

それまでは工場で働いて生計を立てていた瑞雲先生は、チヨさんに夢を打ち明けた。

子どもたちにお習字を教えたい。この国の未来を担う子どもたちに字を書くことの素晴らしさを教えることで、せめてもの罪滅ぼしをしたい。

チヨさんも賛成した。というより、瑞雲先生がそれを言いだすことをずっと待ちわびていた。

だからこそ——。

勤めを辞めてもいいかと申し訳なさそうに言う先生に、黙って、郵便貯金の通帳を差し出したのだ。

爪に火を灯すようにしてこつこつ貯めてきたお金だった。いつか再び瑞雲先生が書の世界に戻ってくることを夢見て、その日のために和裁の内職仕事をつづけてきたのだ。

「わたしは、町の書道教室が劣っているとは思いません。芸術の高みを目指す書があるのなら、裾野を広げる書があってもいいと、田島さん、あなたも思いませんか」

私は黙ってうなずいた。確かにチヨさんの言うとおりだった。

「まあ、裾野を広げるんだったら、もっと愛想良くしないと商売にはならないんですけどね」

チヨさんは苦笑して、話をさらにつづけた。

書道教室の経営は決して楽ではなかった。こういうところが芸術家の証《あかし》なのか、瑞雲先生は子ども相手に教えるときにも硯や墨や筆や紙にこだわった。だが、親の払える月謝には相場というものがある。千円の月謝を受け取って、八百円ぶんの紙や墨を用意する――とても商売としてはやっていけない。

それでも、昭和四十年代の習い事ブームにも後押しされて、少しずつ生活にもゆとりができてきた。一人娘の瑞恵さんも大きくなり、手狭な借家暮らしから持ち家に引っ越すことを考えはじめた頃、希望ヶ丘の分譲が始まったのだ。

「名前が決め手だったんです」

「希望……ですか」

「そう。子どもにもおとなにも、なによりも必要なものは希望なんだから、って」

戦時中は、いつわりの希望を自ら書にしたためてきた。戦地でのケガで、書家としての希望を絶たれた。そんな瑞雲先生だからこそ、「希望」と名づけられた丘の上のニュータウンに心惹《ひ》かれたのだった。

だが、その「希望」は、しだいに時代とずれていってしまう。

「昭和」の頃は、まだよかった。おとなの男のひとはおっかないのが当たり前だった時代、無愛想で短気な瑞雲先生の教え方は、子どもたちにとっても決して特別に厳しすぎるものではなかった。親のほうも、むしろ、その厳しさを歓迎した。

「ちょうど田島さんの奥さんが通ってらした頃が、先生もいちばん楽しかったと思います。生徒さんにお説教しても、それがちゃんと胸に染みてる実感があるって、いつも言ってました」

その実感が薄れたのは、時代が「平成」に入ってからだった。バブルの末期――好景気に浮かれるおとなたちの姿を見てきた子どもたちが通ってくるようになると、教室の空気は微妙に、しかし確実に、変わっていってしまった。

「そうでなくてもワープロが普及して、お習字なんて役に立たない習い事になってしまって、生徒さんの数も減っていたんです。おまけに、ちょっと厳しくすると、すぐに泣いて、すねて、親まで出てくるんです」

「……わかります」

宮嶋泰斗のことが、ふと思い浮かんだ。

「先生のほうも、歳のせいもあるんでしょうか、どんどん怒りっぽくなって、無愛想や頑固にも拍車がかかって……こんなこと言うとアレなんですが、生徒さんのことは、もう見限ってしまったんです」

そのぶん、期待はショボに寄せられた。一度は自ら捨てた芸術家としての未来を、初孫のショボに託した。考えてみれば、ショボは本條瑞雲の孫であり、本條早雲のひ孫なのだ。

「瑞恵のときには、こっちも生活するだけで精一杯だったので、書の手ほどきはなにもしてやれませんでした。でも、ショウちゃんには、自分の持っているすべてを伝えるんだ、あの子にはそれだけの才能があるはずなんだ、って……」

チヨさんは、さっき自分が言った「期待」という言葉を打ち消した。

「期待じゃありません。ショウちゃんに、先生は希望を託していたんです。ショウちゃんは希望だったんです、先生やわたしの」

私は小さくうなずいた。

曖昧なうなずき方になってしまったのが自分でもわかった。

チヨさんの言葉に——そして瑞雲先生の生き方に、心の半分は納得していながら、残り半分、違うんじゃないか、という思いも消せない。だが、それをどう言いあらわせばいいのか、わからない。

しばらく沈黙がつづき、とりあえず間を持たせるために「すみません、お茶も出さないで」と席を立った、そのとき——エレベータが止まる音がした。

姿を見せたのは、加納くんだった。憤然とした顔つきをしていた。

7

「田島さん、勝手な真似をされたら困るんですよ」

事務室に入ってきた加納くんは、椅子から立ち上がるチヨさんを一瞥《いちべつ》しただけで会釈すら返さず、まっすぐに私を見据えて言った。怒気をはらんだ声だった。

「外回りをしてたら、本部から電話がかかってきたんです。それで、もう、電話じゃすまない話なんで、大あわてで来たわけです」

保護者からのクレーム——。

それだけで、なるほどな、と宮嶋ママの顔が浮かんだ。加納くんもくどくどとは説明せず、「どういうことなんですか」と切り口上に私を問いただす。

「入塾希望者を受け入れたっていうだけだ」

「ちょっと待ってくださいよ、なに開き直ってるんですか」

「そうじゃないよ、でも、生徒を増やせって最初に言ってきたのは本部だろう？」

「数を増やせばいいってものじゃないんですよ、問題なのは質です、集めた生徒の質なんですよ」

それは私にだってわかる。

わかったうえで――マリアもショボも、いまの希望ヶ丘教室には必要な「質」だと思っている。

「入ってきたのって、とんでもない不良らしいじゃないですか」

ムッとした。だが、話してもむだだろう、ということもわかる。

二人と話したこともない宮嶋泰斗が勝手に怖がって、宮嶋ママがそれを鵜呑《うの》みにして、栄冠ゼミナールの本部もあっさり受け容れて、電話を受けた加納くんもまた一方的に決めつけて……マリアとショボは、本人たちの知らないところで、とんでもない不良だという烙印を捺されてしまったわけだ。

よくあるパターンじゃん、ここ、ニッポンなんだから――とマリアは冷ややかに笑うだろうか。

チヨさんは立ったまま、不安げに私と加納くんを交互に見る。ショボの名前は出ていなくても、「不良」の一言で見当がついたのだろう。

「湾岸中の生徒なんですってね、一人は」

吐き捨てるように言った加納くんに、「学区内にポスターを貼れって言ったのは、きみだろう？」と言い返してやった。

だが、加納くんはそれを無視して、さらにつづける。

「もう一人は高校中退なんでしょ。いったいなにを考えてるんですか、田島さん」

チヨさんは自分が責められているように肩をすぼめ、うつむいてしまった。

「……高校中退した奴が塾に通っちゃだめなのか？」

皮肉を込めて言ったつもりだったが、加納くんは「ええ」とあっさりうなずいた。

「勝手に挫折したガキに手を出してやるような暇はありませんよ。そうでしょ？　塾っていうのは、挫折しないために、ちゃんと志望校に入れるように勉強をがんばるための場所なんですから」

「やり直そうと思ってるんだ、その生徒は」

「ですから、それはどうぞご自由に、ってことです。ウチ以外の場所でがんばってください、ってことですよ」

加納くんはそう言って、憤然とした足取りで応接コーナーへ向かい、長い脚を投げ出してソファーに座った。チヨさんはいっそう居たたまれなくなった様子で、私が目配せしても椅子に腰かけようともしない。

加納くんは持ってきたノートパソコンを膝の上で開きながら、「クレームがついたからには、放っておくわけにはいかないんです」と言った。

放っておくもなにも、まだ二人は一度も授業を受けていないのだ。二人の存在が他の生徒にどんな影響を与えるのか、誰にもわからないのだ。

だが、加納くんは私の言いたいことを先回りして、「影響が出てからじゃ遅いんですよ」とつづけ、ぞんざいなしぐさで「二人のファイルを見せてください」と、こっちに手を伸ばしてきた。

私は無言でファイルを棚から取り出し、加納くんに渡した。

まずマリアのファイルを開いた加納くんは、微妙に表情を変えた。

「満点ですか、入塾テスト」

「ああ……完璧だった」

「まさかとは思いますけど、カンニングとか不正の恐れは……」

「ない」

私が最初から最後まで立ち会ったことや与えられた時間の半分以上を余して解答したことも伝えると、加納くんは「なるほど……」とつぶやいた。「三年生で、女子か。使えないことはなさそうですね」

嫌な言い方だったが、それが進学塾の論理だ。成績がすべて。教室の進学実績に貢献できるかどうかが、すべて。「そうですか、そうですか」とうなずく加納くんも、その論理に照らし合わせて、マリアについては「合格」としたらしい。

「志望校は未定なんだったら、私立を目一杯受けてもらいましょうか、受験費用はこっち持ち、っていうことで」――勝手に話を進め、「じゃあ、まあ、コレは残す流れでいきますか」と笑う。

ふざけるな、と怒鳴ってやりたかった。ひとをゲームの駒やチップみたいに扱うな、と胸ぐらをつかんでやってもよかった。

だが、いまは耐えた。耐えるしかなかった。

「服装や態度には田島さんのほうで十分気をつけてもらうということで、クレームには対応しておきます」

「……わかった」

「さて、もう一人の高校中退クンのほうはどうでしょうねえ」

ショボのファイルを開く。

予想外のマリアの優秀さにゆるみかけていた頬が、急にこわばった。

「田島さん」――声も、部屋に入ってきたときのとがり方に戻った。

「どういうことですか、これ」

マリアはまがりなりにも正規の手続きを取って入ってきたが、ショボは違う。入塾テストも受けていないし、入塾金やテキスト代も払い込んでいないし、なにより、保護者の承諾を得ていない。

テストの点数は、書き忘れということで押し切った。口座のお金の出入りを確かめれば一目瞭然の入塾金とテキスト代は、「今夜、現金で持ってくることになってるから」――われながら相当苦しい強弁ではあったが、毅然とした態度を崩さずに言った。

しかし、加納くんは「そんなのはどうでもいいんです」と、にべもなく首を横に振り、ファイルを乱暴にテーブルに放り投げた。

「保護者の承諾がまだなんだったら、話は早いでしょ。この生徒、やめさせてください。いったん入れてしまった生徒を追い出すのは面倒ですけど、まだ入塾してないわけですから、定員一杯とかなんとか、いくらでも理由はつけられるじゃないですか」

「……承諾は得てるんだ、ハンコはまだだけど、ちゃんと話は通ってるんだ」

「田島さん、あなたね、サラリーマンを二十年近くやってきたわけでしょ？　署名捺《なつ》印《いん》のない契約書なんて紙くずと同じなんですよ。それくらいわからないんですか？」

「いや、だから……」

「二人のうち一人でも門前払いにしておけば、クレームをつけてきた保護者にも納得してもらえますよ。そうでしょ？」

「ちょっと待ってくれ、そのクレームがおかしいんだ、そもそも」

「クレームには正しいも間違いもありません。『ある』か『ない』かだけなんです。で、クレームがあったわけです。あったからには、知らん顔はできないんです」

「なにもしてない生徒をやめさせるわけにはいかないだろ」

「で、す、か、らぁ、まだ生徒じゃないんですよ、彼は。保護者のハンコでもあれば別ですけどね、ないんですもん。ウチとは無関係の、ただのヤンキーってことですよ」

ねっ、わかるでしょ、と加納くんが私を見て冷ややかに笑った——そのときだった。

いままで黙り込んでいたチヨさんが初めて、「あの……」と加納くんに声をかけた。

「その保護者ですけど……祖父母でもいいんでしょうか……」

「はあ？」

「わたくし、さっきからお話に出てます伊藤翔太の祖母でございます」

チヨさんはぺこりと頭を下げる。

さすがに加納くんもぎょっとして、投げ出していた脚を引っ込め、決まり悪そうに居住まいを正した。

だが、チヨさんは文句や皮肉をぶつけるために声をかけたわけではなかった。「ウチの翔太がご迷惑をかけてるみたいで、どうも、ほんとうに申し訳ございません」と素直に謝り、素直に頭を下げる。

加納くんも再び強気で傲慢《ごうまん》な態度に戻って、「おばあちゃんもわかったでしょ」と言う。「あのね、ウチの塾はね、レベル高いの。だから、お孫さんには、もっとふさわしいっていうか、どこかにあるよ、うん、そこ探してよ」

おい、いいかげんにしろ——と思わず気色ばんで言いかける私より早く、チヨさんは恐縮したまま、もう一度頭を下げた。

「入れてやってください」

「はあ?」

「ウチの孫、ここの塾に入れてやってください」

「おばあちゃん、さっきからなに聞いてたの。迷惑してるの、クレームがついてるの、耳遠いのぉ?」

「入れてやってください。お願いします」

「だからぁ……」

「保護者のサインがあれば入れてもらえるんですよね?　そうですよね、さっきそうおっしゃいましたよね」

「じゃなくてぇ……」

「わたくし、サインいたします」

チヨさんはテーブルのファイルを手に取った。

加納くんはあわてて体を起こし、「だめだめだめっ、だめだよ、おばあちゃん！」とチヨさんからファイルを取り戻そうとした。

だが、チヨさんはこれがショボの命綱だとでも言うように、ファイルを両手で胸に抱きかかえてしまった。

「ショウちゃんは、ほんとうは素直で、まじめで、いい子なんです……田島さんに出会って、もう一度やり直すって言ってるんです……お願いします、入れてやってください、お願いします……」

加納くんは「勘弁してよ、おばあちゃん」とうんざりした顔と声で言って、私に目をやった。「ちょっと、田島さんからもなにか言ってやってくださいよ」

ああ、と私は黙ってうなずいて、加納くんをにらみつけた。

「そんな口のきき方はやめろ」

「……え？」

「俺は教室長として、ショボの……伊藤くんの入塾を認める」

もう譲らない。揺るがない。

加納くんはふてくされた顔で私をにらみ返し、「無理ですよ」と言う。

「なんでだ」

「このおばあちゃん、収入あるんですか？　なにか仕事やってるんだったらアレですけど、無職でしょ、隠居でしょ、じゃあだめです。保護者っていうのは月謝を払う責任も負うんですから」

チヨさんはすかさず「わたくし、ちゃんと払います」と割って入ったが、加納くんは「年金暮らしでしょ、申し訳ないんですけどね、ちゃんと働いて定期収入のあるひとじゃないと保護者になれないんですよ、ウチの規定では」と、ことさらゆっくりとした口調で封じ込めた。

そして、また私に向き直って、「ねえ、田島さん」と、これもまた噛んで含めるような言い方でつづけた。

「なんで両親じゃないんですか。ワケありなんですか？　そういうところなんですよ、こっちが警戒してるのは。田島さんだって、たとえばね、娘さんのカレシが両親とうまくいってないんだったら、やっぱり問題ありだと思うでしょ？　思わないですか？　あのね、こういうのは自分の身に置き換えて考えないと、結局ぜんぶきれいごとになっちゃうんですよ。わかります？」

言葉に詰まった。

加納くんは「まあ、来る者は拒まずというのも大事ですけどね、悪貨は良貨を駆逐するっていうのも、また事実ですから」と言ってソファーから立ち上がり、チヨさんに手を差し出した。

「はい、おばあちゃん、そういうことなんでファイルを返してもらえますか」

だが――。

チヨさんはファイルを両手で抱きかかえたまま、加納くんに背中を向ける。ダメです、嫌です、絶対に返しません、と肩をすぼめ、背中を丸めて、首を横に振りながらファイルをギュッと抱きしめる。

その姿を見ていると、胸が熱くなった。ショボ、おまえはだいじょうぶだ、と言ってやりたい。おまえはまだ立ち直れる、おまえのことを大事にしてくれるひとがいるかぎり、おまえはだいじょうぶだ……。

電話が鳴った。

受話器を取ったとたん、「田島くんか」と訊かれた。ドスの利いた声だ。しかし、微妙に、遠慮がちの声でもあった。

「あのな、つかぬことを訊くんだが、その、あの、ウチのばあさんがだな、そっちに行ってないかと思ってだな、まあ、なんというか……」

瑞雲先生だった。

8

来てください——と、私は言った。

いますぐです、いますぐここに来てください、とつづけた。

「そこにいるのか、ばあさん」

瑞雲先生は困惑しながら言って、「いるんだったらいい、早く帰って夕飯の支度をしろと伝えておいてくれ」と電話を切ろうとした。

「待ってください」

「……早く帰れと伝えてくれればいいんだ」

「瑞雲先生、なんでここに電話してきたんですか」

「うん？」

「チヨさんがここに来てるかもしれないって、どうして思ったんですか」

瑞雲先生と自分の名前が出て、チヨさんは驚いた顔で私を振り向いた。だが、ファイルはしっかりと胸に抱きかかえたまま——さらにギュッと両手に力がこもった。

「ショボくんのこと……瑞雲先生も気になってるんじゃないんですか。だから、チヨさんが留守にしてたら、ここに来てるんじゃないか、って思ったんじゃないんですか」

「ばあさんはああいう甘っちょろい性格だから、どうせそうだろうと思っただけだ」

「瑞雲先生はどうなんですか」

「いや、わしは……」

言いかけるのをさえぎって、「来てください」と繰り返した。「チヨさんを迎えに来るんじゃなくて、ショボくんを助けてやってください」

「……なんだ？」

「瑞雲先生が必要なんです。先生が来てくれないと、ショボくん、また居場所をなくしちゃうんです」

せっかく見つけた居場所なのだ。

マリア目当ての不純な動機ではあっても、家族の期待に押しつぶされ、逃げつづけてきたショボが、やっと、希望ヶ丘に自分の居場所を見つけたのだ。

「すぐに来てください。ショボくんの入塾申込書に、保護者としてハンコを捺してやってください」

「そんなもの、ばあさんに勝手にやらせればいいんだ」

「先生じゃないとだめなんです」

「じゃあ、娘に言えばいいだろう。わしはあいつの親でもなんでもないんだ」

わかっている。ふつうなら、両親に頼むのがスジだ。チヨさんと二人で瑞恵さんに頼み込めば、月謝はともかく承諾のハンコぐらいは捺してもらえるだろう――それすら拒むのなら、私だって黙っているわけにはいかない。

だが、受話器を握りしめて、私は言った。

「先生に捺してほしいんです」

瑞雲先生は「なんのためにだ」と怒気をはらんだ声で応えた。「ゆうべの話、聞いてなかったのか。わしは、もう、あいつのためになにかをするのはごめんだ」

「ショボくんのためじゃありません」

「じゃあ……ばあさんに言っといてくれ。あいつにかかわりあうと、結局こっちがバカを見るだけだ、放っておくのがいちばんなんだ、って」

「チヨさんのためでもありません」

先生のために――。

瑞雲先生、あなたに、来てほしいんです――。

理屈は通っていない。

しかし、思いはまっすぐに貫いたつもりだった。

「お願いします、来てください。待ってます、信じてますから……来てください

「……」

瑞雲先生は黙って電話を切った。

受話器を置いた私に、チヨさんは深々と頭を下げてくれた。

一方、加納くんは、ソファーにふんぞりかえったまま、ふてくされた声で「いいかげんにしてくださいよ」と言う。

「ハンコを捺せと言ったのは、きみだぞ」

「……じいさんなんでしょ？　収入あるんですか？」

「書道教室の先生だ。生徒もちゃんといる」

亮太一人だが——もちろん、それは言わない。

加納くんは「お習字の先生ねえ」と冷ややかに笑う。「ま、いいですけど……それで、ほんとにいまから来るんですか？」

「ああ、来る」

信じている。確かにショボは瑞雲先生の期待を裏切った。両親の期待も裏切った。これからも、あいつが瑞雲先生や両親の期待に応えられるような人生を歩むとは、正直言って、思えない。

それでも、おとなが子どもに寄せる思いは決して「期待」だけではないんだと——信じたいのだ。

「で、そのじいちゃん、いますぐ来るって言ってるんですね？」

「ああ……」

「じゃあ十分だけ待ちますよ。で、それがタイムリミットです」

加納くんはそう言って、ノートパソコンのスリープを解除した。「失礼ですが、こっちもいろいろ忙しいんで、あてにせずに十分間だけ仕事しながら待たせてもらいます」とキーボードを叩きはじめた。

徒歩十分。少しキツいかもしれない。電話を切ってすぐに出かけてくれたとしても、ぎりぎりだ。

もうちょっとタイムリミットを延ばしてくれ、と加納くんの背中に声をかけようとしたが、下腹に力をグッと入れて思いとどまった。

待つしかない。よけいな条件をつけたりせず、とにかくただ、信じるしかない。

心配顔のチヨさんを振り向き、だいじょうぶですよ、と笑ってファイルを受け取った。

「加納さん」

「はい？」

「ちょっと、チヨさんを連れて教室を回ってくる」

「だめですよ、そんなの、部外者に見学なんてさせちゃ」

「入塾希望者の保護者は随時見学歓迎、とあるはずだぞ」

ぴしゃりと言ってやった。

だが、加納くんもひるまず「ですから、このばあちゃんには保護者の資格はないって言ってるでしょ」とパソコンを操作しながら返す。

「ハンコを捺すのはできなくても保護者だ」

「なに言ってるんですか」

「その子のことをいちばん大事にしてるおとなが、保護者なんだ」

伝わったかどうかはわからない。クールで傲慢な加納くんを納得させることは、そう簡単ではないだろう。だが、黙らせることはできた。いまはそれだけでよしとするしかない。

チヨさんをうながして廊下に出た。

恐縮しきった様子で「すみません、ほんとうにすみません……」と頭を下げるチヨさんの肩をそっと抱いて、歩きだす。

田舎のおふくろに似てるんです、あなたは——。

そう教えてあげたら、チヨさんは恐縮を通り越して泣きだしてしまいそうな気がする。

瑞雲先生も、ウチの親父にちょっと似てるんですよ——。

私とショボは、もちろん、なにひとつ似ていない。そこは、なんというか、私のプライドとして、はっきりと線を引いておきたい。

だが、「期待」を裏切ってしまったことについては、私たちは同じだ。

東京から遠く離れた田舎町に暮らす両親は、長男の私が地元の国立大学に進学することを期待していた。東京の私大に進学したあとも、せめて就職は地元に帰ってくるものだと期待していた。東京でサラリーマンになっても、結婚の話ぐらいは一から相談してもらえるものだと期待していた。だが、私は圭子と入籍をすませてから両親に報告した。子どもの名前も、両親が付けたがっているのはわかっていたが、圭子と二人で決めた。そのあげく、圭子が亡くなって、私は子ども二人を抱えたシングルファーザーとなって、会社も辞めて、ローンを組んで希望ヶ丘にマイホームを買って……両親が地元で再婚相手を探しているのを知っているから、正月には帰省しなかったし、最近は電話もかけていない。

両親の「期待」は、ことごとく裏切ってしまった。親不孝をしているのは認める。七十代にさしかかってすっかり老け込んでしまった両親に、申し訳ないな、とも思う。

それでも、ひとが生きるというのは、誰かから寄せられる「期待」を裏切りつづけることなのかもしれない。憎くて裏切るのではない。「期待」がうっとうしいというのとも違う。できるならすべての「期待」に応えたい。きれいごとではなく、本音だ。だが、人生には、それができないときだってある。悔しいけれど、そっちのほうが多い。

だから――。

いや、しかし――。

そこから先は、うまく言えない。

言葉の代わりに、私は教室のドアを細めに開けて、小学生の授業の様子をチヨさんと一緒に覗いた。

先生の質問に「はいはいはーい！」と元気に手を挙げる子どもたちの姿に、チヨさんも頬をゆるめて、「かわいいものですねえ」と言う。「ショウちゃんも昔は、あんな感じだったんですよ」

「わかります」

「元気で、ワンパクで……そんな子に無理やり書道をさせちゃったのがよくなかったんでしょうかね」

私はかぶりを振った。

「もしも、ショボくんが居場所をなくしたとしたら、書道をやめちゃったあとのことだと思います」

要するに、瑞雲先生の「期待」が裏切られてしまったあと——。

そして、中学受験をさせた両親の「期待」が裏切られてしまったあと——。

授業をしばらく見学してから、教室のドアをそっと閉めた。

「僕の亡くなった妻は、中学の教師だったんです」

「ええ……圭子さんですよね」

「彼女が言ってました。入学したばかりの保護者会は、親がみんな自分の子どもに『期待』してるんです。目が輝いて、張り切ってるんです」

ところが、二年生、三年生と学年が上がるにつれて、それが変わってくる。

「中学っていうのは、差がつくときなんです。親の『期待』に応えてる子もいるし、すでに応えられなくなってしまった子もいる……」

保護者会や個人面談に臨む親の様子も、それに従って変わる。わが子が首尾良く「期待」に応えている親は、もっと大きな「期待」をかけてくる。一方、すでに「期待」が裏切られてしまった親は、あきらめた顔でわが子の生活や進路について語るのだ。

「でも、それ、どっちもおかしいんじゃないかって妻は言ってました。親の『期待』に応えることが、子どもの人生なんじゃない。それがどうしてわからないんだろう、って」

事務室に戻りながら、つづけた。

「ショボくんには、もう『期待』しないでいいと思います」

「でも……」

「そのかわり、ここにいていいんだ、ここはおまえの居場所なんだ、って言ってやってください」

チヨさんなら、できる。

いや、最初から——チヨさんは、そうしていたはずなのだ。

問題は瑞雲先生だ。先生が、もう一度ショボに「期待」をかけようとすれば、誓ってもいい、結局また同じことになってしまう。

そうではない。それをしては、いけない。「期待」が裏切られたあとに、迎えてやれるもの——それがなにか、圭子なら、きっと言葉にして教えられるはずなのに。

*

エレベータのドアが開く音が聞こえたのは、タイムリミットの十分ぎりぎり、だった。加納くんはすでにノートパソコンをバッグにしまって、いまにも席を立ちそうな気配で、無言のカウントダウンをしていた。

瑞雲先生は険しい顔で事務室に入ってきて、「なんなんだ、きみは。いきなりひとを呼びつけて、非常識だとは思わんのか」と、まず私を一喝した。

だが、私が謝るより早く、手に持った巾着袋からハンコを取り出して「どこに捺すんだ、なににハンコ捺すんだ」と言う。「さっさと捺して、さっさと帰るぞ、わしは忙しいんだからな」

照れ屋なのだ。照れたときには怒りだすしかないひとなのだ。

だから――信じていい。このひとの胸に、ショボに寄せる「期待」が消えたあとに残るものを、信じよう、と決めた。

「ちょっとちょっと、おじいちゃん」

加納くんがぞんざいに声をかける。

「あのね、おたくのお孫さん、ウチの塾に入りたいって言ってるんですよ、でね、おばあちゃんじゃ話にならないんで、おじいちゃんにハンコ捺してもらわないとね……」

言葉は途中で止まる。ひくっ、と息を呑んだ音が聞こえた。

加納くんをにらみつけた瑞雲先生のまなざしは、芸術家の激しさに加えて、孫を守る祖父の強さがあった。

「きさま、年上の人間に対する口のきき方も知らんのか！」

カミナリが炸裂すると、加納くんの細い体は、たちまちにしてマッチ棒のように直立した。

瑞雲先生は申込書にハンコを捺すと、椅子に座りもせずに「ばあさん、帰るぞ」と出口へ向かった。あと一時間もすればショボが来るはずなのだが……誘って待つようなひとなら最初から苦労はしない。

事務室を出る間際、先生は壁に貼られたショボの字を見て、うむ、と小さくうなずいた。

それだけで——よかった。

第六章　帰ってきたエーちゃん

1

月替わりのカレンダーをめくると、六月の写真はアジサイだった。

第三日曜日――父の日のメモ欄に〈美嘉・授業参観〉と書き込んでいたら、本人から「来なくていいってば」と言われた。

「だいじょうぶだよ、隅っこのほうからちらっと見るだけだから」

振り向いて笑うと、美嘉は口をとがらせて「お父さんに見られるのって塾だけで十分だよ」と言う。

「塾と学校は違うだろ」

「同じだってば」

「まあ、そう言うなって。授業の進め方とか、お父さんも参考にしたいんだから」

授業参観日を父の日に合わせたということは、学校としても、やはり父親が来ることを見込んでいるのだろう。

だが――。

「見られたくないっていうだけじゃなくて、なんか、父の日に合わせるっていうのが嫌なの」

美嘉は顔をしかめて、「亮太のときだって、わたし、すごく嫌だった」と付け加えた。

リビングでテレビを観ている亮太には、ダイニングで話す私たちの声は届いていない様子だったが、なるほどな、と私は黙ってうなずいた。

先月の母の日は、亮太の授業参観日だった。街にそれぞれ一つしかない小学校と中学校ならではの連携というのか、フーセンさんによると、毎年母の日は希望ヶ丘小学校の授業参観日で、父の日は希望ヶ丘中学校の授業参観日になっているのだという。それはそれでいい。小学校では母親を呼び、中学校では父親を呼ぶという分け方も、悪くないと思う。

だが、美嘉に言われて、半月ほど前の苦い記憶がよみがえった。

小学校では、母の日に合わせて、さまざまな準備をしていた。国語の授業で『お母さんへの感謝状』という作文を書き、図工の授業では『お母さんの絵』を描いて、五年生の家庭科の授業では『お母さんの一週間』というちょっとしたレポートが宿題になっていた。

亮太も作文を書き、絵を描いた。作文の題名は『天国のお母さんへの感謝状』で、絵の題名は『元気だった頃のお母さんの絵』――どちらも先生が「そうしなさい」と言ったらしい。だが、家庭科の宿題は出せなかった。絵や作文と一緒に掲示板に貼られたレポートは、亮太のぶんだけ『お父さんの一週間』になっていたのだ。

亮太自身は、さほど気にしてはいなかった。むしろ、お母さんのことを心おきなく思いだせるチャンスを与えてもらってうれしかったのか、作文も絵も張り切って取り組んでいた。古いアルバムから圭子の写真を抜き取って画用紙に向かい、いつもは途中で飽きてしまう色付けも最後までがんばった。作文のほうも、原稿用紙二枚でいいところを三枚も書いて「お母さんのこと、けっこう覚えてたよ、ぼく」と笑っていた。

それでも、寂しさがまるでないと言えば嘘になるだろう。心の奥深くのどこかに――いまは気づいていなくても、小さな傷が刻まれてしまったかもしれない、とも思う。

少なくとも、私はそうだった。

五年一組の教室に入って授業を参観しながら、ずっと居心地の悪さを感じていた。

「はい、じゃあ、お母さんが見ているんだからがんばろうね」「お母さんの前でも緊張しないでね」「ふだんどおりの自分をお母さんに見てもらいましょう」……。

担任の先生の一言一言が、悪気などないのはわかっていても、いちいち耳にひっかかる。

授業を参観しているのは母親だけではなく、夫婦で来ているひとたちも多かった。だが、父親しかいないのはわが家だけ――。

授業が終わったあと、クラスの友だちはお母さんのもとに駆け寄って、一緒に帰宅した。亮太もすぐに私を見つけて、笑って駆け寄って、「お父さん、帰ろっ」と元気に言った。だが、私は知っている。おとなにはわかってしまう。お母さんと一緒に帰る友だちに、亮太は決して目を向けようとしない。なにごともないような顔をして、今日が母の日だというのも忘れてしまったようなふりをして、テレビや野球やサッカーの話を休むことなくつづけて……そして、振り替え休日の月曜日は朝から熱を出して寝込んでしまったのだ。

「無神経だと思う、父の日とか母の日とかって」

美嘉はまた口をとがらせ、「だから大嫌い」と言った。

「……クラスにお父さんのいない子、何人いるんだ?」

「人数の問題じゃないの」

それは――確かに、そうだ。

「両親がそろってるのがあたりまえとか、ふつうとか、そんなふうに考えるのが嫌なの、とにかく」

それも——よくわかる。

「希望ヶ丘って、ほんと、そういう街なの。『あたりまえ』とか『ふつう』からはずれちゃったひとのこと、なーんにも考えてないの。マリアさんやショボさんが希望ヶ丘を嫌ってるのって、わたし、よくわかる」

美嘉は一息に言って席を立ち、「だから、授業参観には来なくていいからね」と念を押して、二階の自分の部屋に上がってしまった。

私はダイニングテーブルについたまま、ため息を呑み込んで、カレンダーのメモ書きを見つめる。

美嘉が栄冠ゼミナールに通うようになって一カ月が過ぎた。

あくまでも「生徒の数を増やさないとお父さんも困るんだよ」という口実で入塾させた。美嘉がその気にならなかったら籍だけ置いてくれればいいんだから、とも言っておいた。

だが、マリアとショボのいる「特進」クラスが意外と合っていたのか、美嘉は一日も休まずに通っている。

うれしい誤算ではある。

もっとも、マリアに言わせると、それは「やっと居心地のいい場所を見つけたって感じなんじゃないの？」となるから——さびしい誤算、でもあるのだろう。

一歳年上のマリアに、美嘉はすっかりなついている。ショボに対しても「見た目ほどワルくないいんだね」と心を許している様子だ。

そのぶん、どうも最近、マリアの影響を受けているのか、希望ヶ丘を悪く言うことが増えてきた。「あたりまえ」や「ふつう」という言葉に拒絶反応を示すようにもなった。

「まあ、しょうがないいんじゃないのかなあ。美嘉ちゃんにしてみると、『あたりまえ』や『ふつう』ってのを受け容れちゃうと、自分を否定するようなことになっちゃうんだし」

マリアは、まるで姉が妹を見るようなまなざしで美嘉に接している。

学校での美嘉の様子も、マリアにはなんとなく見当がついているようだった。

「学校の友だちの話、全然しないんだもん。やっぱり、いじめっていうか……シカトぐらいはされてるのかもしれないね、みんなに」

どうすればいい——と私が訊《き》くと、マリアは「いまは放っておいたほうがいいんじゃない？」と言う。

「田島さんが、自分の目でしっかり見て、このままじゃヤバいって自分自身で思ってから動かないと、結局だめだと思うよ」

なるほど。

「あのね、いじめが揉めちゃうのって、たいがい、親や先生が中途半端な段階で介入しちゃうからなの。疑心暗鬼っていうか、『いじめに遭《あ》ってるかもしれない』っていうレベルで動くと、結局、言葉にも行動にも説得力がなくなっちゃうわけ。だって、心の底では『思い過ごしであってほしい』と思ってるわけだから、そんなのじゃ弱いでしょ、どう考えたって」

まったくもって、そのとおり。

中学生の人間関係については、私よりマリアのほうがずっとよくわかっている。マリアを頼りにしているのは、美嘉だけではないのだ。

だから——。

たとえ美嘉が嫌がっても、やはり父の日の授業参観を休むわけにはいかない。

いまどきの中学生が授業参観日にふだんどおりの姿を見せてくれると思うほどおめでたくはないつもりだが、それでも、この目で見るしかない。感じるしかない。

「ウチのお父さんが小学校に乗り込んだときもそうだよ。わたし、なんにも言わなかったんだけど、お父さんには確信があったの」

マリアがいじめられている——。

自分の娘が、まわりからのけ者にされている——。

「みんなと違う」という、ただそれだけの理由で——。

「許せないって怒りまくって学校に乗り込んだわけ。もう、迷いなし」

「でも……なんで、いじめに遭ってるってわかったんだ？　お父さん、学校に行って様子を見たのか？」

「ココロの目でわかる、って」

「はあ？」

「気合を入れて娘と付き合ってれば、なにも言わなくてもわかるんだ、って言ってたよ。お父さんって、そういうところには、もう、絶対的な自信があるひとだから」

「……万が一、違ってたら」

「そんなこと考えない」

「いや、でも……」

「勘違いだろうがなんだろうが、やるときはやるひとなの、ウチのお父さんは」

いかにも希望ヶ丘のエーちゃんらしい話だった。

理屈で考えれば、めちゃくちゃな話である。しかし、理屈を超えたところに、父親としての覚悟が、確かにある。それがうらやましい。そして、どうしてもエーちゃんにはかなわない、という負い目も感じる。

「まあ、思い込みだけでそこまで突っ走るのもどうかと思うけどね」

マリアはクスッと笑って肩をすくめ、「でも、うれしかったことはうれしかったよ、子どもとして」とつづけた。

「うん……わかるよ」

「美嘉ちゃんがそういうのを喜ぶタイプかどうかは知らないけどね」

そこなのだ、問題は。

空回りや暴走のリスクを背負って思い込みだけで突っ走る父親の姿を、喜ぶのか、嫌がるのか……答えの見当がつくだけに、どうしても慎重になってしまう。

「とにかく、自分の目で見てみるしかないじゃない？」

「どういうところがポイントになるんだ？」

藁《わら》にもすがる思いで訊くと、マリアはあきれ顔で「見てわかるようなポイントがあれば苦労しないって」と笑った。

ここをチェックすればいい、というものはない。

けれど、自分の目で見ることから始めるしかない。

「ウチのお父さんの言うこと、たまにするどいの。ココロの目なんだよ、親や先生にいちばん大切なのは」

ほんとうに、どっちがおとななのかわからないようなことを言うのだ、マリアという子は。

＊

父の日の前日――六月十六日。

朝からの雨が降りつづく午後六時、宮嶋泰斗がエレベータから出てきて、濡れた傘を事務室の前の傘立てに入れた。

あたりまえの光景でも、宮嶋泰斗の場合は、それがあたりまえにはならない。いつもは塾まで親の車で送り迎えしてもらっている。どんなにどしゃ降りの雨の日でも、傘もレインコートもなしに姿を見せるのが泰斗なのだ。

「おう、宮嶋くん、こんにちは」

事務室から声をかけると、ひょこっ、と頭を下げる。挨拶がはっきりしないのはいつものことだが、どうも、ふだんとは様子が違う。そうでなくても元気のない子だが、今日は特に――なんだか、私の視線を避けているようにも見えるのだ。

怪訝に思いながら「今日は車の送迎なしか？」と笑って訊くと、泰斗はうつむいたままなにも答えず、教室に向かった。

どうしたんだろうと首をひねっていたら、まるで泰斗を追いかけるように電話が鳴った。

宮嶋パパからだった。

「あのー、すみません、泰斗、もしかしたら今日……塾を欠席させてもらうかもしれないんで……」

外からケータイを使っているのだろう、宮嶋パパの声の背後に車の行き交う音が聞こえる。

「いえ、たったいま来ましたよ」

私が言うと、宮嶋パパは一瞬驚いたように「え？」と返し、すぐに「あ、じゃあいいんです、すみません、お仕事の邪魔しちゃって」と電話を切ってしまった。

おかしい。なにか、ヘンだ。

ためらいながらも、着信メモリーに残った番号にコールバックして、とりあえず「なにか伝言があればお伝えしますが」と言ってみた。

「いえ、それは……」

いったんそう答えた宮嶋パパは、「あ、でも……」とひるがえし、「あ、いや、でも、いいです、すみません」と打ち消して、それでも「ああ、でも……やっぱり……」と言う。

私はあえてそれ以上はなにも言わず、電話も切らずに、宮嶋パパの言葉を待った。

「あの……田島さん……いま、お忙しいですよね……」

やはり――なにか、ある。

「そんなことないですよ、授業が始まれば、あとは講師の先生が主役ですから」

私の言葉に安堵したようなため息をついた宮嶋パパは、「ちょっと、ご相談したいことがあるんですが」と言った。

2

中学校のそばのファミリーレストランで会おう、と思っていた。そこならすぐに行って帰れるので、仕事への差し障《さわ》りはほとんどない。

だが、宮嶋パパは「遅い時間でもいいですか？」と言う。「田島さんの塾の仕事が終わってからのほうが、私としてはむしろありがたいんですが……」

駅のほうに来てもらいたい、と言った。名前こそ同じでも、実際の街からは車で十分ほどかかる希望ヶ丘駅――その南口で待っているから、と言うのだ。

「南口だと……希望ヶ丘とは反対側ですよね」

「ええ、そうです」

「そっちのほうがいいんですか？」

「いい店があるんですよ。行きつけといいますか、ときどき会社帰りに寄るんですけど、そこでお話しさせてもらえるとありがたいんですが」

「居酒屋かなにかですか？」

「ええ、まあ……」

酒の助けを借りなければ話しづらい相談事——ということなのだろう。

ファミリーレストランで会ったときにも宮嶋パパは昼間からワインを飲んでいたのだが、今夜は、希望ヶ丘の「地元」では飲みたくない——ということなのだろうか。

宮嶋パパは店の名前と南口からの道順を簡単に伝え、「ほんとうにすみません、すみません」と何度も詫びながら電話を切った。

しおさい小路の『おかめ』という店だった。

駅の南口を歩いたことはほとんどない。たまたまその機会がなかったというより、足を踏み入れるのをためらっていた。

湾岸地区と希望ヶ丘を隔てる格好の駅は、その土地柄の落差を露骨なまでに示している。区画整理された北口にはバスターミナルを中心に整然とした街並みが広がっているが、南口のほうは駅舎の前に広場すらなく、いきなり路地が何本も延びている。それも、場末の歌舞伎町といった風情の、雑然かつ猥雑とした路地ばかりだ。小さな飲み屋、あやしげな風俗店、パチンコ、サラ金、おとなのオモチャ、個室ビデオ……とてもではないが親子連れで歩けるような一角ではない。

しおさい小路も、そんな路地の一つなのだろう。そういえば、路地の入り口にかかったアーチを見かけたことがある。ネオンが壊れてチカチカと瞬《また》いていたが、確かに「しおさい小路」と書いてあったような気がする。

まじめで気弱な宮嶋パパがそういうところに出入りしているとは思わなかったが、逆に、宮嶋パパのようなひとだからこそ、ふらふらと引き寄せられてしまうのだろうか。

いずれにしても——。

ちょっと厄介な相談事なんだろうな、と覚悟を決めた。

＊

授業の合間に、「特進」クラスを担当する講師に教室の様子を訊いてみた。

一時間目の英語、二時間目の数学、三時間目の国語——いずれも、ふだんと変わりはなかった。

「マリアさんの英語、教えるのがキツいんですよ。なにしろネイティブみたいなものですから、発音なんて完璧《かんぺき》ですもん」

英語の中村先生は苦笑交じりに言った。

「教室長の娘さん、かなり理数系ができそうですね。今日も幾何《きか》の問題で、いい解き方してましたよ」

　数学の東山先生は、半分お世辞交じりではあっても、親として頬がゆるんでしまうことを言ってくれた。

「ショボくんねえ、出来は思いっきり悪いんですけど、なにしろノリのいい子ですから、冗談にもうまくリアクションしてくれるんで、授業はやりやすいですよ」

　国語の近藤先生はそう言って、「ほんとにあいつ、しょうがないなあ」と思いだし笑いを浮かべる。

　宮嶋泰斗一人きりだった頃に比べて、講師の面々も少しずつやり甲斐を感じてくれているようだった。

　だが、肝心の泰斗は――。

「宮嶋ですか？　どうなんでしょうねえ、黙って座ってますけど、どこまで授業が理解できてるのか、全然わかんないんですよ」

　中村先生と同じようなことを、東山先生も言った。

「宮嶋くんはねえ、やる気があるのかないのか……あてても『考え中です』しか言いませんから、ほんと、手ごたえがないんですよ」

　近藤先生の泰斗評は、もっと辛辣《しんらつ》なものだった。

「宮嶋？　だめですよ、あいつは。なんのために塾に通ってるのか、自分でもよくわかってないんじゃないですかねえ。とりあえず休まずに通って、まじめに座ってればいいだろうって発想なんですよ。それじゃあ意味ないでしょ？　質問もしないし、あてられても『考え中です』しか言わないし……自分の考えた答えを言って、間違っちゃうのが怖いんです。間違えたりわからないことがあったりしたら叱られるんじゃないかって、ずっと心配してるんですよ。要するに、親や先生に叱られないことが最優先で、そっちのほうに気を取られちゃってるんです。本末転倒なんですよ、まったく」

そして、三人の講師は期せずして声を揃えるのだ。

「やっぱり彼には『特進』クラスは無理なんじゃないですかねえ……」

＊

帰り際の美嘉を事務室から呼び止めて「悪いけど、帰り、遅くなるから」と言った。「お父さんのぶんの晩ごはんはいらないからな」

「どうしたの？」

「うん……ちょっとな」

「明日の朝ごはんはいつもと同じ時間でいいんだよね？」

「ああ、亮太にも早く寝るように言っといてくれ」

「洗濯は？」

「それはいいよ、明日、お父さんがやるから」

「じゃあ、古新聞まとめとくね。明日の朝、回収だから」

親バカを承知で言わせてもらえば、ほんとうにいい子なのだ、美嘉は。

中学三年生で、一家の主婦の役目をきちんと務めている。「難しい年頃」のまっただなかにいるはずなのに、親に反抗したり遊びに夢中になったりということはいっさいない。感心……というより、感謝している、心から。

だからこそ、そんな美嘉が、万が一学校でいじめに遭っているのだとしたら——。親としてなにがあっても黙っているわけにはいかないぞ、とあらためて覚悟を決めた。

美嘉の後ろを泰斗が通り過ぎる。私の視線に気づくと黙って会釈をして、とぼとぼとした足取りでエレベータへ向かう。

「宮嶋くん」

声をかけると、一瞬びくっと肩をすくめて、「……はい？」と振り返る。顔に微妙なおびえた様子が覗く。

「傘、忘れてるぞ」

泰斗は、あ、そうか、とうなずいて事務室の前に駆け戻り、傘立てから自分の傘を抜き取った。

なにもしゃべらない。「ありがとうございます」の一言ぐらい口にするかと思ったが、うつむいた顔を上げることなく、私と目を合わせようともしなかった。

泰斗がエレベータに乗り込んで姿を消すと、マリアとショボが連れ立って教室を出て来た。

二人はいつも、授業が終わったあともしばらく教室に残っている。その日の授業でショボが理解できなかったところを、マリアが手早く教えてやっているのだ。マリア本人は「テキストの読めない漢字を教えてあげてるだけだよ」とすまし顔で言うが、美嘉によると、教え方は講師陣よりずっとわかりやすいのだという。

「美嘉ちゃん、お疲れーっ」

ショボが陽気に声をかけて、マリアは、バイバーイ、と軽く手を振ってくる。「お疲れでしたーっ」と返す美嘉の笑顔は、年上の二人にすっかりなじんでいるのがよくわかる。わが家では「お母さん」と「お姉さん」の役ばかり負っている美嘉も、マリアやショボの前では「妹」になって甘えられるのだろう。

いい雰囲気だ。「特進」クラスに三人を入れたのは、やはり正解だった。だが、そのぶん——泰斗の暗さが気にかかってしかたない。

「なあ、美嘉……宮嶋くんって、休み時間も一人なのか?」

「そうだね。トイレ以外だと席についたままだし。本人もあんまりしゃべるの好きじゃないみたいだし」

「学校でもそうか」

「うん、学校だともっと暗いかも」

「今日はどうだった？　いつもと比べて」

「べつに、ふだんどおりだったと思うけど……」

軽く応えかけた美嘉は、「あ、でも」と言い直した。「ちょっと今日、なんかヘンだった」

「ヘンって？」

「休み時間、ずーっと考え込んでる感じだったの」

こんなふうに、と美嘉は机に両手の肘をついて頭を抱えるしぐさをして見せて、「なにか悩んでるっぽかったよ」とも付け加えた。

「……そうか」

うなずいた私の表情から察したのか、美嘉は「なにかあったの？」と訊いてきた。

「おばさんから文句言われたとか」

「いや、そうじゃないんだけど」

「明日の授業参観、おばさんも来るよね」

「ああ……」

父の日に合わせた授業参観でも、当然、母親が参加したってかまわない。宮嶋ママはおそらく——間違いなく、出席するだろう。

「宮嶋くん、そのことを悩んでたのかなあ」

ぽつりと言った美嘉は、すぐにそれを我が身に置き換えて、「お父さん、来ないでいいからね、マジに」と早口に言った。

「そういうわけにはいかないって」

「来てもつまんないから、マジ、来なくていいし……来ないでよ」

美嘉はそれで話を切り上げて、さっさとエレベータホールへ向かった。

その背中を見送りながら、私はため息を呑み込んだ。よその息子のことを心配してる場合じゃないんだよなあ、とつぶやくと、押し戻しきれなかったため息がふうっと漏れてしまう。

事務室を出て、教室の戸締まりをした。土曜日に使うのは、小学校と中学校それぞれの「特進」クラスの教室だけだ。小学校がA教室、中学校がB教室——二十人ぶんの席が用意してあるB教室に入ると、真ん中あたりに椅子を外に引いたままの席があった。たいしたことではなくても、見過ごすわけにはいかない。美嘉や亮太に「こまかすぎるって」としょっちゅう言われる几帳面な性格なのだ、私は。

今日ここに座っていたのは誰だったか、授業中の見回りのときの記憶をたどってみた。泰斗だったっけ、いや、泰斗はもうちょっと後ろで、ここは美嘉の席だったっけ……。

こういうところの記憶力が、四十になってから、がくんと落ちてしまった。しっかりしろよなあ、と自分を叱りながら椅子を机の中に入れ、ついでに前後左右の列がまっすぐになるように微調整していたら――机の上に落書きがあることに気づいた。

〈呪〉〈殺〉〈死〉〈憎〉……。

シャープペンシルで書いてある。

文字は小さかったが、どれも、胸の内の思いを染み込ませるように、何度も何度も重ねて書いていた。

昨日はなかった落書きだ。間違いない。金曜日の夜は全教室の机を拭き掃除している。ゆうべはなかった。あれば気づいているはずだ。

どっちだ――。

ここに座っていたのは、泰斗か、美嘉か――。

あやふやな記憶が、不安をかきたてる。どちらとも決められないからこそ、胸がどきどきしてしまう。

泰斗の顔が浮かぶ。美嘉の顔も浮かぶ。どちらも寂しそうな表情をしているのが、自分でも悔しく、悲しかった。

＊

希望通りとふれあい通りの交差点——『希望ヶ丘中央』のバス停から、バスに乗った。夜九時を回ったこの時刻、希望ヶ丘からバスを使って駅へ向かうひとはほとんどいない。

乗り込んでみると、あんのじょう、乗客は私一人だった。

がら空きのバスに揺られ、街灯の明かりがやけに目立つ希望ヶ丘の街並みをぼんやり見つめていると、ニュータウンというのは人工の街なんだ、とあらためて思い知らされる。

不動産広告ふうに言うなら、確かにここは「閑静」で「緑豊か」な住宅街だ。「成熟」した街でもあるだろうし、きっと「羨望」のまなざしで見ているひとたちもいるだろうし、そんなまなざしを感じながら「誇り高く住まう」ひとたちもいるはずだ。

それでも、なにかが足りない。

ここには、なにかが欠けている。

「永住の街」——この街で生まれ育って一生を終えたひとは、希望ヶ丘で過ごした人生をほんとうに満足して振り返ることができるのだろうか……。

バスは途中のバス停をすべて通過して、駅に着いた。

北口のロータリーでバスを降りて、駅の構内を抜けて南口に出た。

しおさい小路はすぐにわかった。南口から放射状に延びている数本の通りの中で、いちばん古びて、いちばん細くて、いちばんごみごみしていて——だからこそ、不思議と懐かしいたたずまいをしていた。

3

『おかめ』は、「昭和」の居酒屋だった。都心で流行っているレトロ酒場のように、ことさら古いもので飾り立てているというわけではないのに、ごく自然に「昭和」がにおう。

「落ち着くでしょ」

カウンター席で私を迎えた宮嶋パパも、「このくたびれ具合がいいんですよ」と笑う。

確かに落ち着く。十人ほど座れるカウンター席に四人がけのテーブル席が三つ、奥に四畳半ほどの小上がりという、ごくありふれたたたずまいの居酒屋でも——だからこそ、椅子に座った瞬間、ふーう、と肩の力が抜け、頬がゆるんだ。

おしぼりとお通しを持ってきた店員に生ビールを注文した。「ああ、じゃあ、僕も」と宮嶋パパもジョッキの底に残ったビールを飲み干してお代わりを頼んだ。ディテールにこだわるレトロ酒場なら、ここはためらうことなく瓶で頼むところだが、『おかめ』には、そんな小細工など必要ないほどの、確固たる「昭和」がある。たとえワインの瓶を置いたとしても、店に漂う「昭和」は揺るぐことはないだろう。

おしぼりの袋を「パン！」と鳴らして開けた。手を拭き、顔を拭き、軽く首筋の汗もぬぐって、また、ふーう、と息をついた。

そんな私を見て、宮嶋パパはうれしそうに言った。

「田島さんも同じですねえ」

「え？」

「よく似合ってますよ、この店が」

「……オヤジですからね」

苦笑交じりにうなずいて、あらためて店を見回した。雨の土曜日というせいもあるのか、客は私たちと、ここからは見えない小上がりの座敷に一組いるだけだった。

「宮嶋さんは、よくいらっしゃるんですか、この店」

「ええ、会社帰りに、最近はほとんど毎晩かな」

ビールが来た。

ジョッキを軽く掲げて乾杯をして、一口飲んだ。キンキンに冷えているわけではない。泡の立て方もおざなりで、クリーミィーな味わいからはほど遠かった。都心の店で最初の一杯がこれなら、早々に二軒目に移ることを検討していたはずだ。だが、この店では、不思議なほど、その「たいして旨くない」というのが似合う。お通しのツボ漬けも、コンビニの弁当の添え物レベルで、それがまた、ほどよい「旨くなさ」なのだ。

宮嶋パパも、私の胸の内を読み取ったように、「わざわざ通い詰めるような店じゃないって思うでしょ」と笑う。

「ええ……まあ、そうですね」

「とびきり旨い店や安い店ならともかく、こんな店に寄り道するぐらいならさっさとバスに乗って帰ればいいじゃないかって、そう思うでしょ、田島さんも」

私は黙って、苦笑いでいなした。

伝票をちらりと見たら、これが宮嶋パパにとっては二杯目のビールだった。だが、呂律《ろれつ》はすでに微妙にあやしくなっている。ファミリーレストランでワインを飲んだときも、グラス一杯でほろ酔いになっていたな、と思いだした。

「でもねえ……」

宮嶋パパは食べかけだった焼き鳥を串からはずしながら、「どうでもいいような店だからいい、ってありますよね」とつづけた。

なんとなくわかる気がする。

「希望ヶ丘って、どうでもいい場所って意外とないでしょ。ふつうの家も、お店も、ぜんぶ、どうでもよくないんですよ」

ずいぶん舌足らずの言葉だったが、それでも――宮嶋パパの言いたいことはわかるのだ、なんとなく。

「このやる気のなさがいいんですよ、ほんとうに、ここは」

宮嶋パパはそう言って、焼き鳥を手振りで私に勧めた。専門店の炭火焼きとは比ぶべくもない、ぱさついた肉は、串からはずすと見た目にもよけいみすぼらしく、口に入れるとさらにくたびれた味わいだった。

だが、そこがいい。

旨くないところが旨い。

店内のたたずまいを、あらためて確かめた。全体的に古びていても、その古さが味わいになっていない。壁に貼られた品書きの短冊も、和風に演出するでもなく、逆にサインペンの殴り書きが「味本位」の庶民性を醸《かも》し出すでもなく……空間プロデューサーやらフード・コーディネイターやらが見たら頭を抱え込んでしまうはずだ。

それでも、一見《いちげん》客の私が、すんなりと馴染んでしまうふところの深さが、ここにはある。やる気がないからこそ誰をも包み込んでくれる大らかさが、確かに、ある。

都心のレトロ酒場との違いはそこなんだな、と気づいた。レトロ酒場に出かけたことはサラリーマン時代に何度もあったが、そのたびに、なんとも言いようのない気疲れを感じた。松山容子のボンカレーや水原弘のハイアースのホーロー看板、駄菓子屋の安いオモチャ、ちゃぶ台、ブラウン管の脚付きテレビ、ダッコちゃん人形、グループサウンズのBGM……古き良き「昭和」を演出する小道具には事欠かなくても、それをがんばって揃えましたという店の意気込みが、やけにうっとうしい。なんというか、汚れ具合や穴の開いた場所をきちんと計算した、新品の古着風ジーンズのようなものだ。

懐かしさにひたるというのは、そういうものではない。思い出とは、そんなにくっきり鮮やかによみがえってくるものではない。もっとくすんで、もっとくたびれて、もっとどうでもよくて、もっとカッコ悪くて、もっとダメダメな感じで……。

希望ヶ丘っていうところは、ダメになっていく子には冷たい街だからね――。

マリアの言葉をふと思いだして、現実に引き戻された。

相談がある、と宮嶋パパは言っていたのだ。今日の宮嶋泰斗の様子はふだんとはちょっと違っていたのだ。

ビールをもう一口飲んで、「それで……」と話をうながすと、宮嶋パパはすっと目をそらした。

「今日はお客さんが少ないんですけどね、平日は、ここ、わりと混んでるんですよ」

話も——それた。

「湾岸地区の工場で働くひとたちもけっこう来るんですけど、意外とね、希望ヶ丘のひとも多いんです」

「そうなんですか？」

「ええ。だから、夜十時の終バスの時間になると、みんなお勘定をすませて、店を出て、北口のバス停に向かうんです」

常連客といっても、特に親しくなるというわけではない。

「顔見知りに店で会うと会釈ぐらいはしますけど、バスの中でしゃべったりはしませんね。希望ヶ丘のショッピングセンターで出くわしたときなんか、お互いに知らん顔ですよ」

ずいぶんよそよそしい。だが、それもまた、わかる気がするのだ。

「ここの常連になってること、奥さんはご存じなんですか？」

私が訊くと、宮嶋パパは、あはは っ、と笑ってビールをあおった。

「ウチだけじゃないですよ。たぶん、希望ヶ丘の常連さんは、みんなカミさんにはナイショで通ってるんじゃないかな」

そうじゃなかったら意味ないでしょう、と逆に訊かれ、私は黙ってうなずいた。

「だから挨拶もしないんです。べつにいがみあったり牽制しあったりしてるわけじゃなくてね、なんていうか、オヤジの隠れ家はみんなでちゃんと守らないとヤバいでしょ」

「わかります、それ」

「ですから、『おかめ』のことはナイショでお願いしますよ、田島さん」

「ええ……」

「僕もねえ、ここはウチの親父に教わったんですよ」

二世帯住宅での同居を始めたときにちょうど定年退職した父親が、これでウチも代替わりだ、と宮嶋パパに『おかめ』を紹介したのだという。

「親父もしょっちゅう『おかめ』に寄り道してたらしいんです。子どもの頃は全然知らなかったんですけどね、自分もあの頃の親父ぐらいの歳になると、わかるんですよ、『おかめ』に寄りたくなる気持ち」

宮嶋パパは、やっと私に向き直った。二杯目のビールでさらに酔いが回ったのだろう、頬が赤くなって、目もとろんと据《す》わっていた。

「田島さん」

「……はい」

「ウチの息子、『特進』クラスをやめさせてもらえますか」

思いがけない一言に息を呑んだ。とっさにはなにも応えられない私に、宮嶋パパはつづけた。

「かわいそうなんですよ、泰斗が。どう考えたって京浜高校なんて無理なのに、一方的に期待を背負わされて、やればできる、やればできる、って言われつづけて……このままじゃ、あいつ、おかしくなっちゃいますよ」

「泰斗くんも、やめたいって言ってるんですか？」

「いえ……あいつは、なにも言いません。黙って、親の言いつけどおりにやるだけだったんです」

宮嶋パパは「いままではね」と付け加え、私からまた目をそらして、ため息をついた。

「ゆうべ……暴れました」

「泰斗くんが？」

「ええ。ダイニングの椅子をひっくり返して、手当たり次第に物を投げつけて、食器棚のガラスが割れちゃって、大変でした」

理由は——。

わからないんですよ、と宮嶋パパはビールをあおる。でも、わかるんです。息継ぎと一緒につぶやいて、さらにビールをあおる。

いきなりキレたのだという。

ゆうべ塾から帰ってきて、遅い夕食をとっているとき、宮嶋ママが日曜日の授業参観のことを口にした。

「パパもママも行くからがんばってね、って……ほんと、それだけなんです、カミさんが言ったのって」

ところが、泰斗はいきなりキレた。手に持っていた箸を床に投げつけて、「来るな！　絶対に来るな！」と大声で叫び、途中からは言葉にもならない叫び声をあげながら、暴れだしたのだった。

「ウチは二階なんです。一階は親父とおふくろが住んでるんで、二階で騒ぐと親父たちにも聞こえちゃうんですよね。もちろん、あれだけ大声で叫んだら、ご近所にも聞こえちゃいます」

だから――。

暴れる泰斗をなだめながら、宮嶋ママは「近所迷惑だからやめなさい」と言い、宮嶋パパは「下に聞こえちゃうから、やめろよ」と言った。

「わかります？　それ。僕もカミさんも、なんていうのか、体裁とか世間体とか、ご近所に恥ずかしいとか、みっともないとか、そういうのを最初に気にしちゃったんですよ……泰斗のことよりも先にね」

宮嶋パパは、ふふっ、と自嘲するように短く笑った。「サイテーですよね、親として」とも吐き捨てるようにつぶやいた。

私はなにも応えられない。

塾の教室にあった〈呪〉〈殺〉〈死〉〈憎〉の落書きは、やはり泰斗が書いたのだ、と確信した。

「泰斗がこのところずっとストレスを溜めてるのは、僕も感じてました。でも、とにかく受験をがんばるしかないんだ、がんばれば成績も上がるし、成績が上がれば気持ちも落ち着くから、って……自分に言い聞かせてたんです」

だが、ゆうべ、思い知らされた。

このままでは、ほんとうに取り返しのつかないことになってしまう。

「そうでしょ？　やっぱりヤバいでしょ、このままだと。田島さんもそう思いませんか？」

「ええ……」

「やめさせるしかないと思うんです。京浜高校を狙うのを」

確かに、それがいちばん――というより、当然のことだった。宮嶋ママの息子への過剰な期待と、それを利用して離婚しようとする宮嶋パパのセコい打算さえなければ、泰斗もそこまで苦しむことはなかった。

やっとわかってくれたのか、と安堵して、クラス替えの手続きについて説明しようとしたら、宮嶋パパはそれをさえぎって「ただ、問題が一つあるんです」と言った。

まさか、と悪い予感が胸をよぎる。

「じつはですね、そのこと……まだカミさんとは話してないんです」

当たってしまった。

「じゃあ、志望校を京浜高校から下げるというのも……」

「カミさんはいまでも京浜高校以外は考えてません」

「……いまから説得するんですか」

宮嶋パパは小さくうなずき、私をじっと見つめた。熱気のこもった、すがりつくようなまなざしだった。

まさか——再び、悪い予感がした。

思わず目をそらすと、それを追いかけるように宮嶋パパは言った。

「田島さんのほうから、一言カミさんに言ってもらえませんか」

悪い予感が、どうしてこんなにずばずば当たってしまうのだろう。

「栄冠ゼミナールの入塾規定、今日の昼間に読んでみたんです。授業だけじゃなくて、進路相談にも随時乗ってもらえるってありますよね」

「ええ……」

「じゃあ、進路相談ということで、ひとつよろしくお願いします」

「いや、しかしですね、それは、ご家族で……」

「お願いします！」

宮嶋パパは頭を深々と下げた。

（下巻に続く）

本書は二〇一一年五月、小学館文庫として刊行されました。

|著者|重松 清　1963年岡山県生まれ。早稲田大学教育学部卒業。出版社勤務を経て、執筆活動に入る。'91年『ビフォア・ラン』でデビュー。'99年『ナイフ』で坪田譲治文学賞、『エイジ』で山本周五郎賞、2001年『ビタミンF』で直木賞、'10年『十字架』で吉川英治文学賞、'14年『ゼツメツ少年』で毎日出版文化賞をそれぞれ受賞。小説作品に『流星ワゴン』『定年ゴジラ』『きよしこ』『疾走』『カシオペアの丘で』『とんび』『さすらい猫ノアの伝説』『かあちゃん』『あすなろ三三七拍子』『空より高く』『ファミレス』『赤ヘル1975』『一人っ子同盟』『なきむし姫』他多数がある。ライターとしても活躍し続けており、ノンフィクション作品に『世紀末の隣人』『星をつくった男　阿久悠と、その時代』、ドキュメントノベル作品に『希望の地図　3.11から始まる物語』などがある。

希望《きぼう》ヶ《が》丘《おか》の人《ひと》びと(上)

重松《しげまつ》 清《きよし》

2015年11月13日第1刷発行
2016年5月27日第4刷発行

発行者――鈴木　哲
発行所――株式会社　講談社
東京都文京区音羽2-12-21　〒112-8001
電話　出版　(03) 5395-3510
　　　販売　(03) 5395-5817
　　　業務　(03) 5395-3615
Printed in Japan

講談社文庫

定価はカバーに
表示してあります

デザイン―菊地信義
本文データ制作―講談社デジタル製作部
印刷―――大日本印刷株式会社
製本―――株式会社国宝社

ISBN978-4-06-293258-5

講談社文庫刊行の辞

二十一世紀の到来を目睫に望みながら、われわれはいま、人類史上かつて例を見ない巨大な転換期をむかえようとしている。

世界も、日本も、激動の予兆に対する期待とおののきを内に蔵して、未知の時代に歩み入ろうとしている。このときにあたり、創業の人野間清治の「ナショナル・エデュケイター」への志を現代に甦らせようと意図して、われわれはここに古今の文芸作品はいうまでもなく、ひろく人文・社会・自然の諸科学から東西の名著を網羅する、新しい綜合文庫の発刊を決意した。

激動の転換期はまた断絶の時代である。われわれは戦後二十五年間の出版文化のありかたへの深い反省をこめて、この断絶の時代にあえて人間的な持続を求めようとする。いたずらに浮薄な商業主義のあだ花を追い求めることなく、長期にわたって良書に生命をあたえようとつとめるところにしか、今後の出版文化の真の繁栄はあり得ないと信じるからである。

同時にわれわれはこの綜合文庫の刊行を通じて、人文・社会・自然の諸科学が、結局人間の学にほかならないことを立証しようと願っている。かつて知識とは、「汝自身を知る」ことにつきていた。現代社会の瑣末な情報の氾濫のなかから、力強い知識の源泉を掘り起し、技術文明のただなかに、生きた人間の姿を復活させること。それこそわれわれの切なる希求である。

われわれは権威に盲従せず、俗流に媚びることなく、渾然一体となって日本の「草の根」をかたちづくる若く新しい世代の人々に、心をこめてこの新しい綜合文庫をおくり届けたい。それは知識の泉であるとともに感受性のふるさとであり、もっとも有機的に組織され、社会に開かれた万人のための大学をめざしている。大方の支援と協力を衷心より切望してやまない。

一九七一年七月

野間省一

椎名　誠　新宿遊牧民
東海林さだお 椎名　誠　やぶさか対談
うえやまとち 漫画 東海林さだお 編　東海林さだお選「クッキングパパ」のこれが食べたい!
島田雅彦　フランシスコ・X
島田雅彦　食いものの恨み
島田雅彦　佳人の奇遇
島田雅彦　悪貨
真保裕一　連鎖
真保裕一　取引
真保裕一　震源
真保裕一　盗聴
真保裕一　朽ちた樹々の枝の下で
真保裕一　奪取(上)(下)
真保裕一　防壁
真保裕一　密告
真保裕一　黄金の島(上)(下)
真保裕一　発火点
真保裕一　夢の工房
真保裕一　灰色の北壁

真保裕一　覇王の番人(上)(下)
真保裕一　デパートへ行こう!
真保裕一　アマルフィ〈外交官シリーズ〉
真保裕一　ダイスをころがせ!(上)(下)
真保裕一　天魔ゆく空(上)(下)
周　大荒 渡辺精一 訳　反三国志(上)(下)
篠田節子　贋《がん》作《さく》師《し》
篠田節子　聖域
篠田節子　弥勒
篠田節子　ロズウェルなんか知らない
篠田節子　転生
笙野頼子　居場所もなかった
笙野頼子　幽界森娘異聞
下川裕治 桃井和馬　世界一周ビンボー大旅行
下川裕治 篠原　章　沖縄ナンクル読本
篠田真由美　未明の家〈建築探偵桜井京介の事件簿〉
篠田真由美　玄《くろ》い女神〈建築探偵桜井京介の事件簿〉
篠田真由美　翡《ひ》翠《すい》の城〈建築探偵桜井京介の事件簿〉
篠田真由美　灰色の砦〈建築探偵桜井京介の事件簿〉

篠田真由美　原罪の庭〈建築探偵桜井京介の事件簿〉
篠田真由美　美貌の帳《とばり》〈建築探偵桜井京介の事件簿〉
篠田真由美　桜闇〈建築探偵桜井京介の事件簿〉
篠田真由美　仮面の島〈建築探偵桜井京介の事件簿〉
篠田真由美　センティメンタル・ブルー〈蒼の四つの冒険〉
篠田真由美　月蝕の窓〈建築探偵桜井京介の事件簿〉
篠田真由美　綺羅の柩〈建築探偵桜井京介の事件簿〉
篠田真由美　失楽の街〈建築探偵桜井京介の事件簿〉
篠田真由美　胡蝶の鏡〈建築探偵桜井京介の事件簿〉
篠田真由美　聖女の塔〈建築探偵桜井京介の事件簿〉
篠田真由美　一角獣《ユニコーン》の繭《まゆ》〈建築探偵桜井京介の事件簿〉
篠田真由美　黒《か》影《げ》の館〈建築探偵桜井京介の事件簿〉
篠田真由美　angels《エンジェルス》—天使たちの長い夜
篠田真由美　Ave《アヴェ》 Maria《マリア》
篠田真由美 加藤俊章 絵　レディMの物語
重松　清　定年ゴジラ
重松　清　半パン・デイズ
重松　清　世紀末の隣人
重松　清　流星ワゴン

講談社文庫　目録

講談社文庫　目録

島谷泰彦　人間　井深大
清水康之　上田紀行　「自殺社会」から「生き心地の良い社会」へ
柴崎友香　主題歌
柴崎友香　ドリーマーズ
清水保俊　最後のフライト〈ジャンボ機JA8162号機の場合〉
翔田寛　誘拐児
翔田寛　逃亡戦犯
翔田寛　築地ファントムホテル
白石一文　この胸に深々と突き刺さる矢を抜け(上)(下)
島村菜津　エクソシストとの対話
小説現代編　石田衣良他著　10分間の官能小説集
小説現代編　勝目梓他著　10分間の官能小説集2
小説現代編　乾くるみ他著　10分間の官能小説集3
下川博　弩《ど》
原案 山田洋次 平松恵美子　白石まみ　東京家族
白河三兎　プールの底に眠る
白河三兎　ケシゴムは嘘を消せない
朱川湊人　オルゴォル
朱川湊人　満月ケチャップライス

柴村仁　夜宵
柴村仁　プシュケの涙
柴村仁　ノクチルカ笑う
篠原勝之　走れUMI
柴田哲孝　異聞 太平洋戦記
柴田哲孝　チャイナ インベイジョン〈中国日本侵蝕〉
塩田武士　盤上のアルファ
塩田武士　女神のタクト
芝村涼也　鬼《き》溜《だ》まりの闇〈素浪人半四郎百鬼夜行(一)〉
芝村涼也　鬼心の刺客〈素浪人半四郎百鬼夜行(二)〉
芝村涼也　蛇変化の淫〈素浪人半四郎百鬼夜行(三)〉
芝村涼也　狐嫁の列〈素浪人半四郎百鬼夜行(零)〉
芝村涼也　怨《おん》鬼《き》の執《しゅう》〈素浪人半四郎百鬼夜行(四)〉
芝村涼也　夢告の訣れ〈素浪人半四郎百鬼夜行(五)〉
芝村涼也　孤《こ》闘《とう》の寂《せき》〈素浪人半四郎百鬼夜行(六)〉
真藤順丈　畦と銃
芝豪　朝鮮戦争(上)(下)
信濃毎日新聞取材班　不妊治療と出生前診断〈温かな手で〉
城平京　虚構推理

柴崎竜人　三軒茶屋星座館1〈冬のオリオン〉
柴崎竜人　三軒茶屋星座館2〈夏のキグナス〉
杉本苑子　孤愁の岸(上)(下)
杉本苑子　引越し大名の笑い
杉本苑子　汚名
杉本苑子　女人古寺巡礼
杉本苑子　利休破調の悲劇
杉本苑子　江戸を生きる
杉田望　金融夜光虫
杉田望　特別検査〈金融アベンジャー〉
杉田望　破産執行人
杉田望　不正会計
杉浦日向子　新装版 東京イワシ頭
杉浦日向子　新装版 呑々草子
杉浦日向子　新装版 入浴の女王
鈴木輝一郎　美男忠臣蔵
鈴木輝一郎　お市の方 戦国の凰《おおとり》
鈴木光司　神々のプロムナード
鈴木英治　闇の目〈下っ引夏兵衛〉

講談社文庫　目録

講談社文庫　目録

瀬戸内寂聴・訳　源氏物語　巻《まき》四《し》
瀬戸内寂聴・訳　源氏物語　巻《まき》五《ご》
瀬戸内寂聴・訳　源氏物語　巻《まき》六《ろく》
瀬戸内寂聴・訳　源氏物語　巻《まき》七《しち》
瀬戸内寂聴・訳　源氏物語　巻《まき》八《はち》
瀬戸内寂聴・訳　源氏物語　巻《まき》九《く》
瀬戸内寂聴・訳　源氏物語　巻《まき》十《じゅう》
梅原猛・瀬戸内寂聴　寂聴・猛の強く生きる心
関川夏央　よい病院とはなにか〈病むことと老いること〉
関川夏央　水の中の八月
関川夏央　やむにやまれず
関川夏央　子規、最後の八年
先崎学　フフフの歩
先崎学　先崎学の実況！盤外戦
妹尾河童　少年H (上)(下)
妹尾河童　河童が覗いたインド
妹尾河童　河童が覗いたヨーロッパ
妹尾河童　河童が覗いたニッポン
妹尾河童　河童の手のうち幕の内

妹尾河童・野坂昭如　少年Hと少年A
清涼院流水　コズミック流
清涼院流水　ジョーカー清
清涼院流水　ジョーカー涼
清涼院流水　コズミック水
清涼院流水　カーニバル一輪の花
清涼院流水　カーニバル二輪の草
清涼院流水　カーニバル三輪の層
清涼院流水　カーニバル四輪の牛
清涼院流水　カーニバル五輪の書
清涼院流水　秘密屋文庫　知ってる怪
清涼院流水　秘密室ボン〈QUIZ SHOW〉
清涼院流水　彩紋家事件 (I)(II)(III)
瀬尾まいこ　幸福な食卓
関原健夫　がん六回　人生全快
瀬川晶司　泣き虫しょったんの奇跡　完全版〈サラリーマンから将棋のプロへ〉
瀬名秀明　月と太陽
曽野綾子　幸福という名の不幸 (上)(下)
曽野綾子　私を変えた聖書の言葉

曽野綾子　自分の顔、相手の顔〈自分流を貫く生き方のすすめ〉
曽野綾子　それぞれの山頂物語　今こそ主体性のある生き方をしたい
曽野綾子　安逸と危険の魅力
曽野綾子　至福の境地
曽野綾子　なぜ人は恐ろしいことをするのか
曽野綾子　透明な歳月の光
蘇部健一　六枚のとんかつ
蘇部健一　六とん2
蘇部健一　長野・上越新幹線四時間三十分の壁
蘇部健一　動かぬ証拠
蘇部健一　木《ミ》乃《イ》伊《ラ》男
蘇部健一　届かぬ想い
瀬木慎一　名画はなぜ心を打つか
宗田理　13歳の黙示録
宗田理　天路TENRO
曽我部司　北海道警察の冷たい夏
曽根圭介　沈底魚
曽根圭介　本ボシ
曽根圭介　藁《わら》にもすがる獣たち

講談社文庫　目録

高杉　良　新装版 大逆転！〈小説 三菱・第一銀行合併事件〉
高杉　良　新装版 バンダルの塔
高杉　良　新・燃ゆるとき
高杉　良　管理職の本分
高杉　良　挑戦 巨大外資(上)(下)
高杉　良　破戒者たち〈小説・新銀行崩壊〉
高杉　良　第四権力〈巨大メディアの罪〉
竹本健治　新装版 匣《はこ》の中の失楽
高橋源一郎　日本文学盛衰史
高橋源一郎 山田詠美　顰蹙文学カフェ
高橋克彦　写楽殺人事件
高橋克彦　悪魔のトリル
高橋克彦　総門谷
高橋克彦　北斎殺人事件
高橋克彦　歌麿殺《さつ》贋《がん》事件
高橋克彦　バンドネオンの豹《ジャガー》
高橋克彦　蒼《あお》夜《や》叉《しゃ》
高橋克彦　広重殺人事件
高橋克彦　北斎の罪

高橋克彦　総門谷R 阿黒篇
高橋克彦　総門谷R 鵺(ぬえ)篇
高橋克彦　総門谷R 小町変妖篇
高橋克彦　総門谷R 白骨篇
高橋克彦　1999年〈対談集〉
高橋克彦　星封陣
高橋克彦　炎《ほむら》立つ 壱 北の埋み火
高橋克彦　炎立つ 弐 燃える北天
高橋克彦　炎立つ 参 空への炎
高橋克彦　炎立つ 四 冥き稲妻
高橋克彦　炎立つ 伍 光彩楽土〈全五巻〉
高橋克彦　白妖鬼
高橋克彦　書斎からの空飛ぶ円盤
高橋克彦　降魔王
高橋克彦　鬼
高橋克彦　火怨〈北の燿星アテルイ〉(上)(下)
高橋克彦　時宗 壱 乱星
高橋克彦　時宗 弐 連星
高橋克彦　時宗 参 震星

高橋克彦　時宗 四 戦星〈全四巻〉
高橋克彦　京伝怪異帖 巻の上 巻の下
高橋克彦　天を衝く(1)〜(3)
高橋克彦　ゴッホ殺人事件(上)(下)
高橋克彦　竜の柩(1)〜(6)
高橋克彦　刻謎宮(1)〜(4)
高橋克彦　高橋克彦自選短編集〈1 ミステリー編〉
高橋克彦　高橋克彦自選短編集〈2 恐怖小説編〉
高橋克彦　高橋克彦自選短編集〈3 時代小説編〉
高橋　治　男波女波(上)(下)〈放浪一本釣り〉
高橋　治　星の衣
高樹のぶ子　妖しい風景
高樹のぶ子　エフェソス白恋
高樹のぶ子　満水子(上)(下)
高樹のぶ子　飛水
田中芳樹　創竜伝1〈超能力四兄弟《ドラゴン》〉
田中芳樹　創竜伝2〈摩天楼の四兄弟《ドラゴン》〉
田中芳樹　創竜伝3〈逆襲の四兄弟《ドラゴン》〉
田中芳樹　創竜伝4〈四兄弟《ドラゴン》脱出行〉

講談社文庫　目録

講談社文庫　目録

岳　宏一郎　蓮如夏の嵐(上)(下)
岳　宏一郎　御家の狗
武　豊　この馬に聞いた! フランス激闘編
武　豊　この馬に聞いた! 炎の復活凱旋編
武　豊　この馬に聞いた! 大外強襲編
武田　圭　南海楽園〈タヒチ、バリ、モルジブ……サーフィン一人旅〉
武田　圭　波を求めて世界の海へ〈南海楽園2〉
高橋直樹　湖賊の風
橘　蓮二　監修・高田文夫　大増補版おあとがよろしいようで〈東京寄席往来〉
多田容子　柳影
多田容子　女剣士・一子相伝の影
田島優子　女検事ほど面白い仕事はない
高田崇史　QED〈百人一首の呪〉
高田崇史　QED〈六歌仙の暗号〉
高田崇史　QED〈ベイカー街の問題〉
高田崇史　QED〈東照宮の怨〉
高田崇史　QED〈式の密室〉
高田崇史　QED〈竹取伝説〉
高田崇史　QED〈龍馬暗殺〉

高田崇史　QED ~ventus~〈鎌倉の闇〉
高田崇史　QED〈鬼の城伝説〉
高田崇史　QED ~ventus~〈熊野の残照〉
高田崇史　QED〈神器封殺〉
高田崇史　QED ~ventus~〈御霊将門〉
高田崇史　QED〈河童伝説〉
高田崇史　QED ~flumen~〈九段坂の春〉
高田崇史　QED〈諏訪の神霊〉
高田崇史　QED〈出雲神伝説〉
高田崇史　QED〈伊勢の曙光《あけぼの》〉
高田崇史　毒草師〈QED Another Story〉
高田崇史　試験に出るパズル〈千葉千波の事件日記〉
高田崇史　試験に敗けない密室〈千葉千波の事件日記〉
高田崇史　試験に出ないパズル〈千葉千波の事件日記〉
高田崇史　パズル自由自在〈千葉千波の事件日記〉
高田崇史　麿の酩酊事件簿〈花に舞〉
高田崇史　麿の酩酊事件簿〈月に酔〉
高田崇史　クリスマス緊急指令〈~きよしこの夜、事件は起こる!~〉
高田崇史　カンナ　飛鳥の光臨

高田崇史　カンナ　天草の神兵
高田崇史　カンナ　吉野の暗闘
高田崇史　カンナ　奥州の覇者
高田崇史　カンナ　戸隠の殺皆
高田崇史　カンナ　鎌倉の血陣
高田崇史　カンナ　天満の葬列
高田崇史　カンナ　出雲の顕在
高田崇史　カンナ　京都の霊前
高田崇史　鬼神伝　鬼の巻
高田崇史　鬼神伝　神の巻
高田崇史　鬼神伝　龍の巻
高田崇史　軍神の血脈〈楠木正成秘伝〉
竹内玲子　笑うニューヨーク DELUXE
竹内玲子　笑うニューヨーク DYNAMITES
竹内玲子　笑うニューヨーク DANGER
竹内玲子　踊るニューヨーク Beauty Quest
竹内玲子　爆笑ニューヨーク POWERFUL《パワフル》〈アホで使える最新情報てんこ盛り!〉
竹内玲子　永遠に生きる犬〈ニューヨーク チョビ物語〉
団　鬼六　外道の女

講談社文庫　目録

2016年3月15日現在